Panzerjäger in der Normandie

Feuertaufe der
17. SS-Panzergrenadier-Division
„Götz von Berlichingen"

Wolfgang Wallenda

Panzerjäger in der Normandie

Feuertaufe der
17. SS-Panzergrenadier-Division
„Götz von Berlichingen"

Impressum:

©2021 Wolfgang Wallenda

Umschlaggestaltung, Herstellung und Verlag:
Books on Demand

Titelbild:

*Signatur Bild 146-1994-025-11 Originaltitel Frankreich Juli 1944
Die SS-Panzergrenadiere kennen die anglo-amerikanischen Tiefflieger und wissen sich ihr MG-
Feuer zu schützen. Im schnellen Ausbau von Deckungslöchern sind sie Meister geworden.
Archivtitel Frankreich.- Zwei Soldaten der Waffen-SS (rechts SS-Sturmmann mit zwei "Son-
derabzeichen für das Niederkämpfen von Panzerkampfwagen durch Einzelkämpfer" / "Panzerver-
nichtungsabzeichen" ?) in einem Schützenloch; SS-PK
Datierung Juli 1944 Fotograf Mielke, Werner Quelle Bundesarchiv*

ISBN: 978-3-7543-0179-1

„Jede Kanone, die gebaut wird, jedes Kriegsschiff, das vom Stapel gelassen wird, jede abgefeuerte Rakete bedeutet letztlich einen Diebstahl an denen, die hungern und nichts zu essen bekommen, denen, die frieren und keine Kleidung haben. Eine Welt unter Waffen verpulvert nicht nur Geld allein. Sie verpulvert auch den Schweiß ihrer Arbeiter, den Geist ihrer Wissenschaftler und die Hoffnung ihrer Kinder."

Dwight D. Eisenhower
US-amerikanischer General und Oberbefehlshaber der
Alliierten Streitkräfte in Europa,
34. Präsident der USA

Bis auf historische Persönlichkeiten sind alle Namen frei erfunden. Jegliche Ähnlichkeiten mit realen Personen wären rein zufällig.

Vorwort:

Die 17. Panzergrenadier-Division „Götz von Berlichingen" bestand ca. zu zwei Dritteln aus jungen Männern der Geburtsjahre 1924 bis 1927. So wie ich, gerieten auch sie in Hitlers Kriegsmaschinerie.

Die Waffen-SS lockte mit heroischen Werbeschildern, auf denen stattliche Soldaten zu sehen waren. Darunter las man Sprüche wie: *„Deutsche Jugend meldet sich freiwillig zur Waffen-SS"* oder *„Auch du zur Leibstandarte Adolf Hitler"* Eintritt ab dem vollendeten 17. Lebensjahr

Gutes und Böses wurden der Menschheit seit Anbeginn ihrer Existenz in die Wiege gelegt. Auch wenn die böse Seite dominiert, ist es am Ende die Gute, die stets triumphiert.

Ich hatte das Pech, in einer turbulenten Zeit an einem Ort geboren zu werden, an dem das Böse gerade dabei war, sich unter die Menschen zu mischen. Im Jahr 1924 erblickte ich in Stettin *(heute Scezin/PL)* das Licht der Welt. Fünf Jahre zuvor war der Erste Weltkrieg zu Ende gegangen und eine Krise jagte die nächste im besiegten Deutschland.

Diesen Umstand machte sich das Böse zunutze. Adolf Hitler und ein paar seiner Getreuen gründeten 1923 die NSDAP. Durch ihre weitgreifend adressatendifferenzierte Propaganda gelang es der Partei, eine breite Wählergemeinschaft anzusprechen und für sich zu gewinnen. Mit falschen Versprechungen, Gewalt, List und Tücke gelangten sie schließlich an die Macht.

Durch die Gleichschaltung der Medien wurde die Masse des Volkes permanent mit dem nationalsozialistischen Gedankengut gefüttert. Lügen, Betrug am Volk und immer wieder Gewalt manifestierten die Macht der Nazis. Widerstand wurde im Keim erstickt, das Volk mit den perfiden Gedanken der Nationalsozialisten infiziert. Mit glühenden Reden wurde Hass gegenüber dem gesät, der anders war. Unaufhaltsam lief die Kriegsmaschinerie an. Mit Beginn des Zweiten Weltkrieges öffnete der Teufel die Pforten zur Hölle.

Wie viele andere Millionen Deutsche war auch ich seit meiner Jugend von der Nazi-Politik fasziniert. Die uniformierten Waffen-Paraden, die abenteuerlichen Unternehmungen bei der Hitler-Jugend, die absolute Kameradschaft zwischen den Burschen und letztendlich die vorgegaukelte heile Welt hatten mich erst schleichend und irgendwann vollends in den Bann des nationalsozialistischen Gedankenguts gezogen.

Die sog. Jugenddienstpflicht *(Hitler-Jugend „HJ" für die Jungen bzw. Bund Deutscher Mädels „BDM" für die weiblichen Jugendlichen)* betraf alle Jugendlichen zwischen 10 und 18 Jahren und war seit Anfang 1939 gesetzlich geregelt. In der nach dem Führerprinzip *(die Organisation ordnet sich ohne Einschränkungen den Entscheidungen ihres Führers unter)* geordneten HJ standen sowohl körperliche als auch ideologische Schulungen auf dem Tagesprogramm. Aus den Kindern von „heute" wurden bereits die Soldaten von „morgen" geformt. Ein Leitspruch der HJ lautete: „Was sind wir? Pimpfe! Was wollen wir werden? Soldaten!"

So folgte ich dem Ruf des Führers, folgte dem Fingerwink eines skrupellosen Diktators, der es geschafft hatte, sich mit seinen Ideen in meinen Kopf zu schleichen und mein Gehirn auszuschalten. Das Gift der Nationalsozialisten hatte mich im Denken und Handeln gelähmt. Ich glaubte das, was man mir erzählte. Ich war davon überzeugt, dass wir die Schmach von Versailles überwunden hatten. Die waffenlose Heimführung des Sudetenlandes und der Anschluss Österreichs bestätigten den Erfolgskurs Hitlers.

Die jahrelange Hatz in den Medien gegen das Judentum, gegen Zigeuner, der Kampf gegen den Bolschewismus und alles andere, das nicht in die heroische Nazi-Welt passte, verinnerlichte sich. Wir wurden diesbezüglich auf beiden Augen blind. Wir waren das, was wir sein sollten. Gefügige Marionetten, die für das Deutsche Reich alles geben würden. Auch ihr Leben.

Hans Gruber
Veteran des Ostfeldzugs und
langjähriger russischer Kriegsgefangener
Auszug aus seinen Kriegsmemoiren: „Zwischen Tod und Stacheldraht"

Panzerjäger in der Normandie

Feuertaufe der 17. SS-Panzergrenadier-Division „Götz von Berlichingen"

Die Nacht von Montag, 5. Juni 1944 auf Dienstag, 6. Juni 1944 war kalt, windig und regnerisch. Über dem aufgewühlten Atlantik kämpfte sich die größte Armada der Neuzeit durch teils meterhohe Wellen. Das Ziel dieser gigantischen Flotte hieß Normandie.

Schlachtschiffe mit ihren schweren Geschützen fuhren neben Kreuzern, Truppentransportern und Zerstörern. Schnellboote patrouillierten neben Ausflugsdampfern, die zu Lazarettschiffen umfunktioniert worden waren. Minenräumer kreuzten aufmerksam zwischen den großen Landungsschiffen umher, deren Bäuche bis zum Bersten vollgeladen waren.

Aufgrund der Wetterlage hatten die Steuermänner der rund 2000 kleinen Landungsboote enorme Probleme, ihren Kurs zu halten. Das Landing Craft-Vehicle-Personnel (LCVP), nach seinem Erfinder Andrew J. Higgins ugs. auch *Higgins-Boot* genannt, war 11 Meter lang, 3,30 Meter breit, hatte einen Tiefgang von maximal 90 Zentimetern und war alles andere als einfach zu steuern. Die Landungsboote wurden zum Spielball des Wetters und des Meeres.

Die Ladeflächen der kastenförmigen Kähne waren mit bis zu 30 Soldaten oder entsprechend viel Material unterschiedlichster Art vollgepfercht. Jeder Quadratzentimeter wurde genutzt. Zwei Maschinengewehre dienten zum Schutz.

An Bord roch es nach Salzwasser, Waffenöl, Chemikalien, mit denen die Uniformen der Soldaten imprägniert worden waren und nach Erbrochenem. Grund für die massenhaft herumschleichende Übelkeit waren die enorme innere Anspannung der Männer und der schwere Seegang.

Über den ca. 7000 Schiffen dröhnten die Motoren von nahezu 11.000 Flugzeugen. Bomber sollten der Landungsflotte den Weg ebnen. Abfangjäger zogen schützend ihre Kreise. In Transportmaschinen und Lastenseglern saßen Fallschirmjäger, deren Aufgabe es war, im Hinterland der Küstenregion abzuspringen, um strategisch wichtige Punkte zu besetzen.

9

Unter dem Decknamen *Operation Overlord*, hatte das größte Landeunternehmen der Menschheitsgeschichte begonnen. Die Invasion der Alliierten in Europa. 150.000 Soldaten unterschiedlicher Nationen führten den ersten entscheidenden Schlag dieser Landungsoperation durch.

Die Landungszonen trugen die Codenamen Juno, Omaha, Utah, Sword und Gold. Hinzu kamen die Batteriestellung Pointe du Hoc, die sich zwischen Utah Beach und Omaha Beach befand, sowie die diversen Ziele der Luftlandeeinheiten.

Die Alliierten strömten an den Stränden der Normandie an Land. Funkmeldungen überschlugen sich. Drähte und Spulen liefen heiß. Melder rasten umher, Telefone schrillten endlos. Meldung über Meldung flatterte auf die Tische der kommandierenden Offiziere. Jede neu eintreffende Nachricht war niederschmetternder als die vorherige.

An der normannischen Küste hatten sich die Pforten zur Hölle geöffnet. Granaten und Minen detonierten. Ihre Splitter und Schrapnells wuchteten gegen Bunkerwände und Panzersperren, aber auch gegen Schiffswände und in die Körper der Soldaten. Maschinengewehrsalven peitschten gnadenlos gegen die landenden Männer. Ihre Projektile bohrten sich in alles, was ihnen im Weg stand.

Strände und Meer färbten sich blutig rot. Tausende Männer fanden in den frühen Morgenstunden des 6. Juni 1944 den Soldatentod. Sie ertranken, wurden erschossen oder von Granaten zerfetzt. Ihre stummen Körper ließen sowohl den anlandenden Truppen als auch den Verteidigern das Blut in den Adern gefrieren.

Nachrichtenleute gaben erschreckende Informationen weiter. Sie sprachen über Kommandounternehmen im Hinterland, über massenhafte Fliegerattacken und berichteten von unzähligen Schiffen, die scheinbar ohne Ende Soldaten und Ausrüstung aus ihren Bäuchen pumpten.

Es war unglaublich. Es ereignete sich genau das, was nie hätte passieren dürfen. Etwas, das keiner für möglich gehalten hatte. Die Festung Europa wurde erstürmt.

„Sie kommen", waren zwei Worte, die jedem Landser das Blut in den Adern gefrieren ließ. Auch der Unterführer vom Dienst, der am

6. Juni 1944 seine Kameraden weckte, benutzte sie. „Sie kommen! Es geht los!"

Es war genau dieser Wortlaut, der gegen die Ohren des schlafenden Oberscharführers knallte und ihn aus seinen Träumen riss.

Der UvD rüttelte an Dillers Schulter. „Sie kommen!", wurde wiederholt. Panik lag in der sich überschlagenden Stimme des Unterscharführers.

„Wer?", hatte Diller im Halbschlaf gebrummt und die schweren Augenlider nach oben gezogen.

„Wach auf Diller! Sie kommen!", wurde wiederholt.

Der Oberscharführer war augenblicklich hellwach. Er registrierte die Sorgen im Blick des UvD und ahnte Schlimmstes. Es fing wieder an. Er sollte keine Ruhe haben. Der Krieg holte mit seiner kalten Pranke aus, um sie kraftvoll auf ihn niederzuschmettern. Für einen Moment raubte es dem Oberscharführer den Atem. Er musste sich kurz besinnen. „Wer?", fragte er ein zweites Mal.

„Die Amis und die Engländer und wer weiß noch, welche Nationen sie an Land werfen", haspelte sein Kamerad. Verwirrtheit, Angst und Unglauben waren in diesem Satz vereint.

Diller setzte sich auf. „In Ordnung. Ich komme."

Der UvD verließ hastig den Raum.

Die letzten Monate schweiften gedanklich am Oberscharführer vorüber. Er wusste, dass dieser Tag kommen würde. Er hatte sich stets davor gefürchtet. Er hoffte auf eine lange Ruhephase, doch diese beiden Worte: *Sie kommen* - zerstörten den Traum vom ruhigen Soldatenleben in Frankreich.

Der Oberscharführer hatte in Russland gekämpft, wurde verwundet und hatte nach seiner Genesung die Versetzung zur neu aufgestellten 17. SS-Panzergrenadier-Division „Götz von Berlichingen" beantragt. Dem Wunsch wurde stattgegeben. Beinahe lächelnd war er nach Frankreich gereist. Wenn er an die Ostfront dachte, hatte Diller das berühmte Zitat des Namensgebers der neuen Division auf den Lippen.

Der alte Johann Wolfgang von Goethe hatte ihn unsterblich gemacht, den Ritter, der im Kampf eine Hand verlor und sie durch eine geschmiedete eiserne Faust ersetzen ließ. Das berühmte Götz-Zitat aus dem Stück *Götz von Berlichingen mit der eisernen Hand* lautet:

Mich ergeben! Auf Gnad und Ungnad! Mit wem redet Ihr! Bin ich ein Räuber! Sag deinem Hauptmann: Vor Ihro Kaiserliche Majestät hab ich, wie immer, schuldigen Respekt. Er aber, sag's ihm, er kann mich im Arsche lecken!

Diller hatte damals genug von Russland, genug vom Kämpfen und genug vom Töten. Zumindest eine Zeit lang wollte er dem Elend des Krieges entkommen. Der Dienst in Frankreich wurde von den Soldaten, die an der Ostfront dienten, mit Dauerurlaub verglichen. Sie lagen damit nicht falsch.

Jetzt war er von einem aufgedrehten UvD, dessen Augen unverkennbar Bestürzung ausdrückten, geweckt worden.

Der Fuhrpark der Einheit stand für ein schnelles Abrücken bereit. Oberscharführer Diller ging mit gemischten Gefühlen die Fahrzeugreihe ab. Zwischen ihrer Alarmierung und dem Herstellen der Abmarschbereitschaft waren schon mehr als 24 Stunden vergangen. Das Warten zerrte an den Nerven der Männer. Alte Haudegen wussten was die Stunde geschlagen hatte. Sie waren allerdings verwundert, weil es nicht sofort losging. Ein paar von ihnen nutzten die Wartezeit, um wichtige Dinge zu organisieren, die im Einsatz nicht fehlen durften. Eine Sache stand auf der internen Schwarzmarktliste ganz oben. Treibstoff.

Auch Diller besorgte gemeinsam mit einer Handvoll auserlesener Männer entsprechend Nachschub. Es war pure Erfahrung, gepaart mit Dreistigkeit, die sie zum Organisieren in die Nachschublager gehen ließen. Um auf dem Weg zum Einsatzort mit den Fahrzeugen nicht aufgrund Spritmangels liegen zu bleiben, und um im Ernstfall über ausreichend Munition zu verfügen, wurden noch offene Gefallen eingelöst, diverse Schulden eingefordert oder aber die richtigen Leute bestochen. Das kleine Netzwerk des Schwarzhandels funktionierte auch innerhalb der Waffen-SS ganz gut.

Diller war zufrieden. Seit letzter Nacht waren die Fahrzeuge vollgetankt und jeder Fahrer hatte sich ausreichend mit Reservekanistern eingedeckt. Zusätzlich waren ein paar extra Kisten mit Munition und Sprengstoff besorgt worden. Und auch der Küchenbulle hatte unter der Hand einiges an Kaltverpflegung rausgerückt.

Der Oberscharführer suchte das Gespräch mit seinen Männern. Er wollte ihnen etwas von der unterschwellig vorhandenen Nervosität nehmen. „Alles klar?", fragte er einen der Fahrer, der rauchend neben dem Lastwagen stand.

Kopfschütteln. „In der Normandie brennt es gewaltig und wir sind die Feuerwehr, doch wir hocken nur dumm herum und warten."

„Das stimmt! Wir sollten bald zum Löschen fahren", antwortete dessen Nebenmann euphorisch.

Diller schob sich ein Drops in den Mund. „Das werden wir noch früh genug." Er ging weiter.

Der junge SS-Mann am Fahrzeug dahinter hantierte gerade an der Beleuchtung herum und moserte. „Typisch Barras. Kaum sitzt man nur herum und wartet aufs Abrücken, rennt einer von den Schleifern herum und erteilt Befehle."

Sein Nebenmann gab ihm recht. „Als ob die Fahrer das nicht alleine hinbekommen! Der Kommiss ist und bleibt einfach der Kommiss!"

„Richtig. Denen war die Ausbildung zu kurz. Sie hätten uns am liebsten den ganzen Sommer über die Wiesen robben lassen. Und sogar während wir auf den Marschbefehl warten, schicken sie uns einen Schleifer, um uns zu drangsalieren. Es ist gerade so, als wüssten wir nicht, wie man die Lichter einstellt."

Ihnen war befohlen worden, sowohl die Tarnscheinwerfer als auch die Abstands-Rücklichter an den Lastwagen anzubringen. Zug- und Gruppenführer hatten das anschließend zu prüfen.

Diller hatte das Gespräch mitbekommen. „Beruhigt euch. Ich weiß, dass ihr das ordentlich macht. Seit der Feind gelandet ist, sind eben alle nervös. Der große Brigadeführer genauso, wie der kleine Oberschütze. Vergesst nicht, dass es für die meisten Männer unserer Einheit der erste Fronteinsatz ist", kommentierte er und ging zum nächsten Fahrzeug, ohne auf eine Antwort zu warten.

Ein prüfender Blick folgte. „Stellung auf H", sagte er zu dem Mann hinterm Lenkrad des Opel Blitz. „Es ist Vollmond, deshalb brauchen wir in der Kolonne kein Licht. Nur die Abstandsrücklichter müssen zu sehen sein, damit der Hintermann nicht auffährt", erklärte er dem jungen Soldaten.

„Ich dachte, wir fahren auf Stellung V 1?", wollte der Fahrer argumentieren, wurde aber schnell eines Besseren belehrt.

13

„Dann kannst du den alliierten Fliegern gleich eine Einladungskarte schicken! Jeder auch noch so kleine Fehler kann den Tod bedeuten!"

Ohne einen weiteren Kommentar abzugeben, wurde der Schalter umgelegt.

Diller gehörte zu den Landsern, die ohne Vorbehalte von allen Dienstgraden geachtet wurde. Die 17- und 18-jährigen Rekruten salutierten blass vor Ehrfurcht, wenn er an ihnen vorüberschritt. Die Offiziere respektierten ihn.

Als er zur 17. Panzergrenadier-Division *Götz von Berlichingen* stieß, war sein Ruf längst vorausgeeilt. Kein Wunder, denn er war mit dem Panzervernichtungsabzeichen, der silbernen Nahkampfspange, dem Eisernen Kreuzen I und II sowie dem Infanterie-Sturmabzeichen ausgezeichnet worden. Zudem hatte er die Ostmedaille sowie das Demjansk-Schild verliehen bekommen. Jeder wusste, dass Diller im Einsatz bis zum Äußersten ging.

Längst machten Gerüchte die Runde, die ihn als harten, unnachgiebigen, russenhassenden Soldaten bezeichneten. „Er soll mal nachts in ein Dorf gegangen sein. Nach zwei Stunden kam er zurück. Als das Dorf am nächsten Tag von Infanteristen eingenommen wurde, fanden sie mehr als zwanzig tote Iwans. Alle mit dem Messer …"

„Ich habe gehört, dass er so kräftig sein soll, dass er im Nahkampf einen jungen Russen an den Beinen gepackt und wie eine Keule herumgeschwungen haben soll! So lange, bis alle Angreifer erschlagen waren."

Das war natürlich alles Humbug. Nicht eine dieser Geschichten war wahr. Dennoch, in den Gedanken der Landser glich Diller optisch einem wilden Piraten oder Raubritter. Er verkörperte für sie den wahren Götz von Berlichingen, der mit eiserner Faust dem Feind das Fürchten lehrte. Der Mythos des großgewachsenen, vor Muskeln strotzenden Helden verbreitete sich genau bis zu dem Tag, an dem er ankam.

Als er zum ersten Mal vor den Männern stand, erntete er erstaunte Blicke. Der Blondschopf erfüllte gerade mal die Mindestgröße für die Waffen-SS und war von ganz normaler Statur. Ein paar Narben gingen im sympathischen Lächeln des freundlich wirkenden Gesichts unter. Die Augen des Oberscharführers waren stechend blau. An seiner rechten Hand trug er einen Ehering, verlor jedoch nie ein Wort über seine Frau oder Familie.

Die Fähigkeiten des Russlandveteranen kristallisierten sich auf dem Truppenübungsplatz in Frankreich schnell heraus. Diller las regelrecht im Gelände. Er ging bei den Manöverübungen stets taktisch klug vor und schlug sinngemäß erbarmungslos zu, sobald sich eine Gelegenheit bot. Dillers Art Krieg zu führen sprach sich blitzschnell herum. Es dauerte nicht lange bis der Bataillons-Chef, Hauptsturmführer Brennauer, den Oberscharführer und dessen Kompanieführer, Untersturmführer Langemann, zu sich kommen ließ.

„Treten Sie ein, meine Herren", hatte Brennauer beide vor einigen Wochen begrüßt. Er deutete auf zwei Stühle. „Bitte nehmen Sie doch Platz." Der Bataillonsführer war offensichtlich bester Laune.

Seine beiden Gäste setzten sich. Der Duft von frisch gebrühtem Kaffee hing in der Luft. Brennauer folgte Langemanns Blick, der sich an der Kanne fing.

„Darf ich Ihnen etwas einschenken?", fragte der Hauptsturmführer höflich. „Ist frisch gebrüht. Den Kaffee hat unser Sturmscharführer Glöcker persönlich zubereitet. Ein guter Mann!"

Trotz der freundlichen Begrüßung, wirkte der Offizier auf Diller arrogant. Der Hauptsturmführer strahlte etwas von dem aus, was in unteren Dienstgradkreisen verhasst war. Es wurde im Kern als preußisches Offiziersgehabe bezeichnet und erinnerte an das vor Jahren aus dem deutschen Militär verbannte *Drei-Klassen-Denken*. Kurzum, der Bataillonsführer war streckenweise überheblich.

„Sehr gern", antwortete Langemann.

Diller schloss sich an. „Für mich bitte auch."

Brennauer griff zu der mit Blumen verzierten Kanne, aus deren Tülle heller Dampf quoll. Die Tassen standen bereits auf dem Tisch. Nachdem eingeschenkt war, stellte der Offizier die Kanne ab und ging zu einem Wandschrank. Er öffnete ein Türchen und holte eine Flasche heraus. „Ein Schuss Cognac kann nicht schaden", lächelte er und ging zurück zum Tisch. Brennauer setzte sich und öffnete den Branntwein. Er goss, ohne zu fragen, etwas davon in jede Kaffeetasse. „Das habe ich von den Franzosen gelernt", erklärte der Bataillonskommandeur. Seine Tasse wanderte an die Lippen. „Die Franzmänner wissen, was gut ist." Er nahm einen zweiten Schluck, stellte die Tasse zurück auf den Tisch und sah nacheinander die beiden Soldaten an. „Ich möchte gleich zur Sache kommen. Oberscharführer Diller, Ihr soldatischer Werdegang hat mich beeindruckt. Ich möchte in meinem Bataillon etwas Neues aufstellen und dabei habe ich auch an Sie gedacht."

Langemann und Diller waren erstaunt. Neugierig hörten sie den Ausführungen des Bataillonsführers zu.

„Ich möchte eine kleine, aber schlagkräftige Panzernahkampftruppe aufstellen. Ich meine nicht im üblichen Sinn Infanteristen, die man schnell zusammenführt, wenn es an der HKL brennt. Ich möchte sozusagen ein paar Männer z.b.V. in meinen Reihen wissen, die sich mit dem Zerstören von Feindpanzern auskennen. Spezialisten! Die divisionseigene Panzerjäger-Kompanie ist nicht immer vor Ort, wenn man sie braucht."

„Das ist richtig", ließ Langemann verlauten, „aber hier im Westen ist es ruhig. So ist das doch eher von sekundärer Bedeutung."

„Nur vorübergehend", winkte Brennauer ab. „Wer weiß, wie lange wir im Westen bleiben? Ich möchte gerüstet sein, wenn es soweit ist. Der Krieg wird im Osten entschieden, meine Herren. Die Festung Europa ist nicht einzunehmen!"

Hier war sie wieder, diese überhebliche Art, die Diller nicht mochte.

Brenner schob Falttafeln über den Tisch. „Dieses Lehrmaterial ist für den Panzernahkampf herausgegeben worden. Sehr gutes Hilfsmaterial. Hier drin finden Sie außerordentlich gute Bilder und Beschreibungen der wichtigsten Feindpanzer in Ost und West. Stärke, Bewaffnung, Schwachstellen usw. Alles drin", sagte er, griff zu einem weiteren Schriftstück und hielt es hoch. „Das ist eine Ergänzung zur Heeresdienstvorschrift 469/4 Ziffern 44-48", schob er im militärischen Lehr-Ton nach. „Ein Anhalt für die Gliederung und Ausrüstung eines Panzernahkampftrupps. Diller, Sie sollen für mich die besten Leute aus dem Bataillon heraussuchen und unter dem Kommando von Untersturmführer Langemann zu knallharten Panzerjägern ausbilden!"

Der Oberscharführer schwieg. Er verzog keine Miene. Langemann hingegen räusperte sich. „Wo sollen die Männer angegliedert werden? Normalerweise …"

„Wir brechen mit der Normalität, Langemann. Mein erster Wunsch, einen ganzen Zug Panzernahkämpfer pro Kompanie aufzustellen, wurde vom Regimentskommandeur abgelehnt. Er ist der Ansicht, dass man eine bewährte Struktur nicht abändern muss. Allerdings gestand er mir zu, dass ich zumindest in einer Kompanie einen Probelauf starten kann. Langemann, Sie werden die schwere Kompanie übernehmen. Obersturmführer Wieland ist aufgrund seines schweren Autounfalls nach wie vor dienstunfähig. Wie Sie es anstellen ist mir egal. Sie können erst eine kleine Gruppe Panzerjäger aufstellen oder von mir aus auch einen ganzen Zug. Es bleibt Ihnen überlassen. Was sagen Sie dazu?"

Langemann nickte. „Ich könnte mir das schon vorstellen."

„Lassen Sie uns langsam beginnen! Das Stammpersonal ist unterbesetzt. In jeder Gruppe befinden sich vielleicht ein oder zwei Rottenführer oder Sturmmänner mit Erfahrung. Alle anderen sind junge Rekruten im Altersdurchschnitt von 18 oder 19 Jahren. Mehr als die Hälfte der Männer sind keine zwanzig Jahre alt", warf Diller ein. Er versuchte ruhig und sachlich zu klingen, obwohl er innerlich brodelte.

Der Bataillonskommandeur tat den Einwand mit einer lässigen Handbewegung ab. „Es sind ausgebildete Soldaten der Waffen-SS!"

Diller registrierte, dass der Hauptsturmführer diesbezüglich eingefahren zu sein schien. Er versuchte anders zu argumentieren. „Wer in einem Panzernahkampftrupp effektiv Dienst verrichten möchte, braucht gute Nerven, richtigen Schneid und Sinn für Taktik", begann der Oberscharführer grundlegend zu erklären. „Die Männer müssen sowohl die panzerbrechenden Waffen beherrschen als auch fähig sein, in der Gruppe zu arbeiten. In Russland mussten wir zwar auch im Alleingang Panzer bekämpfen, doch am effektivsten war der Einsatz von Gruppen mit einer Stärke von drei bis vier Mann. Einer gibt den Ton an. Er ist der Truppführer. Dann benötigt man einen Blender, einen Panzerzerstörer, das muss ein Soldat mit Drahtseilnerven sein. Und zur Bekämpfung der feindlichen Begleitinfanterie wird ein Sicherer benötigt."

Brennauer hatte aufmerksam zugehört und antwortete: „Sie dürfen die Männer selbst auswählen. Freie Wahl im gesamten Bataillon! Finden Sie die richtigen Männer und bilden Sie sie zu dieser schlagkräftigen Gruppe aus, von der sie gerade erzählt haben. Wenn Probleme auftreten, melden Sie sich unverzüglich bei mir."

Der Auftrag war klar definiert. Es gab keinen Kompromiss, keine Alternativen, keine Verzögerung.

„Wir brauchen auch die nötigen Waffen dafür", schob Diller in der Hoffnung nach, die junge Division würde noch nicht darüber verfügen.

Brennauer leerte seine Tasse mit zwei kräftigen Zügen und stellte sie wieder auf den Tisch. „Schreiben Sie eine Liste. Ich werde sie persönlich an den Waffenmeister weitergeben, dann funktioniert das auch."

Das war vor sechs Wochen. Seither verrichtete Diller Dienst in der 4. Kompanie. Eine ganze Woche verbrachte der Russlandveteran auf den Übungsplätzen, um die Grenadiere zu beobachten und kennenzulernen. Immer wieder notierte er Namen, strich sie wieder von der Liste, führte Gespräche und fällte, gemeinsam mit Untersturmführer Langemann, Entscheidungen. Freiwilligkeit wurde groß geschrieben. Übermäßigen Enthusiasmus, wie er in der SS-Division *Hitlerjugend* vorherrschte, versuchte er zu vermeiden. Einmal beobachtete er zwei junge Soldaten. Beide schienen gut für die künftige Aufgabe geeignet zu sein. Diller ging zu beiden hin und unterhielt sich mit ihnen. Am Ende stellte er die Frage: „Warum sind Sie zur Waffen-SS gegangen?"

Einer antwortete: „Weil ich zur Elite gehöre und mit meinem Leben unseren Führer, das deutsche Volk und unser Vaterland verteidigen möchte."

Der andere sagte: „Weil ich nach dem Krieg studieren kann, was ich möchte."

Diller entschied sich für den zweiten jungen Grenadier. Schließlich stand die Zusammensetzung der Gruppe fest. Aus einer Vielzahl von Freiwilligen wurden letztendlich fünf Schützen, ein Oberschütze, zwei Sturmmänner und ein Rottenführer ausgewählt. Alle besaßen nach Ansicht des erfahrenen Oberscharführers die nötigen Eigenschaften, um ein erfolgreicher Panzerjäger werden zu können.

Angegliedert wurden seine Panzerbekämpfer dem 3. MG-Zug. Dieser war unterbesetzt und bestand aus nur einer Gruppe. Für eine zweite Gruppe fehlten zwei schwere Maschinengewehre 42. Eine Auffüllung durch Dillers Männer lag demnach auf der Hand. Der Oberscharführer wurde als Zugführer eingesetzt und führte somit neben seinen Panzerbekämpfern auch die MG-Gruppe mit den beiden schweren Maschinengewehren.

Signatur Bild 101I-495-3435-35A
Archivtitel Frankreich.- Soldat (der Waffen-SS ?) einem Kameraden beim Befestigen seines Mantels /
Ponchos helfend; PK Lfl 3
Datierung 1944 Sommer   Fotograf Engelmann   Quelle Bundesarchiv

Sowohl im Lehrsaal als auch auf dem Übungsgelände versuchte der fronterfahrene Soldat, die Gruppe so gut wie möglich auszubilden.

„Wenn wir eine Linie halten, ist die Panzerabwehr tief gestaffelt. Das bedeutet, dass wir erstens über mindestens drei Schützenlöcher pro Mann verfügen. Zweitens überall zugriffsbereit unsere Waffen deponiert sind und wir uns drittens auch dort aufhalten, wo man nicht mit Panzern rechnet!"

Mit diesem einleitenden Satz begann seine erste Unterrichtsstunde.

Die Männer arbeiteten gut mit. Diller war zufrieden. Keiner muckte auf, niemandem war die Schinderei auf dem Manöveracker zu anstrengend. Tagsüber wurde gedrillt, abends gebüffelt. Der Oberscharführer verlangte von jedem, dass er die wichtigsten Feindpanzer, deren Bewaffnung, Besatzungszahl und Schwachpunkte in- und auswendig kannte.

„Beachtet die Windrichtung, wenn ihr Nebelgranaten werft", wies er mehrfach an. Im Manöver wusste es jeder, doch im Kampf herrschte pure Panik. Dann wurden Dinge, die nicht eingedrillt waren, leider oft falsch gemacht. Das konnte Leben kosten.

„Denkt für den Fall, dass ihr Brandmittel einsetzen müsst, an trockene Streichhölzer, noch besser sind gefüllte Sturmfeuerzeuge", mahnte der Russlandkämpfer.

Diller hätte sich wesentlich mehr Zeit erbeten, doch die Landung der Alliierten machte ihm einen gewaltigen Strich durch die Rechnung. Also wurde eine Art Prüfung vorgezogen. Die Ergebnisse des theoretischen Unterrichts waren hervorragend. Was die Praxis betraf, war der Ausbilder mit seiner Gruppe zufrieden. Was ihm Sorgen bereitete, war die Frage, wie die Leute sich im Feld bewähren würden. Keine einzige Übung war mit einem Einsatz auf dem Schlachtfeld vergleichbar. Diller fragte sich, wie die jungen Männer reagieren würden, wenn sie unter Beschuss lagen und links und rechts Granaten detonierten. Hatten sie die Nerven auszuharren, um sich im richtigen Moment aus der Deckung zu lösen und anzugreifen? Konnten sie sich den Panzern nähern, wenn MG-Garben über ihre Köpfe hinweg zischten? Waren sie nervenstark genug in Deckung zu bleiben, wenn eine stählerne Wand mit dröhnendem Motor und lautem Kettengerassel auf sie zu walzte oder würden sie vor einem heranrollenden Panzer Reißaus nehmen? Bis auf den Rottenführer hatte bisher keiner der Landser auch nur einen einzigen Tag Fronterfahrung gesammelt.

Als Diller den Auftrag zur Aufstellung einer Panzerjägergruppe erhalten hatte, glaubte er fest daran, nichts anderes als Kanonenfutter für die Front zu formen. Erst während der Ausbildung war ihm der verhaltene Enthusiasmus der Freiwilligen aufgefallen. Sie wuchsen im Deutschen Reich auf. Alle hatten bereits in der Hitlerjugend eine vormilitärische Ausbildung genossen. Sie waren jung, stolz und auf Deutschland eingeschworen.

Der vorherrschende Zeitgeist hatte Besitz von ihnen ergriffen. Zumindest vom Gros der Truppe. Der Oberscharführer hatte es mit jungen Soldaten zu tun, die den Glauben besaßen, für eine gerechte Sache in den Krieg zu ziehen, um ihre Heimat und ihre Familien zu verteidigen. Sie waren Kinder des Nazi-Regimes. Dennoch gehörten die von Diller ausgewählten Soldaten zu denen, die seiner Ansicht nach nicht blinden Gehorsam und glühende Einsatzbereitschaft zeigten, sondern besonnen und gezielt dachten, sprachen und handelten. Genau aus diesem Grund hatte er die stille Hoffnung, seine Leute durchzubringen.

Nach vier Wochen veranstaltete der Oberscharführer einen geselligen Abend und gewährte den Männern zu später Stunde das Duzen. „Männer, wir sind ein Haufen, eine Gruppe und Kameraden. Es wird zwar noch etwas dauern, aber irgendwann trifft auch unser Marschbefehl ein. Dann ziehen wir Schulter an Schulter ins Feld und sind aufeinander angewiesen. Dienstrang hin, Dienstrang her. Wir sitzen im gleichen Boot und ab jetzt duzen wir uns!"

So etwas wie Stolz lag in den Gesichtern der jungen Soldaten.

„Wie heißen Sie mit Vornamen?", fragte einer der Schützen.

„Nennt mich einfach Diller. Ich kann meinen Vornamen nicht leiden! Außerdem sind wir jetzt per du! Wer mich noch einmal siezt, spendiert einen Schnaps!"

„Dürfen wir den Vornamen trotzdem erfahren?"

Der Oberscharführer grinste breit. „Karl-Otto! Und weil ich schon in der Schule immer einer der schnellsten war, wurde ich oft flotter Otto genannt."

Sie fingen an zu lachen.

Diller stand auf. Er kniff seine Augen zusammen und ließ seinen Blick schweifen. Es war, als ob er die Männer mit einem Karabiner anvisierte. Augenblicklich starb das Gelächter ab. „Und genau aus diesem Grund habe ich meinen Vornamen auf ewig verbannt! Wer mich mit meinem Vornamen anspricht, wird künftig nichts mehr zu lachen haben!"

Knisternde Spannung lag im Raum. Keiner wagte es auch nur einen einzigen Mucks zu machen, bis Diller sich nicht mehr beherrschen konnte und laut losprustete. Er lachte schallend und meinte: „I-i-ihr hättet mal eure Gesichter sehen sollen ... ha ha ha ..."

Das Eis zwischen dem Oberscharführer und seiner Gruppe war vollends gebrochen. Der Abend verlief feuchtfröhlich. Aber dennoch wagte es keiner der Soldaten jemals, den Vornamen ihres Zugführers auszusprechen. Zumindest nicht, wenn er sich in der Nähe befand.

Am 7. Juni 1944 war es soweit. Generalfeldmarschall von Rundstedts Stab erteilte die Freigabe der immer noch zurückgehaltenen Reservetruppen, die südlich der Loire und in der Bretagne stationiert waren. In der Normandie tobte zwischenzeitlich ein erbittertes Ringen um jeden Quadratmeter Boden. Während die Alliierten versuchten ihre Landeköpfe auszudehnen, stemmten sich ihnen die deutschen Truppen entgegen.

Mit Eintreffen des Abmarschbefehls setzten sich die seit Invasionsbeginn in Alarmbereitschaft befindlichen jungen Männer der *Götz von Berlichingen* in Bewegung. Die neue SS-Division musste sich an der Front bewähren. Für viele von ihnen sollte es ein Marsch in den Tod werden.

Die ersten Truppenteile der Division hatten sich bereits am frühen Morgen des 7. Juni 1944 auf den Weg ins Invasionsgebiet gemacht. Das schubweise Abrücken hatte einen Grund. Es gab zu wenig Fahrzeuge. Um die Grenadiere transportieren zu können, mussten etliche Lastwagen requiriert werden. Zudem arbeiteten die Werkstatt-Kompanien auf Hochtouren, um alles auf die Straße zu bringen, was reparaturbedürftig herumstand.

Mit Einbruch der Dunkelheit würde auch Dillers Bataillon den Stützpunkt südlich der Loire in Richtung Normandie verlassen. Die Lage war katastrophal. Es standen nicht nur zu wenig Lastwagen zur

Verfügung, es fehlten auch moderne Panzer. Diese befanden sich noch im Reich und warteten auf ihren Transport zur Truppe. Auch die Sturmgeschütze waren rar. Nur ein Regiment konnte zufriedenstellend ausgerüstet werden.

Dillers Kompanie gehörte zu einem gut ausstaffierten Bataillon.

Was dieser Umstand zu bedeuten hatte, war dem erfahrenen Oberscharführer klar. Wer die beste Ausrüstung besaß, wurde zuerst im Kampfgebiet eingesetzt.

Er ging zum vorletzten Lastwagen und prüfte, ob alles in Ordnung war. Zufrieden klopfte er dem Fahrer auf die Schulter. „Gut gemacht."

Am letzten Fahrzeug, einem Steyr 1500-A Mannschaftswagen, stand Klaus Förster. Er hatte vor zwei Tagen seinen achtzehnten Geburtstag gefeiert und war der jüngste SS-Mann der Panzerjägergruppe. Förster war schlank, wirkte auch in der Uniform immer noch wie ein Schuljunge, hatte aber nach Ansicht Dillers die richtige Einstellung und Befähigung gezeigt.

„Besser er als ein Draufgänger, der nicht lange leben wird", hatte er zu Langemann gesagt, der einverstanden war.

Nachdem die Tarnbeleuchtung kontrolliert war, stellte sich Diller neben den blutjungen Landser. Zeitgleich knallte der Fahrer des Steyr, Herbert Radolz, die Tür zu. „Perfekt! Von mir aus können wir abfahren", stieß er aus und rieb sich die Hände. Er gesellte sich zu Diller und Klaus Förster.

„Zigarette?", fragte Diller in die Runde. Er hielt eine Packung filterloser Eckstein in den Händen und schnippte mit den Fingern auf den Boden der Packung. Drei Zigaretten rutschten ein Stück weit heraus.

Förster war gedankenversunken und hatte die Frage nicht verstanden. „Wie bitte?"

„Zigarette?", wiederholte Diller.

Radolz griff zu. „Aber immer doch", grinste er.

Der Sturmmann war ein Soldat, wie man ihn sich vorstellte. Er schien immer gut gelaunt zu sein, hatte wachsame Augen, die ausdrückten, dass er mit allen Wassern gewaschen war und ließ sich nie in die Karten sehen. Einem wie Herbert Radolz konnte man als Kamerad blind vertrauen. Diller war froh, so einen Kerl in der Gruppe zu haben. In Russland waren es Männer wie dieser Sturmmann, die dafür

23

sorgten, dass sich in den Tanks Sprit befand, dass Pferdefuhrwerke als Ersatz bereitstanden, und dass etwas im Kessel schmorte, obwohl die Vorratskammern der Feldküchen leer waren. Männer wie Radolz schlichteten, statt zu streiten, waren zuverlässig, schlitzohrig und verschwiegen.

Jetzt nahm auch Förster eine Eckstein. Während die beiden Soldaten die filterlosen Zigaretten zwischen die Lippen steckten, schob der Oberscharführer die Packung wieder ein. „Ich habe vorhin erst eine geraucht", kommentierte er. Seine Augen ruhten auf Förster, der sehr nachdenklich wirkte. „Alles in Ordnung?"

Radolz pustete nach einem Lungenzug den dicken Rauchschwall durch Mund und Nase aus. Förster paffte lediglich. Der Tabak war stark und nicht besonders gut für Gelegenheitsraucher geeignet. Ohne auf eine Antwort zu warten, meinte Diller: „Die Eckstein sind nicht schlecht, aber überhaupt nicht mit dem russischen *Machorka* vergleichbar. Das grobe Zeug hat voll reingepfiffen. Ich habe den Tabak zugleich geliebt und gehasst."

Radolz nahm den nächsten Zug. Das Ende der Zigarette leuchtete für einen Moment glühend hellorange auf. „Ich bin mal gespannt, wie lange wir brauchen, um die Amis und Tommys wieder ins Wasser zu treiben."

Förster räusperte sich. „Meint ihr, wir schaffen es?", kam es zögerlich. Gleich nach der Fragestellung zog er an seiner Zigarette. Der Rauch wurde sofort wieder ausgepustet, ohne gänzlich inhaliert zu werden. Die Nervosität war Förster anzusehen. Diller glaubte, das Problem erkannt zu haben. Die Beantwortung seiner zuvor gestellten Frage hatte sich somit erübrigt.

Bei den Manöverübungen hatte Förster stets forsch gehandelt, kaum Nervosität gezeigt und von Angst war keine Spur vorhanden gewesen. Im Gegenteil. Der Schütze war trotz seines jungen Alters einer der Mutigeren in der Gruppe. Diller hatte sogar überlegt, ob er ihn nicht aussortieren sollte, da der Heißsporn zeitweise sehr waghalsig vorging. Allerdings zeigte er auch Umsicht und Besonnenheit. Er beherrschte das Absichern hervorragend und war beim Blenden einer der Besten. Die Angst, die den SS-Schützen momentan zu packen schien, kam nach Dillers Ansicht genau im richtigen Moment. Hätte Förster stattdessen zu schwärmen begonnen und geäußert, dass er unbedingt das Eiserne Kreuz wolle, um als Kriegsheld nach Hause zurückzukehren, hätte ihn der Oberscharführer aussortiert. Jetzt hingegen zeigte er sich väterlich.

„Du weißt doch, dass kein geringerer als der Wüstenfuchs persönlich unser oberster Chef ist. Generalfeldmarschall Erwin Rommel ist einer unserer besten Generäle. Er führt uns."

Förster nickte.

„Er hat die Küste im Griff und er wird uns genau dort einsetzen, wo es strategisch wichtig, aber auch vorteilhaft für uns ist. Rommel opfert keine Soldaten. Er ist Stratege."

„Er hat ja auch überall seine Rommelspargel aufstellen lassen", grinste Radolz, merkte allerdings bald, dass er das Gespräch störte. „Ich besorge noch schnell etwas", schob er nach und verschwand.

Als der Fahrer weg war, griff Diller in seine Hosentasche. Nachdem die Hand wieder auftauchte, war eine blau-rote Tablettendose zu sehen. „Panzerschokolade", sagte er. Der Oberscharführer schraubte die Röhre auf. Sachte schüttelte er eine der Pervitin-Tabletten heraus. „Die haben sie uns damals zu Hauf gegeben. Ist gegen Angst und Müdigkeit. Wenn wir im Kampf liegen und du denkst, es geht nicht mehr, dann nimmst du die Tablette! Aber nur dann! Das Zeug ist nicht ohne."

Förster nahm die Pille und wickelte sie vorsichtig in sein Taschentuch. „Danke!"

„Schon gut. Ich habe die Dinger auch hin und wieder genommen", erklärte der Zugführer. „Fast jeder von uns hatte ne Röhre davon einstecken, als es mit dem Polenfeldzug losging. Später in Russland bekamen wir die Pillen nur noch über, sagen wir mal, dunkle Kanäle. Also pass gut drauf auf."

Die Gesichtszüge des jungen Soldaten entspannten sich. Die Eckstein wanderte zwischen seine Lippen. Die Glut der Zigarette erhellte das Gesicht. Diesmal wirkte es wieder ein wenig lausbubenhaft. Blauer Dunst schwebte nach oben.

Langemann kam zu den Lastwagen. „Es geht gleich los."

„Aufsitzen!", plärrte jemand, woraufhin sich herumstehende Grüppchen auflösten. Gewusel entstand. Jeder eilte zu seinem Fahrzeug.

Ein paar Männer näherten sich im Laufschritt. Radolz war auch dabei. Keuchend stellte er etwas im Führerhaus ab. Das Klimpern von Flaschen war zu hören. „Mann, war das knapp", grinste er.

Diller schmunzelte ebenfalls und schüttelte den Kopf. „Radolz, du bist und bleibst ein alter Fuchs."

Letzte Instruktionen wurden an die Fahrer ausgegeben. „Nicht zu dicht auffahren. Haltet Abstand. Wenn Flieger kommen, bringt ihr die Fahrzeuge in Deckung!"

Alle waren aufgesessen. Einigen konnte es nicht schnell genug gehen, andere wären lieber hier geblieben. Die Gemüter waren aufgewühlt. Manche redeten pausenlos, während ein Teil gar nichts sagte.

Ganz vorn schwenkte Langemann die Faust durch die Luft. Mit der hereinbrechenden Nacht ging es los. Die Motoren dröhnten. Knobelbecher traten auf die Gaspedale. Die Fahrzeuge setzten sich in Bewegung. Sie rollten in Richtung Normandie. Sie rollten dem Feind entgegen und somit in den Kampf. Es waren junge Männer, die von der Schulbank kamen, die ihren Lehrberuf gerade abgeschlossen hatten oder ihr Studium abbrachen, um im guten Glauben dem Vaterland zu dienen. Sie waren Opfer der Gleichschaltung, infiziert mit dem perfiden Idealismus der Nationalsozialisten.

Diller saß auf dem Beifahrersitz des Steyr. Radolz konzentrierte sich sowohl auf die Straße als auch den Vordermann. Das Grinsen war aus dem Gesicht des Sturmmannes verschwunden. Als sie durch die erste Ortschaft nächst des Truppenübungsplatzes fuhren, ruhten die Blicke der Einheimischen auf den abrückenden deutschen Soldaten. Nicht alle waren ihnen freundlich gesonnen. Die Hauswände und Mauern sahen in der Dämmerung mausgrau aus. Bei einer Autowerkstatt waren an einem doppelflügeligen Tor mehrere große Schilder angebracht. Sie wurden vom Licht einer Laterne schwach angeleuchtet. Radolz erkannte im Vorbeifahren das Citroen-Zeichen und ein Werbeschild von *Castrol*. Die anderen waren zu verwittert. „Das Zeug ist gut", begann er ein Gespräch.

„Das Öl oder die Franzosen-Autos?", hakte Diller nach, der die beiden Schilder ebenfalls gesehen hatte.

Der Fahrer lachte. „Das Öl natürlich. Nach dem Krieg werde ich auch eine Autowerkstatt aufmachen. Autos und Landmaschinen."

„Das sind große Pläne", meinte Diller etwas belanglos.

Sie fuhren am einzigen Gasthaus des Dorfes vorbei. Licht schimmerte durch die Fenster. Diller hatte dort ab und zu bei einem Glas Rotwein gesessen und lernte die französische Küche kennen und schätzen. Mindestens einmal pro Woche gönnte er sich eine *Ente á l' Orange* und kürte es zu seinem Leibgericht.

„Olala", schmunzelte Radolz, dem der verträumte Blick des Oberscharführers nicht entgangen war. „Du denkst wohl gerade an Madeleine?"

Diller wendete den Kopf zum Fahrer. „Die Frau des Wirts? So ein Blödsinn. Ich denke an das gute Essen."

Radolz lachte, nahm Gas weg und lenkte den Steyr um eine scharfe Kurve. Hierzu schaltete zwei Gänge runter, trat das Gaspedal dann aber wieder durch, um auf den Vordermann aufzuschließen. „Ich möchte nicht wissen, wieviel *Byrrh* die Gute als Aperitif von uns Soldaten spendiert bekommen hat."

Jetzt war es Diller, der lachte. „Madeleine ist eine gewiefte Geschäftsfrau. Sie hat gewusst, wie sie euch Jungs das Geld aus den Hosentaschen zieht."

„Und manchmal hat sie noch mehr als Geld aus den Hosen gezogen", konterte der Fahrer und zwinkerte seinem Nebenmann verschmitzt zu.

„Hör auf damit! Ich bin ganz froh, dass wir von hier verschwinden", kam es von hinten. Lederer löste mit dem Zwischenruf allgemeines Lachen aus. „Ha, ha", äffte er nach. „Ich möchte mal ehrlich wissen, wer von euch nicht in Versuchung geraten wäre."

„Menschenskind, Lederer, jeder von uns wusste doch, dass Madeleine aus Marseille stammt. Dort hat sie am Hafen mehr horizontal als aufrecht gearbeitet und einfach ein paar Andenken mitgebracht", kam es mit einem Augenzwinkern.

Der junge Soldat wirkte leicht verärgert. „Wenn ihr das gewusst habt, hättet ihr mir das sagen müssen."

„Der Arzt hat es doch getan", kam es süffisant.

„Aber erst danach", motzte Lederer zurück.

Diesmal lachte die komplette Besatzung.

Selbst Lederer musste schmunzeln. Er sprach weiter und betonte die nächsten Worte, als wäre er ein Alleinunterhalter. „Das war nicht schön, Kameraden. Erst die peinliche Infektion und dann die Behandlung. Und zwar ohne Betäubung!"

Wieder lachte die Besatzung und Lederer legte noch einen drauf. „Eine Woche diese brennende Salbe auf meinem besten Stück waren die zehn Minuten Glückseligkeit nicht wert", beendete er und erntete abermals schallendes Gelächter.

Diller kam die gute Stimmung gelegen. Er hasste Fahrten zur Front. Je mehr man sich damit beschäftigte, was alles auf einen zukommen könnte, desto verrückter machte man sich.

Bis auf die wenigen Veteranen in ihren Reihen ahnten die Männer der Waffen-SS nicht, welcher Hölle sie entgegenfuhren. Viele glaubten noch an den Endsieg, glaubten daran, dass sie eine unschlagbare Elitetruppe waren und sie glaubten an Heldentum und daran, dass sie den Feind locker besiegen würden. Schließlich bekamen sie stets zu hören, dass Wunderwaffen bereits in der Entwicklung waren und der Krieg nicht im Westen, sondern im Osten entschieden wurde. Sie waren verblendet.

Bevor das V. und VII. US-Korps an ihren zugeteilten Abschnitten Utah-Beach und Omaha-Beach landeten, waren zur Unterstützung Luftlandeoperationen der 82. und 101. US-Luftlande-Division im Hinterland des Utah-Sektors zwischen Carentan und Sainte-Mère-Église vorausgegangen.

Die Aufgabe dieser Fallschirmjäger-Einheiten bestand darin, den Flankenschutz für die weiteren Landetruppen zu übernehmen. Eine noch für den Landungstag geplante Zusammenführung der Invasionskräfte beider Abschnitte misslang jedoch aufgrund der hartnäckigen deutschen Verteidigung.

Am 7. Juni 1944 wurde vom amerikanischen Oberkommando vorgegeben, eine Truppenvereinigung bei Carentan sattfinden zu lassen. Die Einnahme der Stadt, die von den stark angeschlagenen Männern des Fallschirmjäger-Regiments 6 verteidigt wurde, oblag der 101. US-Luftlande-Division.

Generalfeldmarschall Rommel erkannte das Vorhaben seiner Widersacher und wollte eine Vereinigung der beiden Landeköpfe unter allen Umständen verhindern. Aus diesem Grund beorderte er den Hauptteil der 17. SS-Panzergrenadier-Division mit dem Ziel nach Carentan, dort die erbittert kämpfenden Fallschirmjäger zu unterstützen. Der Gegner sollte zurückgedrängt werden.

Während die *Götz von Berlichingen* anrückte, zog sich die Schlinge um Carentan, und damit um das Fallschirmjäger-Regiment 6, immer enger zu. Eine Einkesselung durch die 101. US-Luftlande-Division drohte.

Zudem neigte sich der Munitionsvorrat der Verteidiger dem Ende zu. Ein Nachschub fand nicht statt. Mit dieser prekären Situation konfrontiert, versuchte der Befehlshaber des Fallschirmjäger-Regiments 6, Verbindung zum Stab des LXXXIV. Armeekorps aufzunehmen. Es gelang dem kurz vor der Beförderung zum Oberstleutnant stehenden Major von der Heydte jedoch nicht, den Stab von General Marcks zu erreichen. Die Funkverbindung war gestört und die Kabel der Telefonverbindungen zerfetzt. Selbst Melder kamen nicht durch.

Der Kommandeur der Verteidiger Carentans war gezwungen, selbst eine Entscheidung zu fällen. Die Lage war katastrophal und es bestand weder Aussicht auf Nachschub noch auf Verstärkung. Unter Berücksichtigung dieser Tatsachen beschloss Major von der Heydte, die Stadt Carentan aufzugeben und seine Fallschirmjäger zu retten. In der Nacht des 11. Juni 1944 gab er den Rückzugsbefehl.

Als die Absetzbewegung bereits in vollem Gang war, traf der Kommandeur der 17. SS-Panzergrenadier-Division, Brigadeführer und Generalmajor der Waffen-SS, Werner Ostendorff, in von der Heydtes Befehlsstand ein. Der Fahrer stellte den Kübelwagen ab. Ostendorff stieg aus. Zeitgleich verließen drei weitere Offiziere seines Stabes ihre Fahrzeuge. Sie folgten dem Brigadeführer. Vor dem Befehlsstand der Fallschirmjäger stand ein Oberleutnant und rauchte eine Zigarette. Der Offizier trug seinen linken Arm in einer Schlinge. Er sah den hohen Besuch, erkannte ernste Gesichter und schnippte die Zigarette weg. Ein militärischer Gruß wurde nur flapsig erwidert.

„Wo ist Ihr Vorgesetzter?"

Noch bevor der Oberleutnant antworten konnte, betrat Ostendorff den Befehlsstand. Er stürmte regelrecht an verdutzt blickenden Stabsoffizieren und Mitarbeitern vorbei, bis er vor dem Kommandeur des Fallschirmjäger-Regiments 6 stand.

Major von der Heydte nahm Haltung an. Er wirkte überrascht, bezüglich des Besuchs der ranghohen SS-Offiziere.

„Major von der Heydte, Sie unterstehen ab sofort meinem Kommando. Ich möchte unverzüglich einen Lagebericht!"

Von der Heydte blieb ruhig und ließ es an einer gewissen erwarteten Unterwürfigkeit fehlen. Selbstsicher klärte den Brigadeführer über den Stand der Dinge auf.

Ostendorff wurde zusehends wütender. Er legte seine Kopfbedeckung ab. Der Schädel war fast kahl rasiert. Das verlieh der ohnehin kräftigen Figur Ostendorffs eine gewisse Art von Antipathie. „Carentan ist mit allen Mitteln zu halten! Sie haben hier einen großen Fehler begangen!"

Von der Heydte war aufgebracht und stand unerschütterlich hinter seiner Entscheidung. „Hätte man mich vom Aufmarsch Ihrer Division unterrichtet, würde ich in diesen Minuten selbst kämpfend in Carentan stehen! Ich habe so entschieden wie ein Offizier zu entscheiden hat, wenn er von jeglicher übergeordneter Stelle abgeschnitten ist", fuhr er den SS-Brigadeführer an.

Ein heftiger Streit entbrannte zwischen den beiden Offizieren, in dessen Verlauf jeder beim anderen eine gewisse Schuldzuweisung suchte und diese für sich selbst vehement ablehnte. Irgendwann kam der stolz auftretende Major von der Heydte auf den Punkt. „Wir haben einen Befehl auszuführen. Wie lange sollen wir uns jetzt noch um Dinge kümmern, die man nicht mehr ungeschehen machen kann?"

Ostendorff verharrte für einen Moment. Sein Gegenüber ging im Raum auf und ab. Die Stabsoffiziere waren längst hinausgebeten worden. Der Kommandeur der Fallschirmjäger blickte dem SS-Mann tief in die Augen. Die große Adlernase des Wehrmachtsoffiziers wirkte fast spitzbübisch auf Ostendorff. Der Brigadeführer überlegte kurz und lenkte ein. „Was schlagen Sie vor?"

Beide hatten erkannt, dass ihnen nichts anderes übrig blieb, als für den nächsten Tag die Wiedereinnahme Carentans zu planen. Während die Angriffsplanungen anliefen, nutzten die Soldaten der amerikanischen 101. US-Luftlande-Division ihre Chance und besetzten die französische Ortschaft.

Der für den 12. Juni 1944 geplante Angriff auf Carentan verzögerte sich um einen weiteren Tag, da Artillerie-General Marcks in der Nähe von St. Lo einem alliierten Fliegerangriff zum Opfer fiel.

Zu diesem Zeitpunkt konnte der Stab des OB West nicht ahnen, dass sich durch diese Verzögerung die Ausgangslage für die Angreifer wesentlich verschlechtere. Unter dem Decknamen System *Ultra* war es den Alliierten gelungen, deutsche Funksprüche abzufangen und zu entschlüsseln. Auch die Meldung über den bevorstehenden Angriff auf Carentan wurde auf diese Art und Weise bekannt und sofort weitergegeben. Das hatte zur Folge, dass der amerikanische Kommandeur der 1. US-Armee, General Bradley, frühzeitig reagieren konnte und zusätzlich Teile der 2. US-Panzer-Division ins Kampfgebiet beorderte.

Der Weg von der Loire in die Normandie war geprägt von Stille, dem Grauschleier des schlechten Wetters und vom Dröhnen der Motoren. Weite Weizenfelder lösten grüne Wiesen ab, auf denen Rinder grasten oder Schafherden verweilten. Die Menschen in den Dörfern starrten ihnen stumm nach. Nur ein paar vereinzelte Kinder winkten den Soldaten zu. Es war beinahe gespenstisch, als wüssten die Frauen, die sich hinter den Gardinen der grauen Steinhäuser versteckten, dass Todgeweihte an ihnen vorüber fuhren. Es hatte sich wie ein Lauffeuer herumgesprochen, dass die Alliierten gelandet waren. In den Blicken der französischen Zivilisten vereinten sich Bangen, Hoffnung und Angst.

Im Gegensatz zu anderen Einheiten der 17. SS-Division, war das Bataillon von Hauptsturmführer Brennauer gut durchgekommen.

„Ein Auge immer in den Himmel richten", hatte es geheißen.

Die größte Gefahr während des Anmarsches drohte von oben. Feindliche Jagdflugzeuge griffen immer wieder die Militärkolonnen an, schlugen zu und drehten ab. Auch Jagdbomberverbände der Alliierten zogen täglich ihre Bahnen. Deutsche Luftwaffe hingegen war nur selten zu sehen.

„Tarnung ist der beste Schutz", lautete der Befehl.

Buschwerk aller Art wurde an den Fahrzeugen befestigt, Tarnnetze aufgespannt und beim Rasten Plätze unter weiten Baumkronen oder in requirierten Scheunen gesucht. Trotz der verlustfreien Anfahrt war die Anspannung unter den Männern deutlich zu spüren.

Seit die alliierten Streitkräfte vor gut einer Woche gelandet waren, konnten sie ihre Brückenköpfe nicht nur halten, sondern auch ausweiten.

Jetzt sollte es im weiteren Sinne die Aufgabe der SS-Division werden, den Feind wieder ins Meer zu drängen. Die Soldaten der *Götz von Berlichingen* warteten auf den Angriffsbefehl, doch sowohl die schweren Waffen als auch die Fahrzeuge mit Munition waren aufgrund

Treibstoffmangels liegen geblieben und wurden nach Spritzufuhr sukzessive nachgeführt.

Teilweise meldeten einige Truppenteile bereits Feindberührung. Der Krieg war für die meisten Soldaten dieser Einheit noch nie so greifbar nah gewesen.

Die letzten beiden Tage hatten sie mit Waffenpflege, ein paar Geländeübungen und Wacheschieben verbracht. Jetzt allerdings war es soweit. Ihr erster Kampfeinsatz stand bevor. Es galt das von den Fallschirmjägern aufgegebene Carentan wieder einzunehmen. Der Angriff auf die kleine Stadt war für den nächsten Morgen angesetzt.

Diller schritt durch das Zeltlager. Die Stimmung unter den jungen Soldaten war gedämpft. Die Panzerjäger-Gruppe des Oberscharführers hatte ihre Zelte in einer Art Kreis aufgestellt, sodass mittig ein freier Platz entstanden war. Zwei sich gegenüber liegende Baumstämme wurden als Sitzbänke verwendet. Die abgeschnittenen Äste und Zweige der beiden Stämme dienten als Tarnmaterial. Als Diller sich auf eine der provisorischen Bänke setzte und seine Maschinenpistole neben sich abstellte, versammelten sich die Angehörigen seines schweren Zuges binnen kürzester Zeit um den Russlandveteranen.

„Habt ihr die Fahrzeuge vollgetankt und die Waffen nochmal kontrolliert?"

Gemurmel und mehrfach zustimmendes: „Ja", war zu hören.

„Das haben wir gestern schon gemacht", kam es von hinten.

„Ist alles in bester Ordnung", stach Lederers Stimme hervor.

„Wir bekommen alle noch einmal etwas Warmes zum Essen. Der Küchenbulle unserer Kompanie hat ein Ragout in den Kessel gezaubert. Fragt mich nicht, wie er das angestellt hat, aber als ich von der Einsatzbesprechung zurückkam roch es auf Höhe der Feldküche teuflisch gut."

Radolz hielt demonstrativ sein Kochgeschirr hoch. „Ich wäre aufnahmebereit", grinste er und schob nach: „Warum sagst du: *noch einmal etwas Warmes zum Essen?*"

„Wir erhalten für die nächsten beiden Tage Kaltverpflegung."

„Bedeutet das, dass wir länger im Einsatz sind?", wollte einer der jungen SS-Männer wissen.

„So kann man es auch sagen."

„Ist schon Näheres bekannt?", fragte der Rottenführer.

Diller nickte. „Da ich euch schon mal hier auf einem Haufen versammelt habe, kann ich auch gleich sagen, wie der Plan für den Angriff aussieht."

„Essen fassen!", wurde gerufen und mehrfach wiederholt.

Köpfe flogen herum. Bewegung kam auf. Die Mägen waren leer und die Feldküche lockte. Diller zuckte mit den Achseln, als ihn seine Männer anstarrten. Ihre Blicke sagten mehr als tausend Worte. „Na gut! Schnappt euch ´ne große Portion. Wir setzen uns in genau 45 Minuten wieder zusammen!"

Der Oberscharführer griff zur Maschinenpistole und stand auf. Er folgte dem Pulk Soldaten und reihte sich wenige Minuten später in die Warteschlange ein, die sich vor der Essensausgabe gebildet hatte. Vor ihm befand sich Untersturmführer Langemann. Diller sprach ihn an: „Das Essen wird uns guttun."

Der Offizier drehte sich um. „Oh ja. Ich habe Hunger ohne Ende."

„Ich auch."

„Haben Sie es den Männern schon gesagt?"

„Nach dem Essen."

Der Untersturmführer blickte sich kurz um. „Nachdem Sie weg waren, hat uns der Chef noch einmal zu sich gerufen."

„Hat sich etwas geändert?"

Langemann schüttelte den Kopf. „Nein! Aber von ganz oben kam eine Mitteilung, die mir zu denken gibt."

„Von ganz oben?"

Langemann kam näher und senkte seine Stimme. Er sprach so leise, dass ihn außer Diller definitiv niemand hören konnte. „Angeblich von Brigadeführer Ostendorff persönlich. Der Alte hat gesagt, dass die Amis hinterhältig kämpfen. Sie benutzen Phosphorgranaten!"

Dillers Gesichtszüge verkrampften sich leicht. „Das würde ich den Männern jetzt nicht gerade aufs Butterbrot schmieren. Sie sind ohnehin schon bis zum Platzen angespannt. Soviel Pervitin, wie sie jetzt bräuchten, gibt es nicht!"

„Bin ganz Ihrer Meinung, Diller. Übrigens, der Chef meinte außerdem, dass die Amis eine extrem schlechte Kampfmoral besitzen."

Der Oberscharführer schüttelte den Kopf. „Diese Aussage beruht doch nur darauf, dass sie mit einer ganzen Division ganze vier Tage gebraucht haben, um eines unserer angeschlagenen Fallschirmjäger-

Regimenter aus Carentan rauszuhauen. Ich wäre mit solchen Äußerungen vorsichtiger."

„Ich denke, sie soll unseren Leuten Mut machen."

„Unter Anspornen verstehe ich etwas anderes."

Während der Unterhaltung bewegten sie sich vor bis zur Essensausgabe. Langemann berichtete dem Zugführer sämtliche Einzelheiten, die ihm über den Gegner bekannt waren. Die letzten Meter vor der Essensausgabe schwiegen sie.

„Bitteschön", brummte der Küchenbulle mit tiefer Stimme. Er trug eine weiße Schürze über der Feldbluse und die Ärmel waren bis zu den Ellbogen hochgekrempelt.

„Riecht gut. Was ist das denn?"

„Aus meiner Gulaschkanone gibt es nur vom Feinsten", sprudelte der Mann in reinstem fränkischem Dialekt und schwang die Schöpfkelle. Das *t* klang genauso weich wie das *d*. Ebenso verhielt es sich mit den Buchstaben *p* und *b*. „Heute habe ich was Tolles gezaubert, weil ich wieder mal so kochen konnte, wie zu Hause im Gasthaus meiner Eltern. Fränkisches Lamm-Ragout mit Kartoffeln und Paprika. Und zudem noch allerlei, was ich gefunden habe. Natürlich habe ich alles mit Rotwein abgeschmeckt", zwinkerte er. „Davon gibt es ja in Frankreich genug." Er lachte laut und zur Untermalung seiner Aussage rieb sich der Küchenbulle mit der freien linken Hand über den ansehnlichen Bauch. „Ist echt lecker."

„Dann geben Sie doch mal eine ordentliche Portion aus."

Freudig füllte der fränkische Koch das Essgeschirr des Offiziers. Danach hielt Diller das Unterteil seines Essgeschirres hin. „Hau rein! Wer weiß, wann es wieder so etwas Köstliches zum Futtern gibt."

Der Franke schwang die Schöpfkelle. Dampfendes Lammgulasch glitt in den Aluminiumbehälter.

„Ich hoffe, dass es sich bei dem Fleisch nicht um einen alten Hammel handelt", scherzte Diller.

„Dann wäre mein Ruf voll im A…", er sprach das letzte Wort nicht aus und winkte mit einem Kopfnicken nach rechts. „Brot gibt's nebenan."

Diller ging weiter. Jeder Soldat bekam ein halbes Kommissbrot sowie eine Packung Dauerbrot. Dazu wurde ein Beutel Hartzwieback gereicht. „Das ist für die nächsten zwei Tage", klärte der Essensausgeber auf. Neben dem Brot waren Dosen aufgestellt. Jeder Soldat bekam zwei Büchsen Dosenfleisch, zudem eine mit Ölsardinen, eine mit Leberwurst und eine mit Schweineschmalz. Dazu gab es noch Käse in der Tube, zwei Äpfel, ein paar Drops und eine Dose Scho-ka-kola.

„Hinten stehen noch Kessel mit Tee und Kaffee. Ihr könnt eure Feldflaschen füllen. Morgen fällt das Frühstück aus."

„Alles klar."

Mit vollem Essgeschirr und prall gefülltem Brotbeutel ging Diller zurück zu den Zelten. Ein Platz bei den Baumstämmen war noch frei. Der Oberscharführer blickte in die Runde. Das Essen schien zu schmecken. Die Landser löffelten mit Begeisterung das herrlich nach Tomaten, Lamm und Gewürzen duftende Ragout. Förster zog sich ein Lorbeerblatt aus dem Mund. „Mmmhh", stieß er dabei aus. „Das verwendet meine Mutter auch oft beim Kochen."

„Mein Fleisch ist so zart, dass es auf der Zunge zergeht", schmatzte Radolz.

„Wenn der Küchenbulle quatscht, versteht man zwar nur die Hälfte, aber dafür kocht er, als ob er in der Küche eines Königs stehen würde", lobte Lederer.

„Kein Wunder, dass man nur die Hälfte versteht. Die Franken verschlucken ja die Hälfte der Buchstaben beim Sprechen", lachte Radolz.

Dies war für Diller wieder einmal der Beweis, dass eine gute Feldküche erheblich zum Wohl der Soldaten beitrug. Er setzte sich und nahm sein Feldbesteck zur Hand. Mit dem ersten Bissen war ihm klar, dass der Koch sein Handwerk beherrschte. Der Franke hatte tatsächlich ein zauberhaftes Essen zubereitet. Tomaten, Kartoffeln und grüne Bohnen harmonierten prächtig mit Paprika und Fleisch. Kaum einer der Männer sprach. Alle genossen das köstliche Mahl. Wäre nicht Krieg, hätte man in diesen Minuten an so etwas wie soldatische Idylle glauben können. Diller wusste es besser. Ihm war klar, dass ein Teil dieser jungen Männer und vielleicht auch er selbst morgen um diese Uhrzeit schon tot oder verwundet sein konnten. Er schloss die Augen. *Denke an das gute Essen, nicht an den Kampf*, versuchte er sich abzulenken.

Bald war das Klappern der Löffel verstummt. Ein paar Landser tunkten mit Brot die Soßenreste in ihren Alubehältern auf. Sie scherzten und lachten. Man dachte für einen Moment nicht mehr an den bevorstehenden Kampf. Zigaretten wurden angezündet. Unterhaltungen begannen.

Diller ließ die Männer zu Ende rauchen, dann stellte er sich in die Mitte des Platzes. „Antreten!", schmetterte er laut.

Sie reihten sich schnell um ihren Zugführer. Das Lachen schlief ein, die Gespräche klangen ab.

„Wir werden morgen Carentan angreifen. Uns gegenüber liegen amerikanische Fallschirmjäger der 101. US-Luftlande-Division. Das sind keine Anfänger!", mahnte er.

Schlagartig herrschte völlige Stille. Die jungen Soldaten konzentrierten sich auf die Worte des Russlandveteranen.

„Die Artillerie wird unseren Einsatz vorbereiten. Unser Bataillon greift aus Südwesten an. Wir kommen über Méautis und Les Avenues und bewegen uns über die verstreuten Gehöfte von Donville auf den Westteil von Carentan zu. Das Besondere an dem Gelände hier habt ihr bereits kennengelernt. Fast überall sind die Felder und Wiesen von dicht bewachsenen Wallhecken umgeben. Diese Landschaft wird als *Bocage* bezeichnet. Die Wallhecken bieten uns hervorragende Deckungsmöglichkeiten, und wir werden diesen Vorteil auch für uns nutzen. Aber …", er hob mahnend die Hand, „… auch die Amis werden sich dort aufhalten und verstecken. Das müsst ihr unbedingt bedenken!"

„Wir haben immer noch keine Panzerfäuste bekommen", meldete sich Förster zu Wort.

„Wir haben genau zwei Stück. Ich weiß auch nicht, was da los ist. Vermutlich hockt wieder irgendein Wehrmachtsbeamter mit seinem fetten Hintern auf den Kisten und ...", Diller machte eine verächtliche Armbewegung nach unten. „Konzentrieren wir uns besser auf den Einsatz anstatt zu schimpfen."

Aufkommendes Gemurmel bezüglich der fehlenden Panzerfäuste erstarb, als der Zugführer weitersprach. „Wenn unsere Kameraden der anderen Kompanien angreifen und auch wenn sie sich zurückziehen, unterstützen wir sie mit den schweren Waffen. Sollten beim Feind tatsächlich Panzer auftauchen, haben wir neben den beiden Panzerfäusten noch die geballten Ladungen", sagte er bedächtig langsam und achtete dabei auf die Mienen der jungen SS-Männer. Keiner sagte etwas. Diller blickte in angespannte Gesichter. Die Gelassenheit, die vor wenigen Minuten noch herrschte, war verschwunden.

„Wir begeben uns um 4.30 Uhr ins Kampfgebiet. Das Erreichen der Ausgangsstellung ist für 5.00 Uhr geplant. Der Angriff beginnt Punkt 5.30 Uhr!"

„Gut, dass morgen Dienstag, der 13. und nicht Freitag, der 13. ist", scherzte Radolz.

„Witzbold", wurde ihm aus der Menge heraus entgegen gedonnert.

Diller reagierte nicht auf die Bemerkung. „Legt euch frühzeitig hin. Morgen wird euch alles abverlangt!"

Sie erreichten die Ausgangsstellung. Während des Transports war es so ruhig wie noch nie gewesen. Kaum einer der jungen Männer hatte das Gespräch gesucht. Zudem waren sie von einer fast schlaflosen Nacht gezeichnet. Nur wenige von ihnen hatten Ruhe gefunden. Zu viele Gedanken waren durch die Köpfe der SS-Angehörigen gerast. Träume von Orden und Auszeichnungen wechselten sich mit Ängsten vor dem Tod oder einer Verwundung ab. Die Soldaten der 17. SS-Panzergrenadier-Division *Götz von Berlichingen* durchlitten in dieser Nacht die gleichen schlafraubenden und nervenzerfetzenden Stunden wie alle Soldaten dieser Welt, die vor Kampfeinsätzen standen. Das Wecken wurde von den meisten als Erlösung angesehen.

Der schwache Westwind trieb kühle Meeresluft in die Normandie. Entlang der Douve hatte sich leichter Nebeldunst gebildet, in dessen wabernden Schleiern die Uferböschung kaum zu erkennen war. Noch lag unheimliche Stille über dem rauen Land. Die Lastwagen blieben dicht nebeneinander stehen. Abgaswolken quollen aus den Auspuffrohren und vermischten sich mit dem Nebeldunst. Planen flogen zur Seite, Türen wurden geöffnet. Soldaten sprangen von den Pritschen und stiegen aus den Fahrzeugen.

Radolz stellte den Motor des Steyr ab und drehte sich nach hinten um. „Kommt alle wieder gesund zurück", verabschiedete er seine Kameraden.

„Mach dir darüber mal keine Sorgen. Pass lieber auf, dass die Jabos unseren fahrbaren Untersatz in Ruhe lassen", entgegnete Weber, der als letzter ausgestiegen war und schlug die hintere Tür zu. Dann schulterte der SS-Oberschütze den Karabiner, packte seine Ausrüstung, gesellte sich zu den anderen und wartete auf weitere Kommandos. Gruppen bildeten sich. Die Anspannung war enorm.

Unterführer Langemann stand neben seinem Kübelwagen. „Zugführer zu mir", rief er.

Diller rückte sein Koppel zurecht. „Leute, wer möchte, kann jetzt noch eine Zigarette rauchen." Kaum ausgesprochen, ging er hinüber zu Langemann.

Der Kompanieführer wartete, bis alle Zugführer bei ihm waren, dann breitete er auf der Motorhaube des Kübelwagens eine Landkarte aus. Mit dem Zeigefinger deutete er auf einen Punkt. „Wir befinden uns genau hier." Jetzt folgte der Finger einer eingezeichneten Straße. „Wir marschieren hier entlang. Dann schwenken wir ein und gehen in Stellung. Die restlichen Kompanien des Bataillons treffen ziemlich zeitgleich mit uns ein oder sind schon vor Ort. Wir unterstützen sie beim Angriff und werden von hier aus vorgehen", der Finger lag auf einem Punkt. Die Zugführer starrten regelrecht darauf.

„Der erste MG-Zug unterstützt die 1. Kompanie. Der zwote Zug und die Granatwerfer rücken mit der 2. Kompanie vor. Oberscharführer Diller und sein schwerer Zug verstärken Untersturmführer Niklaus und dessen 3. Kompanie. Fragen?"

Niemand meldete sich.

„Jeder Zug bekommt eine Nachrichtergruppe. Die Leute werden jeden Augenblick hier eintreffen. Ich selbst werde mit ein paar Männern vom Kompanietross eine Art Reserve bilden und dort eingreifen, wo es am nötigsten ist. Viel Glück, meine Herren. Melden Sie sich bei den jeweiligen Kompanieführern!"

Die Zugführer wendeten sich zum Gehen um.

„Diller!"

Der Oberscharführer blieb stehen.

„Sie müssen damit rechnen, dass ich Sie abrufe und gezielt einsetze, sobald wir Panzer sichten. Dann sind Sie mit ihren Jägern gefragt!"

„Verstanden!", quittierte der Russlandveteran und ging ebenfalls zurück zu seinen Männern.

Sie trugen ihre Tarnuniformen und auch über die Stahlhelme waren Tarnüberzüge gezogen. Ein paar wenige Männer hatten zusätzlich eine Art Netz an den Helmen angebracht und Grünzeug eingeflochten.

38

„Wir sind der Dritten zugeordnet!"

Der Zugführer zückte eine Landkarte. Sofort griffen auch Rottenführer Wagenfels, der eines der beiden sMG führte, und Rottenführer Brantsch, der als Gruppenführer der Panzervernichter eingesetzt war, zu ihren Karten.

Diller kniete sich ab und breitete die Karte aus. Er suchte die richtige Stelle und zeigte schnell auf den ihnen zugewiesenen Einsatzraum. „Wir greifen in breiter Formation an. Die äußere rechte Flanke ist von Einheiten des Fallschirmjäger-Regiments 6 besetzt."

„Wo sollen wir die sMG postieren?", erkundigte sich Wagenfels.

Diller hatte sich bereits über die Taktik konkrete Gedanken gemacht. „Untersturmführer Langemann hat uns vorerst der 3. Kompanie zugeteilt. Wir bleiben aber weitgehend zusammen, d.h. du bleibst mit deinem sMG immer in meiner Nähe. Wir haben sozusagen einen kleinen Sonderstatus. Lediglich Rottenführer Zwiggl wird mit seinem sMG Untersturmführer Niklaus durchgehend unterstützen."

„Alles klar", bestätigte dieser.

Der Oberscharführer fuhr fort. „Bis wir den Kampfraum erreicht haben, marschieren wir in Schützenreihe!" Diller blickte in die Runde und sprach Wagenfels direkt an. „Auch da bleibt Ihr mit Eurem Gewehr immer dicht hinter mir!"

„Alles klar!"

„Sagt den Männern, sie marschieren mit den üblichen acht Schritten Abstand. Sie sollen die Augen offen halten. Brantsch, du bist der letzte Mann!"

„In Ordnung!"

Sie nahmen Aufstellung. Wagenfels und die vier Männer seiner sMG-Besatzung standen als erste bereit. Der Gewehrführer hielt den MG-Richtaufsatz sowie einen Munitionskasten in den Händen. Erbmann, der Schütze I, hatte das MG 42 mit Gurttrommel geschultert. So konnte es im Ernstfall schnell eingesetzt werden. Hinter ihm stand Aumeister mit der Lafette. Er war der Schütze II. Es folgten Richter und Borst, jeweils mit zwei Munitionskästen, Ersatzläufen und Werkzeug ausgerüstet. Wagenfels war mit einer MP 40 und einer Pistole 08 bewaffnet. Die Schützen I und II trugen ebenfalls jeweils eine 08 am Koppel, während die beiden anderen MG-Schützen zusätzlich mit einem Karabiner 98 ausgerüstet waren.

Hinter ihnen reihten sich Oberschütze Weber, die beiden Sturm-männer Lederer und Henold, sowie die Schützen Manger, Leinauer, Krowzik und Schmidt ein. Sie trugen neben ihren Karabinern diverse Panzervernichtungsmittel bei sich. Zum Ärgernis Dillers besaßen sie aufgrund des Nachschubproblems nur zwei Panzerfäuste.

Rottenführer Brantsch, der wie Diller mit einer MP 40 und der bewährten 08 bewaffnet war, hatte sich als letzter Mann eingereiht. Er hob die Hand und deutete an, dass sie abmarschbereit waren.

Zwei Landser kamen schnellen Schrittes auf sie zugelaufen. Sie suchten Diller und blieben vor ihm. Atemdunst schwebte vor ihren Mündern. Mit keuchender Stimme stellte sich der Ranghöhere kurz vor. „Rottenführer Herbst von den Nachrichtern. Untersturmführer Niklaus hat uns zu Ihnen geschickt."

Der aus zwei Männern bestehende Tornister-Funktrupp sollte für eine reibungslose Verbindung sorgen.

Diller musterte die beiden kurz. „Reiht euch ein!"

Es begannen die bangen Minuten des Wartens. Sie vergingen zäh. Nervenkrieg pur. Die Angespanntheit war für die jungen Männer ins Unerträgliche gewachsen. Immer häufiger wurden die Ärmel zurückgezogen, um Blicke auf die Armbanduhren frei zu geben. Die Luft schmeckte salzig. Trotz der kühlen Meeresbrise, die immer noch durchsichtige Nebelschleier über die Felder und Hecken der Bocage-Landschaft trieb, schwitzten die Landser, die sich nach wie vor in ihren Ausgangsstellungen befanden. Es war kalter Schweiß. Eine Mischung aus Unsicherheit, Angst und Adrenalin trieb ihm aus den Poren. Die allgemeine Nervosität war deutlich zu spüren. Manche rauchten bereits die dritte Zigarette hintereinander.

Wo sind die Schullehrer, die ihnen den Zeitgeist des Nationalsozialismus in die Gehirne gepflanzt hatten? Warum kämpfen sie nicht an ihrer Seite? Wo sind die großmäuligen Kasernen-Unterscharführer, die mit dicken Wänsten in der Kantine von Heldentum und einem freien Europa sprachen? Warum stürmen sie nicht gemeinsam mit ihnen gegen den Feind? Wieso sind die Menschen im Osten so minderwertig, und warum erkennen die Alliierten die rote Gefahr nicht? Warum müssen sie hier in Frankreich gegen Engländer, Amerikaner und Kanadier kämpfen? Ist die Welt blind oder sind wir es, die blind sind und weltfremdes Gedankengut in uns tragen?

Das alles waren Fragen, die durch die Köpfe der jungen SS-Männer rauschten, während sie auf den Befehl zum Abmarsch warteten. Und es ging noch weiter. Je länger es dauerte, desto mehr Zweifel kam in ihnen auf.

Wie würde es im Kampf sein? Kehren sie als Helden zurück? Würden sie unverletzt mit stolz geschwellter Brust dastehen und ihren Sieg verkünden oder würden sie verkrüppelt auf dem Schlachtfeld liegen und wimmern? Oder würden sie heute sterben?

Bei diesen Gedanken raste ihr Puls und pochten die Herzen. Die Knie wurden weich und mehr als jeder Zweite vertuschte irgendwie ein leichtes Zittern in den Knien.

Auch Diller sah zum wiederholten Mal auf seine Uhr. Gleich musste es losgehen. Die Divisionsartillerie würde ihre Granaten ausspucken und den Weg ebnen. Die schweren Koffer, so garantierte man den jungen Landsern der *Götz von Berlichingen*, zermürben den Feind und jagen ihn zurück an die Küste. So konnten sie ziemlich ungehindert und mit wenig Widerstand in Carentan einmarschieren.

Die Alten wussten, dass diese Worte des Bataillonsführers, als er sie beim letzten Antreten für den Kampf zur Ermutigung aussprach, nur leeres Geschwätz waren. Den erfahrenen Landsern war völlig klar, was auf sie zukam.

Für Diller war es der erste Kampfeinsatz gegen amerikanische Soldaten. Bislang war er die Härte der Ostfront gewohnt. Viele Schreckensbilder hatten sich in seinem Kopf eingebrannt. Immer wieder tauchten sie auf. Verstümmelte Leichen hier und dort. Gnadenlos geführter Kampf. Purer Hass! Diller hatte auf beiden Seiten grausame Kriegsverbrechen erlebt. Das Bild seiner Frau schwebte ihm durch den Kopf. Ihre Ehe war kinderlos. Das Lachen von Anneliese konnte er immer noch hören, wenn er die Augen schloss. Seine Mundwinkel deuteten ein leichtes Schmunzeln an, wenn er an sie dachte.

Anneliese Diller war Krankenschwester in seiner Division. Als sie von der Roten Armee überrollt wurden, fiel das Lazarett in die Hände des Feindes. Diller kämpfte mit seinen Männern wie ein Berserker, doch sie mussten zurückweichen, wurden von einem übermächtigen Feind abgedrängt. Der Gegenangriff erfolgte zwei Tage später. Der Oberscharführer hätte sich gewünscht, eine andere Kompanie wäre zum ehemaligen Lazarett gekommen, doch es war seine

Einheit. Das Bild hatte sich unauslöschlich in Dillers Kopf eingebrannt. Die Verwundeten waren erschlagen worden. Seine Frau lag
zwischen ihnen. Tot, nackt und geschändet.

Der Oberscharführer musste sie begraben. Seit jenem Tag meldete er sich freiwillig zu jedem Einsatz. Kein Himmelfahrtskommando
konnte gefährlich genug sein. Blanker Hass trieb Diller nach vorn. Er
kannte keine Gnade. Der Tod wäre für ihn nichts anderes als eine Befreiung gewesen und sollte ihn von seinem Leiden erlösen. Das ging
bis zu dem Tag, an dem er in einem Dorf die Leichen von russischen
Frauen und Kindern entdeckte. Niedergemetzelt von deutschen Soldaten. Von diesem Moment an hasste er den Krieg mehr als die Russen.

Der Krieg war es, der alle verrohen ließ. Krieg war die Geißel der
Menschheit! Krieg hatte ihn zu einer herzlosen Tötungsmaschine geformt.

Eine detonierende Granate riss den hochdekorierten Soldaten
beinahe in den Tod. Diller hatte Glück. Er wurde von Sanitätern geborgen, versorgt und kam in ein Lazarett. Schon während der Genesung stellte er den Antrag auf Versetzung. Er wollte nicht mehr zurück
nach Russland. Seinem Gesuch wurde stattgegeben, denn Männer wie
er wurden bei der Aufstellung der 17. SS-Panzergrenadier-Division
gesucht.

Er kam nach Frankreich und erhoffte sich Ruhe. Leider war die
ruhige Zeit schneller vorbei, als er es sich gewünscht hatte. Es ging
wieder los. Der Russlandveteran schloss für einen Moment die Augen.

Seine Hände bildeten Fäuste. Freude, Trauer und Wut schossen
gleichzeitig hoch, als er wieder Annelieses Lachen hörte und im Gedanken ihr Gesicht auftauchte.

*Konzentriere dich! Du bist für die jungen Burschen verantwort-
lich*, forderte er sich im Stillen auf.

Diller atmete kräftig durch. Die Gedanken an seine Frau ver-
blassten. Die schmerzlichen Erinnerungen an Russland und die gesamte Ostfront verschwammen. Er nahm einen Schluck aus seiner
Feldflasche. Der kalte Kaffee spülte den Rest des Rückblicks weg. Der
Oberscharführer war nicht nur körperlich, sondern auch geistig wieder
da.

Es begann mit einem Donnerschlag. Hinter ihnen flimmerte das
trübe, nebelverhangene Himmelsgrau hellgelb auf. Das Zittern des

Lichts und das Donnern der Geschütze verwob sich für kurze Zeit zu einem Teufelsspiel.

„Vorwärts!"

Sie zogen los. Das Warten war vorbei. Der Befehl kam einer Erlösung gleich. Der Kopf war wieder frei, denn die Konzentration galt dem Einsatz.

„Abstand halten!", wurde nach hinten durchgegeben.

Das Gras war feucht. Der dünne Nebelschleier verlieh den darin vorrückenden Soldaten etwas Gespenstisches. Das Artilleriefeuer war schwächer, als es Diller von der Ostfront kannte. Er hoffte insgeheim, dass es für den Einsatz ausreichte. Die Amerikaner hatten etwas mehr als 24 Stunden Zeit gehabt, sich in Carentan und der Umgebung einzuigeln.

Es sind Amis, keine Russen, überlegte der Oberscharführer.

Sie erreichten die erste Wallhecke. Die Landser hielten sich nah am Gebüsch. Dicht am sprießenden Grün der Heckenpflanzen fühlte sich Diller einigermaßen sicher. Brombeersträucher, andere stachelige Dornenbüsche und Laubbäume ragten teilweise bis zu fünf Meter in die Höhe. Die größtenteils vor Jahrhunderten künstlich angelegten Schutzwälle waren ein bis drei Meter breit und wiesen unterschiedliche Formen auf. Die Wiesen, Felder oder umringten Parzellen waren zwischen einhundert und zweihundert Meter breit und boten idealen Sichtschutz.

Eine rote Leuchtkugel zischte nach oben. Purpur schimmerte das Licht am heller werdenden Himmel. Es war das vereinbarte Zeichen für die Artilleristen. Sie legten ihr Feuer ein Stück weiter nach vorn, um die Grenadiere nicht zu gefährden.

Fiiiuuut Wumm

Ständig heulten die Granaten über die Köpfe deutscher Soldaten hinweg, um irgendwo in der grünen Erde der Normandie einzuschlagen.

Schritt für Schritt gingen sie nach vorn. Meter für Meter näherten sie sich dem Feind. Bald würden sie auf ihn treffen. Die Waffen lagen schussbereit im Hüftanschlag. Während links und rechts von Dillers Zug die Landser von der Schützenreihe bereits in die Formation der Schützenkette übergingen, ließ der Oberfeldwebel seine Männer weiter hintereinander marschieren. Gemeinsam mit einem Zug der 3.

Kompanie gelangten sie an die Landstraße, welche vorbei an den einsiedlerartig gelegenen Gehöften von Donville nach Carentan führte. Die schützenden Wallhecken verliefen jetzt quer zur Straße, an der sich links und rechts ein Straßengraben entlang zog. Er war weder sehr tief noch sehr breit. Neben dem Graben war ebenfalls Buschwerk gewachsen, jedoch nicht so dicht und hoch wie das an den Wallhecken. Der Bewuchs am Straßenrand reichte den Männern ungefähr bis zur Hüfte. Man konnte im Bedarfsfall darüber hinwegspringen.

Die Konturen der Soldaten waren zwischenzeitlich in der Dämmerung gut erkennbar. Der Tag brach unweigerlich an. Mit der aufgehenden Sonne zogen sich die dunstartigen Nebelschleier immer weiter zurück, bis sie schließlich gänzlich verschwunden waren. Das Grollen der Geschütze war zwar kontinuierlich zu hören, man konnte aber keinesfalls von einem Trommelfeuer sprechen. Diller hatte das typisch schlechte Gefühl, welches ein Frontschwein im Laufe von Wochen, Monaten und Jahren entwickelte, wenn er ständig um sein Leben bangen musste. Es kribbelte richtig. Gänsehaut zog sich von den Nackenwirbeln ausgehend über den gesamten Rücken nach unten. Sein Zug marschierte rechts am Straßenrand entlang, während sich ein Zug Grenadiere der 3. Kompanie auf gleicher Höhe links von ihnen, auf der anderen Straßenseite befand. Das Gelände gefiel Diller nicht. Er wäre lieber an einer Wallhecke entlang marschiert.

Der Oberscharführer blieb stehen. Sein benachbarter Zugführer, ein wohl aus der Etappe ausgegrabener Hauptscharführer, der entweder Halsschmerzen hatte, wie man zu den Leuten sagte, die nach einer militärischen Auszeichnung trachteten, oder aus einem anderen Grund an die Front versetzt worden war, ging unverrichteter Dinge weiter.

„Was ist los?", brummte Wagenfels, der sich nur ein paar Schritte hinter Diller befand.

„Mir gefällt das nicht!"

„Wie weit ist es noch bis Carentan?"

„Ungefähr vier Kilometer", antwortete Diller und ließ seinen Blick schweifen. Nichts. Er konnte absolut nichts erkennen. Er versetzte sich für wenige Sekunden in die Lage der Amerikaner. Schnell stand für ihn fest, dass er mit der Verteidigung Carentans nicht erst in der Ortschaft beginnen würde. Er hätte auch hier draußen Widerstandsnester aufbauen lassen. „Macht langsam", rief er den Männern auf der anderen Straßenseite zu. Dann drehte er sich zu seinen Leuten um und deutete an, sie sollen sich ducken. Im gleichen Moment fiel ein einzelner Schuss. Diller spürte etwas Heißes an seiner Wange vorbeizischen und warf sich sofort auf den Boden. Der Widerhall war noch nicht verklungen, als weitere Schüsse loskrachten.

„Volle Deckung!", rief er warnend und kroch in den Straßengraben. Wie an einer unsichtbaren Schnur gezogen, huschten auch die Männer, die sich hinter ihm und auf der anderen Straßenseite befanden, in die Gräben seitlich der Straße.

Für den Hauptscharführer der Grenadiere kam die Warnung zu spät. Ein Projektil hatte sich oberhalb des Koppelschlosses in den Bauch gebohrt. Rund um die Einschusswunde färbte sich die Uniform dunkel. Der Soldat riss verdutzt die Augen auf. Der Schmerz, der ihn lähmend durchströmte, war unbeschreiblich. Der Zugführer ging in die Knie. Seine Hände legten sich über die Wunde. Er kippte seitlich weg, rollte sich hin und her und begann zu schreien. Drei weitere Soldaten seines Zuges wurden getroffen. Zwei fielen wie gefällte Bäume um, ein Dritter erhielt einen Halsdurchschuss. Die Schlagader war zerfetzt. Schwallartig schoss mit jedem Herzschlag Blut aus der Wunde. Hilfesuchend blickte sich der junge Soldat um. Röchelnd und gurgelnd versuchte er um Hilfe zu rufen, doch er hatte keine Überlebenschance. Langsam schlich sich der Tod in den Körper des deutschen Soldaten der Waffen-SS.

„Runter!", wiederholte Diller mit kräftiger Stimme.

Teilweise pressten sich die Männer in den Straßengraben, teilweise sprangen sie über den hüfthohen Grüngürtel, der Straße und Ackerland trennte. Einer der MG-Schützen reagierte zu langsam. Sein Körper zuckte nur ganz kurz auf. Reaktionslos blieb der Soldat stehen. Aus einem kleinen Loch zwischen den Augen rann etwas Blut über den Nasenrücken. Sekundenbruchteile später fiel er kerzengerade auf die Straße. Diller wusste augenblicklich was los war. Sein Gefühl hatte ihn nicht getäuscht.

„Scharfschützen!", brüllte er aus Leibeskräften. „Weg von der Straße!"

Wagenfels rollte sich zur Seite. Dort, wo er vor Sekunden gelegen hatte, spritzte Erde auf. Schmidt befand sich immer noch auf der Straße und robbte bäuchlings zum Graben. Etwas Hartes schlug gegen sein Bein. „Arrhg", stieß er aus, als sich ein stechender Schmerz durch seinen ganzen Körper zog. Pure Todesangst trieb ihn weiter. Der

Schütze wollte so schnell wie möglich den schützenden Graben erreichen. Er verdrängte den Schmerz. Er musste nur noch einen halben Meter schaffen, dann konnte er hineinrollen. Brantsch, der schon im Graben lag, sah das schmerzverzerrte Gesicht seines Kameraden. Geduckt huschte er noch einmal raus, packte die Arme des angeschossenen Kameraden und zog ihn zu sich in den Graben. Schmidt plärrte dabei wie am Spieß. Ein Geschoss hatte sein Knie zerschmettert.

„Sanitäter", rief Brantsch laut. Er schnitt das Hosenbein an der Wunde auf und umwickelte sie mit Schmidts eigenem Verbandszeug. Dieser jammerte unaufhörlich.

Die Schreie des angeschossenen Hauptsturmführers schwollen an.

„Mündungsfeuer in den Bäumen", stellte Wagenfels fest. Er spähte über den Grabenrand, um die feindlichen Stellungen zu erkennen. „Erbmann! Bring das Gewehr in Stellung!"

„Nicht an einer Stelle liegenbleiben! Verteilt euch im Gelände! Bleibt auf dem Boden und kriecht", brüllte Diller, der erkannte, dass der Graben keinen ausreichenden Schutz bot. Die Scharfschützen der amerikanischen Fallschirmjäger saßen in den Bäumen einer Wallhecke. Die vorrückenden Grenadiere der *Götz von Berlichingen* präsentierten sich ihnen wie Zielscheiben auf einer Schießbahn.

Endlich flammte erstes Gegenfeuer auf. Erbmann hatte sein MG 42 auf das Zweibein gestellt, visierte kurz an und jagte ein paar Salven aus dem Lauf. Damit lenkte er allerdings den Beschuss auf sich. Nachdem ihn zwei Projektile nur um Haaresbreite verfehlten, stellte er das Feuer ein. Ein Stellungswechsel war unvermeidbar.

Ein Landser, der den angeschossenen Hauptsturmführer in den Graben ziehen wollte, lag gekrümmt und regungslos neben diesem. Ein weiterer Soldat hob den Kopf. Das Jammern und Winseln des schwer Verwundeten war schrecklich. Als der zweite Helfer endlich aufsprang, um unmittelbar darauf durch einen Oberkörpertreffer wieder zurück in den Graben zu fallen, überkam Diller ein Wutanfall. Der Oberscharführer wusste, dass der Bauchschuss taktisch beabsichtigt war. Er sollte den Mann ausschalten und durch die Verwundung weitere Soldaten anlocken, die dem Verwundeten zur Hilfe kamen. Diese waren die nächsten Ziele des Scharfschützen. Zudem war das Geschrei purer Nervenkrieg für die Männer, die in der Nähe des Angeschossenen lagen.

Die Schlacht um die Normandie hatte für die Soldaten der 17. SS-Panzergrenadier-Division gerade erst begonnen und schon zeigte der Krieg sein hässliches Gesicht. Gleich beim ersten Gefecht lernten sie die schmutzige Seite des Kampfes kennen.

„Feuert auf die Bäume der Wallhecke", brüllte er seinen Männern zu. Gleichzeitig griff er in seinen mitgeführten Handgranatenbeutel. Er zog zwei Stielhandgranaten heraus. Eine wanderte zurück. Bei der anderen, einer Nebelhandgranate, schraubte er den Verschlussdeckel ab. Diller zog an der Abreißschnur, bäumte sich kurz auf und schleuderte die Granate nach vorn. Dumpf explodierte das Kampfmittel, woraufhin sich sofort eine dichte, künstliche Nebelwand bildete.

„Männer, wir ziehen uns zu der Wallhecke hinter uns zurück. Die Maschinengewehre schießen Sperrfeuer!"

Erbmann nutzte sie für einen weiteren Stellungswechsel. Er schnellte nach oben und zog sich ein paar Meter zurück. Erneut ging er in Stellung, wartete, bis sich der dichte Dunstschleier auflockerte und begann sofort in die Wallhecke zu feuern.

Einem Sturmmann und einem Sanitäter war es gelungen, den Hauptsturmführer in den Graben zu ziehen. Endlich konnte er versorgt und aus der Schusslinie gebracht werden. Weitere Nebelhandgranaten wurden geworfen. Sukzessive begann der geordnete Rückzug. Erbmann verschoss die gesamte Gurttrommel, dann sprang er auf und lief den anderen hinterher. Zwei Treffer in seinen Rücken warfen ihn zu Boden. Wagenfels, der dicht hinter seinem Schützen I gelaufen war, ließ sich fallen. Er kroch zu dem bäuchlings liegen gebliebenen Verwundeten. Er sah die Einschusslöcher. „Erbmann! Ich bin da", rief er. Keine Antwort. Er versuchte seinen Kameraden umzudrehen und packte ihn hierzu an den Schultern. „Mensch Erbmann, das kriegen wir wieder hin", keuchte er dabei, dann verstummte der Rottenführer.

Das wächserne Gesicht des MG-Schützen zeigte an, dass er tot war. Wagenfels schloss für einen Moment die Augen. Vor ihm lag nicht nur ein Soldat, vor ihm lag ein guter Freund. Lediglich das frei gesetzte Adrenalin im Körper des MG-Führers ließ ihn noch einigermaßen klar denken. Er verdrängte den Schmerz des Verlustes. Wagenfels musste an sein eigenes Leben denken. Zügig griff er an die Kette der Erkennungsmarke des Gefallenen und zog sie hervor. Er brach die Marke auseinander und schob eine Hälfte in seine Brusttasche. Es war ein dumpfes, hässliches Geräusch, als der Leichnam einen weiteren

Treffer erhielt. Wagenfels musste weg. Instinktiv grapschte der Rottenführer nach dem Maschinengewehr, umklammerte es und sprang auf. Im Zickzack rannte er ein paar Meter und warf sich wieder zu Boden. Flach auf das Gras gedrückt, robbte er schließlich weiter in Richtung der rettenden, quer zur Straße verlaufenden Wallhecke hinter ihnen.

Dort angelangt, waren die Landser gezwungen, sich zum Teil durch Dornenbüsche zu kämpfen, um in das schützende Grün zu gelangen. Diller fluchte, als er sich leicht in einem Hagebuttenstrauch verheddterte und nur gewaltsam befreien konnte. Ein paar blutige Schrammen an den Händen sowie ein aufgerissener Feldblusenärmel waren jedoch allemal besser als eine Kugel aus einem amerikanischen Scharfschützengewehr zwischen den Rippen. Wild schnaufend legte sich der Zugführer auf der anderen Wallseite hin. Die Lungenflügel brannten. Der Brustkorb hob und senkte sich rasend schnell. Nur langsam kam Diller wieder zu Atem. „Wo ist der Funker?"

„Hier!", antwortete Herbst. Geduckt liefen er und der zweite Nachrichter zu dem Zugführer.

„Wir brauchen sofort Verbindung zum Gefechtsstand! Geben Sie durch, dass wir auf der Landstraße zwischen Donville und Carentan in einen Hinterhalt geraten sind. Vor uns wimmelt es nur so von Scharfschützen der Amis! Fordern Sie Unterstützung an!"

„Verstanden!"

Schon während Diller sprach, hantierte der zweite Mann an dem Tornisterfunkgerät. Nach einem kurzen Moment nickte er seinem Nebenmann zu. „Du kannst loslegen."

Der zweite Fernmelder nahm die Sprechgarnitur: „Schwalbe ruft Donnervogel ... Schwalbe ruft Donnervogel."

Diller stand auf und verschaffte sich einen Überblick. Die Männer verhielten sich wie in Schockstarre. Sie zeigten viel zu wenig Gegenwehr. „Sofort den Gegner unter Beschuss nehmen. Rasiert mit den Maschinengewehren die Bäume ab! Passt aber auf! Nehmt nach jeder längeren Salve einen Stellungswechsel vor", plärrte er wütend.

Wagenfels hatte die schützende Wallhecke unverletzt erreicht. Sofort suchte er seine Bedienmannschaft. Er sah Aumeister und Richter. Beide kauerten am Boden. Wagenfels lief zu ihnen und legte sich neben die beiden. Aumeister schien erleichtert zu sein. „Wir befürchteten schon, dass es dich erwischt hat."

„Erbmann ist gefallen", antwortete Wagenfels.

Richter war den Tränen nahe. „Das kann nicht sein. Wir haben doch erst …"

„Habt ihr Munition?", fiel ihm Wagenfels ins Wort. Seine Erfahrung überspielte die Trauer um den Verlust seines Freundes. Er wusste auch, dass er Richter ablenken musste. Denken und trauern konnten sie später. Jetzt mussten sie den Feind bekämpfen.

Richter wischte sich ein paar Tränen weg. „Ja. Ich habe zwei Kästen mitgeschleppt."

„Ich die Lafette sowie Werkzeug und Ersatzläufe", ergänzte Aumeister ungefragt.

„Sehr gut, Männer. Ich übernehme das Gewehr", betonte Wagenfels. „Wir gehen sofort in Stellung."

Diller war schockiert. Er hatte bereits jetzt vier Tote und zwei Verwundete zu beklagen. Bei den anderen Zügen waren die Verlustzahlen offensichtlich noch höher. Er sah, wie Wagenfels, Aumeister und Richter das sMG aufbauten. Geduckt hastete er zu ihnen. Keuchend kniete er sich hin und lugte durch das Buschwerk. Mit einer Hand drückte er etwas Geäst nach unten, um ein besseres Blickfeld zu erhalten. „Wir müssen Sperrfeuer schießen, damit sich die Kameraden, die noch dort draußen liegen, zu uns rüber retten können!" Kaum ausgesprochen, lief er weiter.

Nach und nach erholten sich die Männer vom Schock des überfallartigen Angriffs der Scharfschützen. Erste Landser gingen in Stellung. Gewehrläufe wurden vorsichtig durch das Laub geschoben. Vereinzelte Schüsse krachten. Projektile der Feinde pfiffen den Schützen sofort entgegen und fetzten durch das Laub.

Wagenfels machte das sMG schussfertig, setzte es aber doch nicht, wie anfangs geplant, auf die Lafette. „So kann ich schneller die Stellung wechseln", hatte er den beiden anderen erklärt.

Das Feuer der Deutschen wuchs an. Wagenfels schob den Lauf des MG 42 durch das Gebüsch. Er beobachtete kurz die gegenüber liegende Wallhecke, in der sich die amerikanischen Scharfschützen befanden, glaubte Mündungsfeuer erkannt zu haben und konzentrierte sich auf diese Stelle. Richter lag neben ihm, um den Munitionsgurt zuzuführen. Der Schütze I visierte sein Ziel an. Der Schaft lag kalt an der Wange, der Kolben wurde fest gegen die Schulter gepresst.

„Jetzt", hauchte er kaum verständlich aus und zog den Abzugs-hebel durch.

Rrrrt rrrttt

Feuerstoß um Feuerstoß wurde abgegeben. Tödlich zischten die Projektile über das freie Feld und bohrten sich in das dichte Grün der Wallhecke. Immer wieder hämmerte er auf die vermuteten Stellungen der Scharfschützen.

„Stellungswechsel!", rief Aumeister und klopfte dem Schützen I auf die Schulter.

Wagenfels zog die Waffe nach hinten. Blitzschnell sprangen er und Richter auf und liefen ein paar Meter weiter, um erneut in Stellung zu gehen. Kurz darauf ratterte ihr MG 42 wieder.

Im Schutz des immer stärker werdenden Sperrfeuers zogen sich die letzten im freien Feld befindlichen Grenadiere nach hinten zur Wallhecke zurück.

Die Gegner lagen sich jetzt im Abstand von etwas mehr als zwei-hundert Metern gegenüber. Das gezielte Feuer der amerikanischen Scharfschützen verringerte sich zwar, ließ aber auch keinen wirksa-men Beschuss seitens der Deutschen zu. Um nicht ins Visier eines Scharfschützen zu geraten, mussten die Männer hinter den Maschi-nengewehren bereits nach kurzen Feuerstößen ihre Stellungen wech-seln. Sie saßen fest. Ohne Unterstützung war ein Vorrücken kaum möglich. Es wäre einem Himmelfahrtskommando gleichgekommen.

Hinter der Wallhecke kümmerten sich Sanitäter um die Verwun-deten. Diller erkannte den Sani, der den Hauptscharführer von der Straße gezogen hatte. Er ging hin und erkundigte sich nach dem An-geschossenen.

„Er hat´s nicht geschafft. Ich habe ihm noch einen Druckverband angelegt, aber der Blutverlust war zu hoch. Armer Kerl! Er muss Höl-lenqualen durchlitten haben!"

Der Nachrichter rannte zu Diller. Außer Atem begann er zu be-richten: „Die ganze...Kompanie hat ... was abgekriegt ... wir ... wir be-kommen ... Unterstützung!"

„Ganz ruhig! Hol erst mal Luft, Junge!"

Der Funker schnaufte ein paarmal durch. „Das Bataillon hat ei-nen Flak-Zug auf Halbkettenfahrzeugen hierher beordert. Sie standen als Reserve bereit!"

Diller schüttelte verständnislos den Kopf. Er freute sich zwar auf die Unterstützung, verstand aber nicht, weshalb die schnellen schweren Waffen nicht von Beginn an eingesetzt waren. Mit Hilfe der 2 cm-Flak-Vierling 38 hätten sie die Baumreihen der Scharfschützen im Nu leer gefegt! Viele der Männer, die zwischen den beiden Wallhecken den Tod fanden, könnten noch leben.

„Danke für die Information!"

Immer wieder flammten kurze Feuergefechte auf. Hielten in einer Minute die Maschinengewehrschützen die amerikanischen GIs in Deckung, zwangen kurz darauf deren Scharfschützen, die MG-Besatzungen in Deckung zu bleiben.

Einige Landser versuchten die Positionen der Scharfschützen ausfindig zu machen, indem sie ihre Stahlhelme auf Stöcke oder Gewehrläufen über dem Buschwerk balancieren ließen. Hin und wieder wurde einer davon beschossen. War das der Fall, konnten sie den Schützen lokalisieren und jagten ein paar Schüsse in dessen Stellung.

Es dauerte eine gefühlte Ewigkeit, bis endlich die Unterstützung anrollte und das Brummen der schweren Motoren der Halbkettenfahrzeuge zu hören war.

Oberscharführer Diller hatte sowohl die Männer seines Zuges als auch die des gefallenen Hauptscharführers um sich versammelt. „Sobald die Kameraden vom Flak-Zug angreifen und das Feuer eröffnen, schießen unsere Maschinengewehre massives Sperrfeuer. Wir werden die zweihundert Meter rüber bis zu der von den Amerikanern besetzten Hecke im Laufschritt nehmen. Wir jagen sie zurück ins Meer!"

Die Gesichter wirkten ängstlich. So hatten sie sich den Krieg nicht vorgestellt. Das laute *Hurra* auf ihren Lippen war nicht zu hören gewesen, als die amerikanischen Scharfschützen Mann um Mann aus ihren Reihen gerissen hatten. Diller sprach und sprach. Er motivierte die jungen Soldaten und holte sie aus dem Gefühlsloch, in das sie gefallen waren. Zaghaft stießen ein paar von ihnen ein kräftiges: „Ja" aus. Und mit dem Vibrieren der Erde, als sich die Halbkettenfahrzeuge an ihnen vorbeischoben, löste sich ihre Angst.

Das Schauspiel war beeindruckend. Die Panzerfahrzeuge mit den aufmontierten Flak-Geschützen schoben sich von der Straße kommend heran. Zwei 8-Tonner Zugmaschinen fuhren voraus, vier 5-Tonner folgten. Die Fahrer lenkten die geländegängigen Fahrzeuge geschickt und präzise in Angriffsposition.

Erste Schüsse der Scharfschützen prallten von den gepanzerten Führerhäusern der Sonder-Kfz ab.

Signatur Bild 164-12-6-09A Originaltitel Manöver in der Normandie" Juni 1944
Archivtitel Frankreich, Normandie.- leicht getarnte Vierlings-Flugabwehrkanone (Flak) auf Zug-
kraftwagen mit Anhänger auf einer Landstraße
Datierung Juni 1944 Fotograf Woscidlo, Wilfried Quelle Bundesarchiv

„Helft ihnen! Feuert, was die Rohre hergeben", brüllte Diller.

Die Kanoniere der Flak fühlten sich hinter ihren Schutzschildern einigermaßen sicher. Bedrohlich schwenkten die Rohre herum. Die Flakgeschütze waren auf Lafettendreiecke mit fest verbundenen Drehringen montiert. Das war ein enormer Vorteil. Längst hatten die Bedienmannschaften für den bevorstehenden Erdkampf die entsprechenden Visiere aufgesetzt. Trotz des Schutzschildes gab es erste Verluste.

Diller sah, wie ein Soldat der Falk-Bedienung getroffen vom Fahrzeug fiel. Dann war es soweit. Der Gefechtslärm schwoll schlagartig an. Ein wahrer Höllensturm brach los, als die Kanoniere die Fuß-hebel betätigten. Explosionsartig jagten jeweils vier Rohre pro Flak ihre 20 Millimeter-Geschosse hinaus. Ziel waren die vor ihnen liegen-den Wallhecken und dort insbesondere die Bäume.

Völlig beeindruckt von der enormen Feuerkraft und heilfroh, nicht selbst dieser Waffe gegenüber stehen zu müssen, verfolgten die Grenadiere der *Götz von Berlichingen* gebannt das Schreckensszena-rio. Der Beschuss zeigte binnen kürzester Zeit verheerende Wirkung. Die Einschläge durchpflügten das Grün der Wallhecke. Äste brachen, Tausende von Blättern und Holzsplittern wirbelten umher. Einige amerikanische Soldaten wurden regelrecht zerfetzt. Panisch versuch-ten ein paar Scharfschützen, ihre Baumstellung zu verlassen oder Schutz hinter den Stämmen zu finden. Wer am Boden lag, kauerte sich flach auf die Erde. Das schwere Feuer der Vierling-Flaks zwang sie in völliger Deckung zu verharren. Nur vereinzelt wagten ein paar Schüt-zen ihre Köpfe zu heben, anzulegen und zu schießen.

Diller wusste, dass dies der richtige Augenblick war, um anzu-greifen. Der Feind war in seine Deckung gezwungen. Die deutschen Grenadiere mussten die freie Fläche im Schutze des Sperrfeuers über-winden, bevor der Gegner den Anfangsschock des Flak-Angriffs über-standen hatte und wieder in Stellung ging. Der Oberscharführer sprang auf. „Vorwärts! Mir nach!"

Der Zugführer peitschte seine Männer an. Sie verließen die schützende Wallhecke. Vorwärtsstürmend formten ihre Lippen ein Wort. „Hurra!". Anfangs wurde es zögerlich gerufen, dann schwoll der Ruf an. Sie brüllten ihre Angst hinaus, schrien sich Mut zu und liefen, so schnell sie nur konnten.

Die Feuerzungen an den Flak-Rohren wiesen den Weg. Der don-nernde Lärm wirkte psychologisch positiv auf die jungen Soldaten, denn er wurde von ihren eigenen schweren Waffen verursacht. Er schob sie voran, ließ sie regelrecht über die Erde fliegen, auf dem noch immer die Kameraden lagen, die zuvor den amerikanischen Scharf-schützenangriff nicht überlebt hatten.

Sie rannten wie die Teufel. Mündungsfeuer war zu sehen. Der Feind war nicht geschlagen.

„Hurraaaaa", schmetterten sie hinaus.

Immer wieder fiel einer von ihnen getroffen zu Boden. Sanitäter folgten den Grenadieren und kümmerten sich mitten im Angriffsgeschehen um die angeschossenen Landser. Ihre Hoffnung, nicht selbst Opfer eines Scharfschützen zu werden, war das Rote Kreuz ihrer Ärmelbinde.

Je mehr sich die Grenadiere der besetzten Wallhecke näherten, desto deutlicher erkannten sie das Ausmaß des Beschusses der Flak-Vierlinge. Von den Geschossen völlig entstellte Körper hingen im Geäst der Bäume oder lagen zerfetzt auf der Erde. Blut, Fleischstücke und Knochenteile lagen verstreut herum. Diejenigen, die zuvor den Tod aus ihren Scharfschützengewehren aussandten, waren selbst von ihm heimgesucht worden. Der Krieg zeigte sich von seiner wahren Seite und setzte die hässliche Fratze des Todes auf. Er machte keinen Unterschied zwischen den Uniformen. Wahllos ritt der Tod durch die Reihen der Soldaten beider Seiten, schwang seine Sense und erntete reiche Beute.

Eines der leichteren Halbkettenfahrzeuge löste sich aus der Gruppe und preschte nach vorn. Der Motor dröhnte. Geschickt lenkte der Fahrer den mittleren Zugkraftwagen von der Straße ab und überfuhr den Straßengraben. Die Besatzung klammerte sich fest, um nicht hinausgeschleudert zu werden. Die Ketten hinterließen breite Spuren im Gras. Die Besatzung hatte ein bestimmtes Ziel. Sie wollten den Feind an dessen offener Flanke angreifen. Der Fahrer verringerte das Tempo, fuhr eine leichte Linkskurve und stellte das gepanzerte Fahrzeug leicht schräg zur Wallhecke auf.

„Feuer", plärrte jemand.

Das Geschütz wurde herumgeschwenkt. Zwei, drei Projektile klatschten wirkungslos gegen den Stahl des Halbkettenfahrzeugs und surrten als Querschläger weiter. Einer der amerikanischen Scharfschützen verfehlte sein Ziel nur um Haaresbreite. Das von ihm abgefeuerte Geschoss schrammte seitlich am Stahlhelm eines Landsers der Bedienmannschaft vorbei.

Der Kanonier war im Ziel und begann sofort zu feuern. Mündungsfeuer tanzte vor den vier Rohren der Flak, als die 2 cm-Projektile ausgespuckt wurden und dem Feind entgegenrasten. Hülsen wirbelten reihenweise durch die Luft. Pulverschmauch stieg nach oben und waberte über dem Halbkettenfahrzeug. Immer wieder schwenkte der Schütze die Flak von links nach rechts sowie hoch und runter. Binnen weniger Minuten waren mehr als tausend Geschosse abgefeuert worden. Die gewaltige Feuerkraft setzte dem Feind enorm zu. Der Gegner schien geschlagen zu sein, die Stellung konnte aufgrund des Einsatzes der Vierling-Flaks nicht gehalten werden. Panik war beim Feind eingezogen. Männer flüchteten Hals über Kopf. Verwundete wurden mitgeschleppt.

Dillers Zug hatte sich bis zum grünen Heckengürtel vorgearbeitet. Die Lungenflügel der Landser pumpten unentwegt. Ihre Körper brauchten Sauerstoff. Sie hatten die zweihundert Meter zwischen den beiden Wallhecken im Laufschritt überwunden. Das laute Hurra-Gebrüll war nicht mehr zu hören. Es verebbte im Getöse des Kampflärms.

Um den Angriff der Infanteristen nicht zu gefährden, hatten die Kanoniere der Flak ihr Feuer erst verlegt und dann gänzlich eingestellt. Fahrzeuge setzten sich in Bewegung. Bedrohlich nahmen sie Fahrt auf und folgten den vorwärts stürmenden Infanteristen. Sie konnten jederzeit erneut einen Feuersturm in die Wallhecke jagen.

Als das Rattern, Donnern und Hämmern der Flak verstummt war und stattdessen die Motoren immer lauter brummten, konnte Diller panisches Stimmengewirr hören. Jemand gab Kommandos. Die Stimme war schrill und wirkte überlastet. Der Zugführer vermutete, dass einige amerikanische Soldaten direkt vor ihnen in der Wallhecke Schutz vor den auf sie einhämmernden 2-cm Geschossen gesucht hatten. Er musste angreifen, bevor sie sich wieder formieren konnten.

Der Oberscharführer hob die linke Hand und gab seinen Nebenmännern entsprechende Handzeichen. Rottenführer Brantsch hob den Daumen der rechten Hand, wendete sich wiederum seinem Nebenmann zu und gab den stummen Befehl weiter.

Diller zog eine Handgranate aus dem mitgeführten Umhängebeutel. Er schraubte den Verschlussdeckel ab, zog die Abreißschnur und warf den Sprengkörper in die Wallhecke. Sofort legte er sich flach auf die Erde und zählte im Stillen mit. *Einundzwanzig, zweiundzwa ...*

Wumm

Krachend detonierte die Stielhandgranate. Splitter fetzten durch das Unterholz und bohrten sich in alles in ihrer Flugbahn befindliche. Es tanzten immer noch Blätter umher, als Diller aufsprang und in das dichte Grün rannte. „Angriff", stieß er dabei aus.

Seine Männer taten es ihm gleich. Manger, einer der Panzervernichter, verfing sich bereits nach den ersten beiden Metern im Dickicht. Laut fluchend versuchte er sich von den Dornen eines hochgewachsenen Beerenstrauches loszureißen, als er nur Sekundenbruchteile später wie erstarrt regungslos stehen blieb. Auf Hüfthöhe vor ihm hingen die Überreste eines von Flakprojektilen zerschossenen GIs im Strauch. Der Leichnam war übel zugerichtet. Blut, Hautfetzen, Knochensplitter und Gehirnmasse waren gleichermaßen im Buschwerk verteilt. Durch das Rütteln war der Gefallene verrutscht. Ein Augapfel baumelte an ein paar Sehnen auf einem Zweig und plumpste zu Boden. Manger bekam Panik und schrie. Er ließ sein Gewehr fallen und versuchte sich durch massives Wegreißen zu befreien, doch je hektischer seine Bewegungen wurden, desto mehr verhedderte er sich. Unweigerlich wedelten die dünnen Beerenzweige wild hin und her. Etwas Hirnmasse wurde auf den Deutschen geschleudert. Der Kopf des toten Amerikaners wippte, als nickte er ihm zu. Die Grenze des Erträglichen war überschritten. Der junge deutsche Soldat übergab sich. Danach wirkte er ruhiger. Leicht apathisch löste er mit wenigen Bewegungen seine Feldbluse vom Buschwerk. Manger war befreit, aber nicht fähig seine Waffe aufzuheben und weiter anzugreifen. Er starrte permanent auf den übel zugerichteten Leichnam. Der SS-Mann stand unter Schock.

Schüsse krachten. Salven von Maschinenpistolen ratterten. Eine weitere Handgranate detonierte. Diesmal jedoch in nächster Nähe des jungen Soldaten. Manger spürte einen starken Luftzug und glaubte taub zu werden. Er nahm die Umgebungsgeräusche nur noch dumpf war. Als er einen Schritt nach vorn machen wollte, knickte sein rechtes Bein weg. Er konnte es nicht bewegen, spürte es auch nicht. Es war, als besäße er kein linkes Bein. Manger stürzte zu Boden. Er konnte den Sturz nicht abfangen. Sein rechter Arm gehorchte ihm ebenso wenig wie sein Bein. Panisch registrierte er Bewegungsunfähigkeit. Seine rechte Körperhälfte begann zu brennen. Ihm wurde warm und kalt zugleich. Manger blickte an sich entlang. Überall war Blut. Die linke Handfläche fuhr über die rechte Gesichtshälfte. Er spürte extrem heftigen Schmerz, zog sofort die Hand zurück und betrachtete die Innenfläche der Hand. Sie war rot. Blutrot! Sein Körper begann zu zittern. Er konnte sich nicht mehr kontrollieren. Der Mund öffnete sich zum Schrei. Der Schütze konnte Blut schmecken. Einer der Granatsplitter, die ihn getroffen hatten, war durch die linke Wange eingedrungen und durch die rechte wieder ausgetreten. Beim ersten gellenden Schrei spritzten Blut und ein paar Backenzahnfragmente aus dem Mund. Der eintretende Schockzustand ließ das Schreien zu einem dauerhaften Wimmern verkommen.

Es sollte noch mehr als zwanzig Minuten dauern, bis er von einem Sanitäter gefunden wurde. Erst als die Wirkung der Morphiumspritze einsetzte, hörte das Zittern auf. Das Rufen des Sanis nach einem Träger mit Bahre nahm er kaum wahr. Manger war jetzt weit weg.

Ob sie angreifen oder weglaufen wollten, konnte Diller in diesem Moment nicht erkennen. Sie standen sich plötzlich gegenüber. Ein amerikanischer Offizier, ein Sergeant und Diller. Alle drei waren gleichermaßen erstaunt. Wäre Diller an der Ostfront nicht schon mehrmals in ähnlichen Situationen gewesen, würde er vermutlich zu lange zögern. Man erkannte es an den Augen, wie der Gegner reagieren würde. Zumindest war der Oberscharführer davon überzeugt.

Als der Lieutenant seinen Colt M 1911 nach oben riss und abdrückte, zuckte Dillers MP 40 bereits. Mehrere Projektile schlugen in den Brustkorb des Amerikaners ein, der blutüberströmt zusammenbrach. Der Schuss des Lieutenants verfehlte Diller. Der Sergeant registrierte, dass sein Vorgesetzter gefallen war. Er riss wütend den Mund auf und stieß einen lang gezogenen Schrei aus, während er seine M3 Maschinenpistole auf den Deutschen abfeuerte. Diller ließ den Abzugsfinger gekrümmt, um das Feuer nicht zu unterbrechen und schwenkte den Lauf seiner MP 40 herum. Den ersten Treffer bekam der Sergeant in die Schulter, weshalb sich seine abgegebene Salve im Blätterdach der Wallhecke verlor. Die nächsten Projektile gruben sich über dem Schlüsselbein in den Körper und durchschlugen schließlich den Hals unter und über dem Kehlkopf. Tödlich getroffen sackte der Sergeant zusammen.

Während sich ein Teil der amerikanischen Soldaten ungeordnet zurückzog, hielten andere vehement ihre Stellungen. Immer mehr Landser, die in die Wallhecke hinein oder durch sie hindurch stürmten, trafen auf Widerstand.

Zwei Eierhandgranaten wurden geworfen und detonierten mitten im Grüngürtel. Maschinenpistolen ratterten, Gewehrfeuer flammte auf. Ein hochgewachsener GI stürmte mit einem M1 Scharfschützengewehr auf Rottenführer Brantsch zu. Offensichtlich hatte der US-Soldat keine Munition mehr, denn er packte das Gewehr am Lauf und schwang es wie eine Keule herum. Brantsch konnte dem Schlag gerade noch ausweichen. Nur um wenige Zentimeter verfehlte der GI den Deutschen und wuchtete den Kolben am Körper des Rottenführers vorbei. Dieser war durch das Ausweichmanöver seitlich weggerutscht und kniete am Boden. Bevor der Gegner zum zweiten Schlag ausholen konnte, gelang es Brantsch den Lauf seines Karabiners auf den Angreifer zu richten und abzudrücken. Das Projektil wuchtete aus kürzester Entfernung gegen die Brust des Amerikaners. Wie von einer unsichtbaren Faust getroffen, machte er einen großen Schritt zurück, taumelte und fiel um. Blut färbte die Uniform rund um die Eintrittsstelle des Geschosses dunkel. Der Blick des US-Soldaten war gebrochen, die Haut aschfahl. Er hatte für die Befreiung Europas sein Leben gegeben. Brantsch zitterte. Nur langsam stand der Rottenführer auf. Er vermied es, den toten Amerikaner noch einmal anzusehen.

Diller wechselte das Magazin der MP 40. Das plötzlich angewachsene Feuergefecht ebbte schlagartig ab. Nur noch vereinzelt fielen Schüsse. Männer hoben ihre Hände. Angst lag in ihren Blicken. Zwei GIs liefen weg. Schüsse fielen. Einer von den beiden Flüchtenden riss die Arme nach oben und stürzte.

„Feuer einstellen", plärrte der Zugführer laut. „Nicht mehr schießen! Sie ergeben sich."

Mit der einsetzenden Stille schwoll das Schreien und Wimmern der Verwundeten an. Die Rufe nach Sanitätern wurden laut.

Den gefangen genommenen US-Amerikanern war Unsicherheit anzumerken. Einerseits hatten sie Angst vor den SS-Männern, andererseits starrten sie in blutjunge Gesichter. War das der schreckliche Feind, vor dem sie gewarnt wurden? Waren das die eiskalten Tötungsmaschinen der Deutschen? Waren das die gefürchteten und gehassten Gesichter der Waffen-SS, die in ganz Europa Angst und Schrecken verbreiteten?

Diller verschaffte sich sofort einen Überblick und gab ein paar Kommandos. „Lederer, Brantsch! Entwaffnet die Amis. Förster, du bleibst mit den beiden anderen hier. Bringt sie anschließend nach hinten." Er suchte den Nachrichter, sah ihn und rief: „Herbst!"

„Ich bin hier", kam sofort die Antwort. Der Nachrichter saß unter einem der Bäume und hantierte am Tornisterfunkgerät.

„Setzen Sie sich schnellstens mit Untersturmführer Langemann in Verbindung. Geben Sie unsere Situation durch und sagen Sie, dass wir dem Gegner nachsetzen."

„Verstanden", kam es etwas zögerlich.

Diller fügte erklärend hinzu: „Wir stoßen bis zur nächsten Wallhecke vor. Ich möchte nur verhindern, dass dort eine weitere Überraschung der Amerikaner wartet!"

Das klang verständlicher für den Funker. „Verstanden", wiederholte er.

Diller rief seine Männer zusammen. „Kameraden, die Sanitäter kümmern sich um die Verwundeten. Wir müssen dem Feind nachsetzen, sonst haben wir keine Ruhe vor ihm. Hoch mit euch! Schützenkette bilden!"

Die Worte ließen keinen Widerspruch zu.

Diller sah einen jungen Landser. Er gehörte zu dem anderen Zug. „He, du", sprach er ihn an und winkte ihn zu sich.

Der Oberscharführer schätzte den SS-Mann auf maximal 17 Jahre. Die Uniform hing mehr an ihm, als dass sie korrekt saß. Statt Bartstoppeln zierte hellblonder Flaum das Gesicht.

Dieser Kerl gehört auf die Schulbank, nicht aufs Schlachtfeld, dachte Diller und sagte: „Lauf rüber zu den Flak-Leuten! Sie sollen mit uns vorrücken! Danach kommst du wieder hierher und unterstützt die anderen bei der Gefangenenbewachung!"

„Jawohl, Herr Oberscharführer", kam es zackig.

Diller winkte ab. „Wir sind nicht auf dem Kasernenhof."

„Zu Befehl, Herr Oberscharführer!"

Diller schüttelte nur den Kopf. „Lauf, Junge!"

Während der SS-Mann eine Kehrtwende machte und zu den Halbkettenfahrzeugen lief, wendete sich der Zugführer um. Brantsch sah ihn an und zuckte mit den Schultern. Er kam ein Stück näher, beugte sich vor und flüsterte: „Deutschland ist ausgeblutet."

Diller nahm es zur Kenntnis, gab aber keinen Kommentar dazu ab. Er deutete auf die Kriegsgefangenen. „Du nimmst ihnen sämtliches Kartenmaterial weg! Wenn etwas Gutes dabei ist, behalten wir es, den Rest gibst du ab", er zwinkerte dem Rottenführer zu.

„Alles klar, Diller!"

„Du führst den Haufen. Sobald ihr die Gefangenen übergeben habt, sammle die kampffähigen Männer ein und schließe zu mir auf."

„Bis dann", antwortete der Rottenführer und ging.

Wenige Minuten später hob der Zugführer die Hand, bildete eine Faust und schwang sie herum. Die Motoren der Halbkettenfahrzeuge wurden gestartet. Die Männer hatten sich links und rechts der gepanzerten Fahrzeuge postiert.

„Wir rücken im Schritttempo vor! Abmarsch!"

Sie setzten sich in Bewegung. Diller begab sich an die Spitze. Obwohl sie wussten, dass der Gegner Scharfschützen im Einsatz hatte, fühlten sich die Grenadiere der *Götz von Berlichingen* neben den Halbkettenfahrzeugen sicher. Die wuchtigen Kolosse schoben sich vorwärts. Die Vierling-Flaks waren auf die Wallhecke gerichtet.

Dillers Versuch, dem Krieg durch seine Versetzung nach Frankreich zu entfliehen, war unmöglich. Er hatte ihn wieder eingeholt.

Bilder schossen ihm durch den Kopf. Der Offizier und der Sergeant, die er erschossen hatte, tauchten auf. Sie lachten hämisch und prosteten ihm zu. Dann spritzte Blut aus ihren Wunden und besudelte Diller.

Er schloss die Augen und konzentrierte sich auf die Wallhecke.

Der Krieg im Westen ist genauso verabscheuungswürdig wie der im Osten, stellte er fest. *Man kann überall den Tod finden.*

Sie hatten die Hälfte der Strecke zurückgelegt und immer noch war kein Schuss gefallen. Die Nerven des fronterfahrenen Oberscharführers waren zum Zerreißen angespannt. Seine Finger umklammerten die MP 40 so fest, dass das Weiße an den Knöcheln zu sehen war. In Russland hatten sie den Feind oft bis auf 20 Meter herankommen lassen, um so viele wie möglich von ihnen zu erwischen. Oder sie sind bei einem Gegenstoß keilförmig gegen die Angriffsspitze gerannt und haben die Formation der Rotarmisten zerstört.

Denke nicht an Russland. Konzentriere dich, mahnte er sich selbst.

Als sie weniger als 40 Meter vor der Wallhecke standen, schickte Diller zwei Männer nach vorn. Kurz darauf gaben sie das taktische Zeichen zum Vorrücken. „Alles frei!"

Der Gegner hatte sich weiter zurückgezogen als erwartet. Diese und auch die nächste Wallhecke waren komplett feindfrei.

„Sie haben nicht einmal eine kleine Nachhut zur Sicherung hier gelassen", stieß der erstaunte Zugführer aus.

Der Nachrichter neben ihm zeigte etwas Euphorie. „Kein Wunder! Die Vierlinge haben ihnen dermaßen eingeheizt, dass sie sich vermutlich bis zur Küste zurückziehen und gleich wieder einschiffen", grinste Herbst.

Das Funkgerät knisterte. Herbst kniete sich ab und setzte einen Kopfhörer auf. „Der Kompaniegefechtsstand", gab er Diller zu verstehen. Herbst notierte mit. Nachdem der Funkverkehr beendet war, nahm der Nachrichtensoldat den Kopfhörer ab. „Wir sollen hier vorerst in Stellung gehen. Der Flak-Zug wird abgezogen. Die Erste steckt in Schwierigkeiten."

„Mist", war alles, was Diller dazu sagte.

Die junge Truppe hatte ihre Feuertaufe überstanden. Die Verwundeten wurden versorgt und in nachgerückte Sankas geladen, die sie zum Feldlazarett brachten.

Die Gefallenen wurden geborgen und Erkennungsmarken entfernt. Bevor man sie in Papiersäcke hüllte, wurden sie durchsucht, um persönliche Dinge für die Hinterbliebenen zur Seite zu legen. Ihre Familien würden bald einen schwarz umrandeten Brief mit der Todesnachricht erhalten.

Die Besatzungen der Halbkettenfahrzeuge standen rauchend und sich unterhaltend neben ihren Kolossen. Der Oberscharführer bedankte sich für die Unterstützung und wünschte ihnen viel Glück. Kurz darauf dröhnten wieder ihre Motoren und sie rollten davon.

Brantsch und ein paar Männer kamen zurück. „Wir haben die Gefangenen überstellt. Die Nachhut hat sie übernommen."

„War was für uns dabei?"

„Meinst du Karten oder so?", fragte der Rottenführer.

Der Zugführer nickte.

Brantsch schüttelte den Kopf. „Leider nicht."

Der Zug war in der vordersten Wallhecke in Stellung gegangen. Zwei sMG hatten die Flankendeckung übernommen. Sowohl die Straße nach Carentan als auch die Freiflächen zwischen den Wallhecken waren durch sie abgedeckt.

Die Stimmung war eher gedrückt. Ein paar Landser rauchten, andere aßen eine Kleinigkeit.

Herbst kam angelaufen. Der Nachrichter hielt ein Blatt Papier mit Notizen in der Hand. „Ein neuer Befehl", haspelte er hervor. „Wir sollen der Straße folgen und bis zum nächsten Gehöft vorrücken. Sollte es vom Feind besetzt sein, ist es einzunehmen. Anschließend rücken wir bis nach Carentan vor. Die Einnahme des Gehöfts ist wichtig, da dort ein Verbandsplatz eingerichtet werden soll."

Diller und Brantsch hörten aufmerksam zu.

Herbst überflog seine Notizen. „Unser Bataillon greift Carentan an. Die Fallschirmjäger sind ebenfalls mit dabei."

„Was ist mit den Männern vom anderen Zug?"

„Ach ja, das hätte ich fast vergessen! Sie sind ab sofort Ihnen unterstellt!"

Herbst schob den Stahlhelm etwas nach hinten und wischte sich mit dem Ärmel seiner Feldbluse über die Stirn. „Erst sollen wir hier in Stellung gehen, dann wieder vorrücken …", murmelte er.

„Brantsch, die Gruppenführer sollen alle zu mir kommen, die Männer sollen sich marschfertig machen!"

Der Rottenführer lief los.

Das Gehöft bestand aus einem zweistöckigen Haupthaus und zwei Nebengebäuden. Der Baustil war vergleichbar mit dem eines sehr großzügig angelegten Dreiseitenhofs. Die offene Seite lag im Norden. Eine weitläufige Wiese umgab den Gebäudekomplex. Das gesamte Areal war landestypisch von Wallhecken umrandet.

Noch hielt das Wetter. Es war stark bewölkt, regnete aber nicht.

Nachdem der Flak-Zug abgezogen worden war, betrug die Kampfstärke der zusammengefassten und durch die Scharfschützen-Attacke dezimierten Züge, die unter Dillers Kommando standen, in etwa der von vier Gruppen.

Sie lagen im Dickicht und beobachteten das Gelände. Zwischen ihnen und dem Gehöft befanden sich zwei Wallhecken, die es zu überwinden galt. Mit Feldstechern suchten sie nach Hinweisen, ob sich Alliierte verschanzt hatten. Sie durften in keinen zweiten Scharfschützenhinterhalt geraten.

Brantsch lag neben Diller. Beide ließen ihre Ferngläser kreisen. „Ich kann wirklich nichts erkennen. Wenn sich dort Amis befinden, haben sie sich perfekt getarnt."

Signatur Bild 101I-722-0405-04   Archivtitel Frankreich.- Zwei deutsche Soldaten (der Waffen-SS ?), stehend, einer mit Fernglas beobachtend; PK KBZ Ob West
Datierung 1944   Fotograf Theobald   Quelle   Bundesarchiv

„Ich auch nicht", entgegnete Diller und nahm den Feldstecher herunter. Dann rutschte er bäuchlings etwas nach, stand auf und ging zu Wagenfels und dem anderen sMG-Führer. „Die beiden schweren Maschinengewehre werden den Flankenschutz übernehmen. Wir rücken in Schützenreihe vor und gehen erst in die Formation einer Schützenkette über, wenn ich das Kommando dafür gebe. Sollte auch nur ein Schuss aus dieser Wallhecke dort drüben auf uns abgefeuert werden, schießt ihr Sperrfeuer und haltet den Feind unten!"

Die schweren Maschinengewehre wurden in Stellung gebracht. Die Schützen I saßen hinter den Gewehren, die Schützen II lagen daneben, um sich um die Munitionszufuhr zu kümmern. Die Schützen

III und IV befanden sich jeweils dahinter. Das Werkzeug und die Asbest-Lappen, die zum schnellen Wechsel der heißgeschossenen Läufe notwendig waren, lagen griffbereit neben ihnen.

Als die MG 42 auf den Lafetten montiert und einsatzbereit waren, gaben die MG-Führer ein Zeichen.

„Es geht los. Bleibt hinter mir. Sollten wir unter Beschuss geraten, verteilt euch links und rechts im Gelände. Legt euch flach auf die Erde und legt an. Die beiden Maschinengewehre schießen sofort Sperrfeuer und hämmern den Feind regelrecht in die Deckung zurück. Ein Teil von euch springt dann auf und stürmt vor, während der andere Deckung gibt. Wir haben das oft genug im Gelände geübt. Sobald ihr beim Feind Mündungsfeuer seht, haltet ihr drauf. Fragen?"

Keiner meldete sich. Eine Minute später huschten die Grenadiere aus dem sichtgeschützten Grün. Auf der freien Fläche formierten sie sich unverzüglich und folgten in Schützenreihe ihrem Zugführer.

Die Angreifer bewegten sich leicht geduckt. Die Waffen trugen sie schussbereit auf Hüfthöhe. Ihre Augen waren auf die Wallhecke gerichtet. Angst war ihr Begleiter. Immer wieder suchten sie Bäume und Buschwerk nach Gewehrläufen ab. Diller ging in Laufschritt über. Er fühlte sich zunehmend unwohl. Wäre er der Verteidiger, würde er den Feuerbefehl geben, sobald sie ungefähr die Mitte des freien Feldes erreicht hatten. Er streckte im Laufen die linke Hand nach oben und winkte nach links und rechts. „Schützenkette! Verteilt euch!", pustete er aus. Das viele Rauchen tat ihm nicht gut. Er merkte, dass seine Kondition nicht mehr die Beste war.

Im gleichen Moment ratterte ein amerikanisches Maschinengewehr los. Die Garben zischten ihnen entgegen, einige pflügten die Erde um. Gras und Dreckklümpchen spritzten mit jedem Einschlag wie kleine Fontänen hoch. Karabinerfeuer gesellte sich dazu.

„Runter!", plärrte Diller und warf sich augenblicklich zu Boden.

Einer der Grenadiere zuckte zusammen. Es war, als würde er von unsichtbaren Fäusten traktiert. Er stolperte und fiel schwer verwundet ins Gras. Ein zweiter SS-Mann lief ebenfalls in eine der Maschinengewehrsalven. Sein Körper wurde regelrecht zerfetzt.

Wagenfels beobachtete abwechselnd die Grenadiere und die Wallhecke. Es war purer Zufall, dass er genau in dem Moment, als das

amerikanische MG zu feuern begann, dorthin sah und das Mündungsfeuer erkannte. „Achtung", rief er den anderen Schützen zu. Binnen
weniger Sekunden war das sMG 42 eingerichtet. Wagenfels fixierte
die Gleitschiene. Er war einer der erfahrensten MG-Schützen der Einheit und arbeitete an der Waffe äußerst präzise. Jeder Handgriff saß.
„Fertig!"

Der Schütze II hielt den Gurt etwas nach oben und stierte nach
vorn.

Der Rottenführer zog den Abzugsbügel zum Punktfeuer durch.

Rrrrt ... rrrrt

Erste Feuerstöße wurde abgegeben. Aufgrund der Leuchtspurmunition konnten sie ihre eigene Schussbahn verfolgen. Sie lagen
exakt im Ziel. Aufgrund dessen jagte der Schütze I mehrere Salven
aus der Waffe. Kurz darauf feuerte das feindliche Maschinengewehr
nicht mehr.

„Wir haben es", kam es jubilierend von hinten.

Mit schnellen, tausendfach geübten Handgriffen löste Wagenfels
die Sperre für das Punktfeuer. Jetzt konnte er das Gewehr auf der Lauf-
schiene schwenken. Sofort ging er wieder ins Ziel und schoss Salve
um Salve in die gegenüberliegende Wallhecke.

Das zweite sMG war von Sperrfeuer auf Zielbeschuss überge-
gangen. Zudem hatte auch das vom anderen Zug mitgeführte lMG zu
schießen begonnen. Aufgrund der räumlichen Nähe hatten alle drei
Maschinengewehre gemeinsam eine enorme Feuerkraft. Der Feind
wurde gezwungen in Deckung zu bleiben. Nur wenig Abwehrfeuer
schlug den Angreifern entgegen.

Als das Sperr- und Zielfeuer der deutschen Maschinengewehre
einsetzte und kurz darauf das amerikanische MG verstummte, sprang
Diller hoch. „Vorwäääarts! Hurraaaaa", brüllte er aus Leibeskräften.

Wie die Lemminge erhoben sich die Grenadiere, um ihrem Oberscharführer nachzulaufen. Sie schossen, repetierten ihre Karabiner und
stürmten auf die Wallhecke zu.

Diller gab mehrere Feuerstöße ab. Er hielt die MP 40 hierzu auf
Hüfthöhe, streckte die Arme aus und zog mit dem rechten Zeigefinger
mehrfach den Abzugshebel durch. Obwohl er im Laufschritt über das
freie Feld hetzte, kam es ihm vor, als bewege er sich in Zeitlupe.

Glaubte er im Dickicht etwas zu erkennen, schlug er einen kleinen Haken und jagte eine Salve aus der Waffe.

„Hurraaaa", dröhnte es hinter und neben ihm aus den Kehlen der Landser.

Trotz des heftigen MG-Beschusses flammte vermehrt Gegenfeuer auf. Eierhandgranaten wurden geworfen, landeten im Gras und krachten los. Manche detonierten auch während des Wurfes in der Luft und streuten ihre Splitter entsprechend umher.

Wumm

„Deckung!"

Erde, Steinchen, Gras und Granatsplitter surrten umher. Wolken von Pulverschmauch bildeten sich und waberten über den Detonationsstellen. Ihr Geruch war scharf und stach in den Lungen, wenn man zu viel davon einsog.

Die Grenadiere warfen sich reihenweise auf den Boden. Zwei Stielhandgranaten wurden gegen die Wallhecke geschleudert.

Wumm

Weitere dumpfe Explosionen folgten. Danach verstummte das Abwehrfeuer schlagartig.

Erste Landser hoben den Kopf. Zwei Gruppenführer sprangen als erste auf. Sie brüllten ihre Kameraden an und peitschten sie nach vorn.

„Hoch mit euch!"

„Angriff!"

Die Grenadiere stürmten weiter und rannten mit lautem Gebrüll ins dichte Grün der Wallhecke. Voller Wut, Angst und Panik waren sie bereit auf den Feind zu feuern, der ihre Kameraden erschossen oder verwundet hatte.

Der Krieg zeigte seine hässliche Fratze. Menschen, die sich noch nie zuvor in ihrem Leben gesehen hatten, stürmten aufeinander los, um sich gegenseitig umzubringen. Junge Männer, die noch vor wenigen Monaten Schulbücher unter den Armen trugen, hielten Karabiner in den Händen. Die Ideologie des Regimes war ihnen seit Kindheitstagen eingetrichtert worden.

Jetzt standen sie an der Wallhecke, doch es war niemand mehr da. Kein GI erhob sich, kein Schuss wurde auf sie abgegeben. Unmittelbar nach den Würfen ihrer Eierhandgranaten hatten sich die US-Soldaten zurückgezogen.

„Sie sind weg", stieß ein junger SS-Mann aus. Keuchend und mit schweißverklebtem Gesicht bahnte er sich einen Weg durch zwei Sträucher. „Ich sehe einen Gefallenen", schob er nach.

Zwei Grenadiere hatten die nicht sehr breite Wallhecke durchquert und traten auf der gegenüber liegenden Seite ins Freie. „Ich sehe sie noch laufen", rief einer von ihnen und legte auf sie an.

„Zurück ins Gebüsch", warnte Diller, der sich dicht hinter ihnen befand.

Nachdem ein paar Schüsse fielen, sprangen die beiden Landser sofort nach hinten ins schützende Grün.

„Sie geben ihren Männern während des Rückzugs Deckung", brüllte Diller die beiden jungen Männer an. „Ihr dürft nicht zu leichtsinnig werden."

„Hier lag maximal eine Gruppe in Stellung", war von Rottenführer Brantsch zu hören. „Unsere Leute haben das MG-Nest der Amis getroffen." Er wollte gerade weiter gehen, als sich einer der Amerikaner bewegte und dabei vor Schmerzen laut stöhnte. Brantsch zuckte erschrocken zusammen. „Hier lebt noch einer. Sanitäter hierher", rief er laut.

Diller griff nach seiner Zigarettenpackung und zündete sich eine Eckstein an. *Erst knallen wir uns gegenseitig ab, dann versuchen wir mit Hilfe unserer Sanis und Ärzte, uns am Leben zu halten. Wir Menschen sind komplett verrückt,* durchfuhr es ihn.

„Hier ist noch ein Verwundeter", hörte er.

Vorsichtig wurden die beiden verletzten GIs auf der sicheren Seite der Wallhecke auf freiem Feld abgelegt und notversorgt. Der Sanitäter, der sich um die beiden Männer kümmerte, sprach leise und ruhig auf sie ein. Er wusste nicht, ob sie ihn verstehen konnten, aber er wollte ihre Angst mindern.

Diller war nicht entgangen, dass die Gefangenen Todesangst hatten. Er ließ Förster holen, der zumindest gutes Schulenglisch sprach.

„Einer ist ziemlich schwer verwundet", erklärte der Sanitäter, als Förster mit der Befragung begann. Bereits nach wenigen Minuten kristallisierte sich heraus, dass man so gut wie keine Informationen in Erfahrung bringen konnte. Die einfachen Soldaten der US-Army besaßen nur wenige Kenntnisse über wichtige Details. Derjenige, der bei vollem Bewusstsein war und sprechen konnte, verwies auf seinen Sergeant, doch der war gefallen.

Diller ließ die sMG aufschließen und rief die Gruppenführer zu sich.

„Warum sind wir nicht gleich nachgestoßen? Jetzt bereiten sie sich auf uns vor", monierte Unterscharführer Schlosser, den Diller nur flüchtig kannte.

„Weil wir garantiert in eine Falle gelaufen wären. Ich möchte mit der geballten Feuerkraft unserer Maschinengewehre angreifen. Ansonsten drohen uns zu viele Verluste."

Brantsch stimmte Diller zu. „Wir dürfen nicht nochmal so offen über die Fläche kommen. Sie sitzen hinter der Wallhecke, und garantiert haben sie sich auch auf dem Gehöft verschanzt", merkte er an.

Diller kniete sich ab und breitete eine Karte aus. Während er sprach, kreisten seine Finger um die jeweils angesprochenen Zonen. „Zwei Gruppen umgehen diesen Bereich und greifen von der Flanke an. Wir decken das Gebiet von hier aus mit unserem sMG ein", befahl Diller und legte hierzu einen Finger auf die Karte. Er sah den Unterscharführer an. „Du führst den Halbzug. Sobald ihr in Position seid, feuert ihr eine rote Leuchtkugel ab. Dann schießt ihr, was die Rohre hergeben. Wir werden mit Beginn eures Beschusses frontal angreifen. Der Ami wird nicht damit rechnen, von zwei Seiten schweres Infanteriefeuer zu erhalten."

„Und wenn doch?"

Der Oberscharführer blickte in die Runde. „Hat jemand einen besseren Vorschlag?"

Keiner meldete sich. „Also machen wir es so!"

„Verstanden!"

Diller sah den Unterscharführer an. „Wie heißt du eigentlich mit Vornamen?"

„Walter."

„Ich bin Diller."

„Ich weiß, man kennt dich."

Diller nickte leicht und antwortete: „Sammle deine Männer! Ihr geht am besten gleich los."

Wagenfels kam mit seiner MG-Mannschaft angelaufen. Geduckt hetzten sie über das freie Feld zwischen den beiden Wallhecken. Das sMG wurde von zwei Männer getragen. Einer hatte die hinteren Streben gepackt, einer die beiden vorderen. Als sie die Busch- und Baumreihe erreicht hatten, suchten sie sich eine gute Position und gingen unverzüglich in Stellung.

Wagenfels klemmte sich sofort hinter die Waffe, während Aumeister den Gurt zuführte. Richter, der dritte Mann, saß schwitzend auf einem der beiden Munitionskästen, die er mitgeschleppt hatte.

„Ich bin soweit", gab Aumeister weiter.

Wagenfels schob seinen Stahlhelm etwas zurück und sah noch einmal durch die Optik. Da die Zieleinrichtung fest mit dem Gewehr verbunden war, schwenkte er den Lauf hin und her. „Wir sind feuerbereit", rief er Diller zu.

„Ein Königreich für eine Vierling", murmelte dieser und hob den Daumen. Die schweren Maschinengewehre waren wichtig, dennoch wäre die Feuerkraft der Halbkettenfahrzeuge mit ihren Flak-Geschützen eine um Längen bessere Unterstützung gewesen.

Sie lagen in guter Deckung und visierten die einzunehmende Wallhecke an. Sie rechneten damit, dass sich der Gegner darin verschanzt hatte. Ängstlich und mit zittrigen Knien warteten die jungen Soldaten auf den Feuerbefehl des Oberscharführers.

Diller hob ein letztes Mal sein Fernglas. Gleich würde er das Kommando geben, um den Gegner in Deckung zu halten. Der Flankenangriff des zweiten Halbzuges musste überraschend erfolgen, nur so konnten sie es schaffen und mit wenigen Verlusten den Grünstreifen einnehmen. Bedrückende Stille. Kein Vogel zwitscherte, kein Laut war zu hören.

„Jetzt", kam das Kommando.

Wagenfels krümmte den rechten Zeigefinger. Das Rattern des sMG 42 durchbrach die bedrückende Ruhe. Der Gurt rasselte geschmeidig durch. Mündungsfeuer blitzte auf. Patronenhülsen wurden reihenweise ausgeworfen. Jede dritte Patrone war ein Leuchtspurgeschoss. So konnte der Schütze I die Schussbahn gut verfolgen. Der Rottenführer korrigierte ein wenig die Schusshöhe, dann schwenkte er den Lauf mit leichten Bewegungen hin und her.

Auch die Grenadiere begannen damit, ihre Karabiner abzufeuern. Der Gegner erwiderte den Beschuss. Hart schlugen deren Projektile in das Geäst der Wallhecke, zischten durch das Blättergeflecht oder fetzten in die Körper der Landser.

69

„Ah, mich hat´s erwischt", schrie jemand auf.

Verfluchter Krieg, durchfuhr es Diller, der immer öfter auf seine Armbanduhr blickte. Wie lange würde es noch dauern? Wo war der Unterscharführer? Nach dem angesetzten Zeitplan müssten sie längst angreifen.

Diller zog es schon in Erwägung auf die Unterstützung zu verzichten und stattdessen im Schutz von ein paar Nebelhandgranaten vorzurücken, als endlich der ersehnte Flankenangriff stattfand.

Der plötzlich eintretende seitliche Beschuss überraschte den Gegner tatsächlich. Das Gegenfeuer schwächte merklich ab.

„Sie sind da", stieß der Zugführer aus. „Wir greifen an! Raus aus den Löchern!"

Erneut trieb der Russlandveteran die jungen Landser an. Es galt die wenigen wertvollen Minuten der Verwirrung des Feindes auszunutzen. Er sprang hoch und stürmte aus dem Gebüsch. Die Maschinengewehre schossen permanent Sperrfeuer. Der Gefechtslärm tobte. Alles war Automatismus. Trotz ihrer Angst standen die jungen Männer auf, packten ihre Waffen und verließen ihre Deckungen. Das schützende Grün der Wallhecke ließen sie hinter sich und tauschten es gegen den schutzlosen Lauf über eine Wiese. Sie folgten ihrem Zugführer und schmetterten laut: „Hurraaaa!".

Sie brüllten aus Angst, trieben sich damit gegenseitig an und machten sich mit dem Hinausplärren Mut. „Hurraaaaaa!"

Immer wieder fiel einer der Soldaten zu Boden. Mal weil jemand stolperte, mal um sich in Deckung zu werfen und um selbst zu feuern, aber auch weil sie von einer feindlichen Kugel niedergestreckt wurden.

Die Geschosse aus den amerikanischen Waffen zischten ihnen trotz des Flankenangriffs ihrer Kameraden wieder stärker entgegen. Sie fühlten sich, als ob sie gegen eine stählerne Wand rannten.

Neben Brantsch stürmte ein Soldat nach vorn, der sein „Hurra" besonders laut und intensiv brüllte. Die Stimme des jungen Mannes war ungewöhnlich tief. Mitten im Laufen wurde er getroffen. Das Wort erstickte im Hals, der Körper überschlug sich mehrfach. Der Landser hatte dabei nicht geschrien. Er blieb regungslos liegen.

Brantsch packte eine unbändige Wut. Er wusste, dass dieser Kamerad nicht wieder aufstehen würde. Das Wutgefühl wich schlagartig einer Art beklemmender Furcht. Ihm wurde augenblicklich klar, dass er der nächste sein konnte, der den Heldentot starb. Alles spielte sich in Bruchteilen von Sekunden ab. Der Rottenführer verdrängte die aufkeimende Angst.

Lauf, lauf um dein Leben, feuerte er sich selbst an.

Dann öffnete sich sein Mund. „Hurraaa", kam es über die Lippen des Gruppenführers. „Hurraaaa", brüllte er hinaus und verdrängte damit die Angst.

Mündungsfeuer flackerte auf. Brantsch sah die gelblich zuckenden Blitze im Buschwerk. Nur noch ein paar Meter waren zu überwinden, dann wäre er in Wurfweite. Ein paar Kameraden warfen sich zu Boden. Sie feuerten liegend ein paar Schüsse ab. Etwas Heißes zischte zwischen den Beinen des Rottenführers durch. Sofort ging auch er in Deckung und schlug hart auf. Seitenstechen quälte ihn. Der Landser griff sich instinktiv an die schmerzende Stelle. Er hob für einen Moment den Kopf. Wieder züngelte Mündungsfeuer aus dem grünen Landschaftsgürtel. Schnell abgegebene Schüsse aus einem amerikanischen *M 1 Garand* peitschten ihm entgegen. Er verfluchte die Selbstladekarabiner der GIs und deren erstaunliche Feuerkraft. Ihre deutschen Karabiner wirkten im Verhältnis dazu wie alte, historische Waffen.

Brantsch fummelte im Liegen etwas umständlich eine Stielhandgranate aus dem Koppel. Immer noch heftig atmend, schraubte er den Verschlussdeckel ab. Der kantige Kopf ging hoch. Der Rottenführer starrte ein weiteres Mal auf die Wallhecke. Das Mündungsfeuer war für einen Moment verschwunden. Das war der Augenblick, auf den er gewartet hatte. Brantsch sprang auf, riss schon in der Bewegung an der Abreißleine und schleuderte die Handgranate kraftvoll nach vorn. Durch den Schwung drehte sich der Granatmantel um den Stiel, was dem Sprengkörper den leichten Anschein verlieh, ein Beil flöge durch die Luft. Sofort nach dem Abwurf warf sich Brantsch nur ein paar Meter weiter vorn wieder auf die Erde. „Granate", rief er dabei laut, um seine Kameraden zu warnen. Er wartete die Detonation ab.

Wumm

Nach der Explosion verharrte er noch zwei, drei Sekunden, sprang wieder hoch und stürmte weiter. Es roch stark nach Pulverschmauch. Jemand jammerte entsetzlich. Noch bevor er die Wallhecke erreicht hatte, feuerte er aus der Hüfte ein paar Salven hinein. Er hielt hauptsächlich an die Stelle, an der er zuvor das Mündungsfeuer gesehen hatte. Der Rottenführer bahnte sich einen Weg durch das Gestrüpp und sah einen bewegungslosen Körper am Boden liegen. Zwei Schritte weiter links davon wälzte sich ein Verwundeter in einer Blutlache. Brantsch ging hin und kniete sich ab. An der äußeren Flanke zischten immer noch die Projektile eines ihrer Maschinengewehre durch das Buschwerk. Landser huschten an ihm vorbei.

Vor ihm lag der GI, der mit dem M1 A1 Carbine immer wieder auf ihn gefeuert hatte. Der Selbstladekarabiner war die Standardwaffe der US-Fallschirmjäger. Der GI jammerte und stand unter Schock. Er hatte hinter einem gefällten Baumstamm gelegen, der die meisten Splitter der Handgranate abgefangen hatte, dennoch waren Gesicht und beide Arme von Splittertreffern übersät. Selbst dem fronterfahrenen Deutschen gefror bei diesem Anblick für einen Moment das Blut in den Adern.

Der Dauerbeschuss durch das leichte Maschinengewehr verringerte sich. Ein paar einzelne Salven folgten, dann schwieg die Waffe. Der Gefechtslärm ließ nach und verebbte. Die Wallhecke war erstürmt. An der äußerst linken Flanke, an der Wagenfels mit dem sMG in Stellung lag, gab es noch ein paar letzte kurze Schusswechsel, dann verstummten auch dort die Waffen.

Brantsch kramte sein Verbandspäckchen hervor. Der Rottenführer spürte, wie sich Gänsehaut über seinen Rücken zog. Hin- und hergerissen von völliger Hilflosigkeit und dem Willen dem Verwundeten zu helfen, überwand er sich. Er wusste, dass er die Blutungen stillen musste und griff an seine Seite. Brantsch zückte sein geschliffenes Kampfmesser und schnitt die Uniform des leise wimmernden Gegners auf. Er versuchte, ruhig und gelassen zu wirken und sprach auf den Mann ein.

„Ich helfe dir. Keine Angst."

Anschließend sah er sich suchend um. „Sanitäter", rief er. Sein Hilferuf ging unter, denn überall wurden die Rufe nach den Samaritern des Krieges laut. An allen Ecken und Enden hörte man: „Saaaaniiii!"

In der Hoffnung, ein Sanitäter würde schnell kommen, begann der Rottenführer mit dem Verbinden. „Saniiii", wiederholte er in regelmäßigen Abständen, während er die blutenden Wunden umwickelte.

Diller griff in seine Feldbluse. Er spürte die Zigarettenpackung zwischen seinen Fingern und zog sie heraus. Mit Daumen und Zeigefinger der rechten Hand pickte sich der Oberscharführer einen Glimmstängel. Er steckte ihn in den Mund, schob die Packung wieder ein und kramte aus der Hosentasche sein Sturmfeuerzeug heraus. Sekunden später sog er den Rauch der filterlosen Zigarette tief in seine Lungen. Ein beruhigendes Gefühl breitete sich aus, als das Nikotin durch seinen Körper strömte.

Unterscharführer Schlosser kam zu Diller. An der Uniform des Soldaten klebte getrocknetes Blut. Die MP 40 hing locker an der Seite. Das Gesicht war schmutzig. „Sollen wir gleich nachsetzen?", fragte er.

Diller blickte sich um. Die Männer des Zuges, die nicht mit der Versorgung der Verwundeten beschäftigt waren, sammelten sich. Verneinend schüttelte er kurz den Kopf. „Ich traue dem Frieden nicht. Wir müssen davon ausgehen, dass das Gehöft von den Amis besetzt wurde. Sie sitzen dort so sicher wie in einer Burg. Wenn wir unüberlegt über das offene Feld angreifen, bedeutet das hohe Verluste."

„Schlosser", rief jemand. Ein Soldat kam angelaufen und baute sich vor dem Unterscharführer auf. „Auf dem Bauernhof dort drüben sitzt definitiv der Ami. Ich habe sie gesehen! Männer in Uniform. Sie huschen wild umher."

Der Unterscharführer schob seinen Stahlhelm etwas nach hinten. Die helle Haut am Haaransatz kam zum Vorschein. „Gut beobachtet!"

Der Soldat war sichtlich nervös. „Heinz liegt mit dem Feldstecher noch vorn", haspelte er. „Er beobachtet sie."

„Das ist gut. Geh zurück, und behaltet die Amis weiter im Auge." Der Soldat machte eine Kehrtwende und eilte davon.

Jetzt stimmte Schlosser dem Zugführer zu. „Wenn wir über das offene Feld kommen, werden sie uns abschießen wie die Hasen."

„So ist es", entgegnete Diller kurz und drehte sich zur Seite. „Wagenfels, komm mal schnell zu uns rüber!"

Der Gewehrführer hatte den Lauf seines sMG gewechselt. Er legte die Asbestlappen zur Seite und stand auf. „Was gibt`s?"

Diller wartete bis der Rottenführer bei ihm war, dann fragte er: „Wenn du in dem Gehöft sitzen würdest, wo würde dein Maschinengewehr stehen?"

„Moment! Das sehe ich mir kurz an."

Der Rottenführer ging ein paar Schritte nach vorn und kroch vorsichtig in das Gebüsch der Wallhecke. Er robbte bäuchlings zu beiden Männern, die mit dem Feldstecher hinter einem dichten Beerenstrauch lagen. „Kann ich mal kurz durch das Fernglas sehen?", fragte er.

„Klar", kam die Antwort. Der Feldstecher wurde überreicht. Wagenfels ließ den Blick über das gesamte Gehöft und anschließend über das Gelände vor dem Einsiedlerhof schweifen.

Diller und Schlosser warteten geduldig. Der Oberscharführer rauchte die Zigarette zu Ende, schnippte die Kippe vor sich auf den Boden und trat die Glut mit der genagelten Sohle seiner Knobelbecher aus. Als Wagenfels zurückkam, kratzte er sich verlegen am Hinterkopf. „Schwierige Sache. Ich glaube, ich würde es genau an der südwestlichen Hausecke aufstellen. Von dort hat man die gesamte Wiese unter Kontrolle. Bei Bedarf kann man schnell wechseln, den Innenhof unter Beschuss nehmen und man hat zusätzlich begrenzte Sicht zur Nordseite."

„Also befindet sich deiner Meinung nach die Achillesferse des Gehöfts auf der nordöstlichen Hofseite?"

Fragende Blicke. Diller kniete sich ab und breitete die Karte aus. „So könnte man es ausdrücken", schob Wagenfels nach.

„Was hast du vor, Diller?", hakte Schlosser neugierig nach.

Das Grübeln war dem erfahrenen Soldaten deutlich anzusehen. Seine Stirn war mit Denkfalten überzogen, die Augen zusammengekniffen. Er hatte sich im Gedanken bereits einen Angriffsplan zurecht gelegt. Seine Finger umkreisten auf der Karte eine Stelle. „Wir greifen mit ein paar Männern von Südwesten an. Hier brauche ich ein MG für Sperrfeuer."

„Ein Scheinangriff?", stieß Schlosser aus.

Diller nickte und sprach weiter: „Die Männer sollen in zwei Gruppen vorgehen, wobei das MG permanent das Gehöft eindeckt. Schlosser, ich möchte, dass du den Angriff führst."

Der Unterscharführer blickte abwechselnd auf die Karte und in Dillers Augen. „Alles klar!"

„Ich möchte vor allem, dass ihr keine Männer verliert. Lasst es echt aussehen, aber wagt nicht zu viel. Sobald der Amerikaner mit dem Angriff beschäftigt ist, greift der andere Teil von uns an der anderen

Flanke an. Hier möchte ich das zweite schwere Maschinengewehr und auch das leichte MG einsetzen."

„Das mit dem Flankenstoß hat vorhin gut geklappt, aber das war im offenen Gelände. Dort sitzen sie hinter Mauern", warf Wagenfels ein.

Diller nickte. „Das ist richtig. Ich habe allerdings die große Hoffnung, dass die Amis über wenig Kampferfahrung und vor allem über fehlenden Kampfgeist verfügen. Mit etwas Glück ziehen sie sich schnell zurück. Zumindest wenn sie denken, sich in einer aussichtslosen Situation zu befinden."

Kopfschütteln. „Die werden sich einigeln", murrte Schlosser.

Wagenfels atmete heftig durch. „Ich habe zwar gehört, dass es mit der Kampfmoral beim Ami nicht weit her ist, aber ich traue der ganzen Sache nicht. Schließlich sind sie an der Küste gelandet und haben sich festgesetzt. Sie haben das alles nicht durchgezogen, um

Schlosser gab ihm recht. „Das stimmt. Zudem verfügen sie über eine gute Ausrüstung. Sie könnten uns mit etwas Pech auch tagelang aufhalten."

„Und deshalb möchte ich sie in eine ausweglose Situation bringen."

„Wie denn? Mit einem Angriff von zwei Seiten?", fragte der Unterscharführer und ließ dabei etwas Höhnisches mit einfließen.

Wagenfels betrachtete die Lage nüchtern. „Wenn sie über Maschinengewehre verfügen, wovon auch auszugehen ist, kommen wir ohne große Verluste nicht näher als 50 Meter an sie ran. Rund um das Gehöft ist offenes Gelände. Das bedeutet freie Schussbahn für den Feind und keine Deckung für uns."

Schlosser und Diller ließen die Worte des MG-Führers wirken. Der Wind trug heftigen Gefechtslärm zu ihnen herüber. Auch zwei schwere Detonationen waren zu hören. Eine dunkle Rauchsäule war kurz darauf zu sehen.

Diller war leicht nervös, kramte erneut seine Zigarettenpackung heraus und zündete sich eine Eckstein an. „Das ist drüben bei der ersten Kompanie."

Der Nachrichtenmann kam hinzu. „Der Bataillonsgefechtsstand fordert eine Lagemeldung an."

Diller pustete den inhalierten Rauch aus. „Dann melde die Verlustzahlen und auch, dass wir angreifen." Der Oberscharführer beachtete den Nachrichter nicht weiter und wendete sich sofort Wagenfels und Schlosser zu. Die Glut seiner Zigarette leuchtete orangerot, als er den nächsten Zug nahm. „Dann passt mal auf", begann er und pustete den Qualm während des Redens aus. „Wenn der Angriff am Laufen ist, greift eine weitere Gruppe von dieser Flanke das Anwesen an. Hier wird das leichte Maschinengewehr eingesetzt, damit es nach mehr Feuerkraft aussieht."

Schlosser und Wagenfels hörten aufmerksam zu.

„Derweil arbeite ich mich mit meinen Männern von hier aus auf das Gehöft zu …", sein Finger wanderte auf der Karte herum, „… und dringe in den ersten Gebäudetrakt ein. Wir heben das Nest von innen aus!"

Schlosser warnte: „Ihr könntet in unser Schussfeld geraten."

Diller nahm den Einwand zur Kenntnis. „Wir lassen es ordentlich rumsen! Wenn es kracht und scheppert, wisst ihr, dass wir am Werk sind."

„Das gleicht einem Himmelfahrtskommando", kommentierte Wagenfels.

„Was ist hier nicht gefährlich? Leute, jeder von uns kann bei jedem Angriff sterben."

Schlosser nickte stumm. Wagenfels sagte nichts. Ausdruckslos blickte er Diller an. Die Worte des Oberscharführers hatten gesessen.

Diller drückte die Zigarette aus und faltete die Karte zusammen. „Instruiert die Männer! Alle sollen so schnell wie möglich in die Ausgangsstellungen. Wir greifen an, sobald ich mit meinen Leuten in Position bin. Bewegt euch vorsichtig, damit ihr nicht entdeckt werdet."

„Wer gibt das Signal?"

Diller warf einen Blick auf seine Armbanduhr. „Ihr müsst es in fünfzehn Minuten schaffen. Wagenfels, du eröffnest das Feuer. Fragen?"

„Wie gehen wir vor, wenn der Plan schief läuft?"

„Wir haben den Auftrag, das Gehöft einzunehmen, und wir werden es einnehmen! Falle ich, führt Walter weiter. Fällt er, führt Brantsch. Genauso geht´s durch bis ins letzte Glied!"

Klare, unmissverständliche Worte.

Was ist mit uns?" fragte Herbst, der Nachrichter.

„Habt ihr Feldfunkfernsprecher?"

Herbst nickte. „Zwei Stück!"

„Wunderbar. Du gehst mit mir, dein Kamerad soll sich mit dem anderen Gerät Unterscharführer Schlosser anschließen!"

„Die Reichweite beträgt bei besten Voraussetzungen nur knapp über einen Kilometer!"

„Besser als nichts", kommentierte Diller.

„Und das Tornisterfunkgerät?"

„Nimmt dein Kamerad mit!"

Die Panzerjäger hatten sich um ihren Zugführer versammelt. Bis auf Manger und Schmidt waren alle unversehrt. Sie sahen nach ihrem ersten Kampfeinsatz teils betroffen, teils verwegen und teils verängstigt aus. Letzteres wollte sich jedoch keiner anmerken lassen. Furcht wurde durch gespielte Lässigkeit übertüncht. Diller blieb die Nervosität nicht verborgen, sprach jedoch niemanden darauf an. Die Männer, die um ihn herum standen, vertrauten ihm. Sie verließen sich auf seine Erfahrung und hofften, an seiner Seite unbeschadet aus dem Einsatz zurückzukehren.

Brantsch war völlig blutverschmiert. Der Rottenführer sah aus, als käme er aus einem Schlachthaus. Die Hände hatte er zwar mit etwas Wasser aus der Feldflasche säubern können, aber an der Uniform haftete jede Menge getrocknetes Blut. Auch an den Wangen und der Stirn befanden sich rote, verwischte Blutstreifen. Es stammte von dem schwer verwundeten amerikanischen Fallschirmjäger, dem Brantsch mühselig einen Verband angelegt hatte.

Die Gesichter von Förster, Weber und Henold waren so schmutzig, wie das von Bergleuten, wenn sie nach ihrer Untertageschicht aus den Stollen kamen. Mit Schweiß verkrustete Erde klebte wie Teer an Wangen, Stirn und Hals der Landser. Auch Lederer, Krowzik und Leinauer sahen nicht viel besser aus.

„Sind die Waffen geladen und einsatzbereit?"

Diller kannte die Antwort. Er hatte die Männer für ein paar Wochen unter seinen Fittichen gehabt und ausgebildet. Einige nickten, andere bejahten laut.

„Habt ihr auch genügend Reservemunition? Wie sieht es mit den Panzerbekämpfungsmitteln aus?"

Brantsch wirkte entschlossen. Sein Adamsapfel wanderte hoch und runter, während er antwortete: „Wir sind gerüstet, Diller! Lass uns gehen, bevor wir zu viel Zeit zum Nachdenken bekommen!"

Der Zugführer wusste, worauf der Rottenführer anspielte. Als sie heute am frühen Morgen loszogen, waren noch zwei Mann mehr in ihren Reihen. Schmidt würde wohl durchkommen, aber möglicherweise verkrüppelt bleiben. Manger war tot. An die Verluste der gesamten 3. Kompanie wollte er gar nicht erst denken. Die junge SS-Division zahlte in ihrer Feuertaufe bereits jetzt einen hohen Blutzoll.

Dillers rechte Hand ging hoch, winkte und fiel wieder nach unten, um auf der Maschinenpistole liegen zu bleiben. „Ohne Tritt marsch!"

Die Panzerjäger nahmen die Waffen auf und folgten ihrem Zugführer, dessen Fronterfahrungen aus Russland immer stärker zum Tragen kamen.

Lederer nahm noch einen Schluck Wasser, Henold und Förster warfen ihre halb gerauchten Zigaretten weg. Krowzik, der einzige Nichtraucher in der Gruppe, brach sich ein Stück Schokolade ab und schob es in den Mund.

Sie bewegten sich schnell über das Gelände. Diller war schon nach wenigen Metern in einen gemächlichen Laufschritt gefallen. Die harte Ausbildung kam den Männern spätestens in diesem Moment zu Gute. Es war nicht leicht, bei voller Ausrüstung und zusätzlichen Panzerbekämpfungsmitteln im Gepäck, das vorgegebene Tempo auf Dauer zu halten. Sogar der Nachrichter Herbst, der auf die letzte Position zurückgefallen war, verlor nicht den Anschluss. Der vom Gehöft aus gut einsehbare Geländeabschnitt wurde umgangen.

Sie hörten bereits das Rattern des sMG, als sie ihre vorläufige Ausgangsstellung für den Angriff auf das Landgut erreicht hatten. Wiederum erwies sich das Vorhandensein einer Wallhecke als taktischer Vorteil.

„Wieso haben die hier überall solche Dinger hingepflanzt?", hauchte Förster aus. Die Soldaten rangen nach Sauerstoff. Ihre Lungenflügel hoben und senkten sich schnell. Sie wischten sich Schweiß von der Stirn und tranken Wasser.

„Die gibt es schon immer", erklärte Lederer plump. „Schon die alten Kelten oder Gallier, oder was immer für Leute hier gelebt haben, bauten sie. Das war einerseits so eine Art Grenze für die gerodeten

Felder, andererseits auch Schutz vor Sandverwehungen. Bei mir zu Hause in Ostfriesland haben wir vor unserer Hofeinfahrt auch 'ne Art Wallhecke."

„Und warum sind überall diese blöden Dornenbüsche dazu gepflanzt worden?"

„Schutz vor Viehverbiss!"

„Ruhe!", mahnte Diller.

Der Gefechtslärm schwoll an. Die amerikanischen Soldaten erwiderten zwischenzeitlich den Beschuss. Diller kroch nach vorn und blickte durch seinen Feldstecher. Der Scheinangriff von der südwestlichen Flanke war in vollem Gang. Brantsch rückte zu dem Oberscharführer auf.

„Wir müssen gut dreihundert Meter überwinden", teilte ihm Diller mit.

Der Rottenführer schwitzte immer noch. „Das kann ein heißer Tanz werden", flüsterte er.

„Die Männer sollen sich bereithalten. Sobald die zweite Gruppe angreift, rücken wir vor."

Minuten später. Keiner sprach ein Wort. Sie lagen still im Schutz der Wallhecke und warteten auf das Kommando zum Losstürmen.

„An das Warten werde ich mich nie gewöhnen", durchbrach Lederer die angespannte Ruhe. Er hielt eine Packung Juno in der Hand. „Möchte jemand eine Zigarette?"

Diller hörte Lederer reden und drehte sich nach hinten um. „Jetzt wird nicht geraucht", herrschte er den SS-Mann an.

Sofort wanderte die Zigarettenpackung zurück in die Brusttasche der Feldbluse.

„Ist nicht persönlich gemeint. Er möchte nur nicht, dass wir durch irgendeinen dummen Zufall entdeckt werden. Man könnte zum Beispiel den Qualm der Zigarette sehen", erläuterte Brantsch.

„Es geht an der anderen Seite los", wurde durchgegeben. Die Nervosität stieg. Der Kampflärm wuchs deutlich an. Das leichte Maschinengewehr feuerte lange Salven.

„Fertigmachen!"

Brantsch griff in seinen Umhängebeutel und holte zwei Stielhandgranaten heraus. Er steckte sie in das Koppel, um sie im Bedarfsfall schneller einsetzen zu können. Die jungen Landser machten es dem Rottenführer nach.

„Wir laufen ohne Hurra-Gebrüll nach vorn! Ziel ist die Hauswand. Wie es aussieht, handelt es sich bei dem Gebäude offensichtlich um einen Nebentrakt. Vielleicht ist es eine Werkstatt. Wir rücken anfangs in Schützenreihe vor und gehen erst in eine Kette über, wenn wir beschossen werden! Brantsch, du übernimmst erneut die Position des letzten Mannes!"

Bei jedem der Soldaten war wieder diese unbeschreibliche Angespanntheit zu spüren. Es war das Gefühl, als läge man als Pfeil auf einem gespannten Bogen. Man wollte abgeschossen werden, doch die Sehne wurde zwischen den Fingern festgehalten. Nur langsam glitt sie durch, schnellte wuchtig nach vorn und der Pfeil raste auf sein Ziel zu. Dieses Vorschnellen empfanden die Soldaten erst in dem Moment, als Diller durch die Wallhecke schlüpfte, nach hinten winkte und geduckt auf das französische Gehöft zulief.

Mann für Mann folgte dem Oberscharführer. Sie mobilisierten ihre Kräfte ein weiteres Mal. Es herrschte volle Konzentration. Nach den ersten Metern hätte man den Eindruck gewinnen können, es handle sich um eine Übung. Alles lief reibungslos ab. Niemand schoss auf die Gruppe der deutschen Soldaten.

Diller hatte das erste Drittel der Strecke zügig überwunden. Er sah Bewegung am Gebäude. Im Erdgeschoss wurde ein Fenster geöffnet, im ersten Stock eine Scheibe durchstoßen. Gewehrläufe schoben sich nach vorn. Mündungsfeuer blitzte auf.

„Auseinander", plärrte der Oberscharführer.

Wie zuvor angeordnet, verteilte sich die Gruppe sofort im Gelände und warf sich auf die Erde.

„Schießt auf die Fenster", befahl Diller.

Karabiner krachten. Am Mauerwerk des Hauses spritzten unter den einschlagenden Projektilen Steinsplitter weg. Kleine Staubwölkchen zeigten an, wo sich die Treffer befanden. Henold kniete, legte an und schoss. Plötzlich schrie er auf. Er wurde in die Schulter getroffen. Das Projektil zerschmetterte das Schlüsselbein. Höllischer Schmerz lähmte für Sekunden sein Handeln. Der Karabiner fiel dem jungen Soldaten aus den Händen. „Ahhh! Mich hat's erwischt", presste er aus und wurde schlagartig kreidebleich im Gesicht. Er legte sich flach auf die Erde und versuchte, ruhig zu bleiben.

Einer der GIs hatte sich unvorsichtigerweise mittig ins Fenster gestellt und lugte durch ein Fernglas. Der Amerikaner verharrte für einen Moment zu lange. Getroffen zuckte er zusammen und kippte um. Ein anderer GI wurde am Ellbogen der linken Hand getroffen. Sein M1 A1 Carbine fiel aus dem Fenster.

Diller sprang auf, rannte ein paar Meter und warf sich wieder zu Boden. Er war noch zu weit weg, um mit der MP 40 wirkungsvoll zu schießen. „Vorwärts! Gebt euch gegenseitig Feuerschutz! Lauft, wie wir es tausendmal geübt haben", brüllte der Oberscharführer.

Brantsch und Lederer standen auf und hetzten im Zickzacklauf vor, während die anderen schossen. Dann wechselten sie. Mit dieser Methode kämpften sie sich immer näher an den Hof heran.

Weber, der Oberschütze, sprang auf und lief los. Nach fünf Metern erhielt er einen Treffer in die Brust. Es war, als stieße er gegen eine unsichtbare Wand. Eine kalte Hand griff nach ihm. Für einen winzig kleinen Augenblick wusste er, dass sein Leben in der Normandie enden würde. Binnen Bruchteilen von Sekunden schlich sich der Tod in den Körper des jungen Soldaten der Waffen-SS. Ein kleines Projektil des Kalibers .30 Carbine, abgefeuert aus einem amerikanischen Selbstladekarabiner, hatte das Herz des Oberschützen durchbohrt. Als Weber auf dem Boden aufprallte, war er bereits tot. Später würde in einem schwarz umrandeten Brief stehen, dass er voller Heldenmut und Tapferkeit für Großdeutschland gefallen war. Man würde der Familie mitteilen, dass es schnell ging, er nicht leiden musste und ihr Sohn in einem Grab in der Normandie beigesetzt wurde. Sie würden die persönlichen Dinge ihres geliebten Sohnes, Bruders oder Neffen in den Händen halten. Gepeinigt von Not und Schmerz, würde sie der Stolz auf die Heldentat ihres Jungen nicht trösten. Sie werden die Welt nicht mehr verstehen. Sie werden sich die Frage stellen, die sich alle Hinterbliebenen stellen. „Warum ausgerechnet er?"

Lederer erwies sich als ausgezeichneter Schütze. Er besaß die nötige Ruhe so lange zu warten, bis sich ein Ziel in seinem Visier befand. Er war eins mit der Waffe geworden. Das Atmen vom schnellen Laufen hatte sich amortisiert. Der Sturmmann lag auf dem Bauch. Auf den linken Ellenbogen aufgestützt hielt er den Karabiner 98 ruhig im Anschlag. Der Schaft war fest gegen die Schulter gepresst, die Wange lag am Holz. Er konzentrierte sich auf das Fenster unten rechts. Der GI, der sich dahinter verbarg, gab mehrere Feuerstöße ab, zog die Waffe zurück, wartete kurz, schob sie wieder vor und schoss erneut. Lederer behielt die Nerven. Er rekonstruierte im Gedanken, wie der Gegner vorging, zielte auf eine Stelle über dem Mündungsfeuer, suchte den Druckpunkt am Abzugshahn, atmete ein, blies die Hälfte der Luft aus und hielt für den Moment der Schussabgabe den Atem an. Der Zeigefinger krümmte sich, der Schuss brach. Als das Mündungsfeuer des US-Soldaten, und somit der Lauf der Waffe für ein paar wenige Schussabgaben nach oben wanderte, wusste Lederer, dass er getroffen hatte. Im Fallen hatte der Amerikaner noch den Finger am Abzug. Seine zuletzt abgefeuerten Projektile zischten in den leeren Himmelsraum. Der Sturmmann repetierte.

Klick ... klack

Wieder legte er an. Diesmal zielte er auf das obere linke Fenster. Dort wurde der Lauf der Schnellfeuerwaffe hin und her geschwenkt und wieder zurückgezogen. Das Prozedere wiederholte sich. Diesmal brauchte der Deutsche jedoch drei Versuche, bis das Schießen aus dem Fenster ein Ende fand. Anschließend nahm der Panzergrenadier das nächste Fenster ins Visier. Er gab seinen Schuss ab, führte einen neuen Ladestreifen ein und zielte erneut. Er sah Diller, der sich schon ziemlich nah an das Gebäude herangearbeitet hatte. Erde und Gras spritzten in der Nähe des Oberscharführers auf. Ein Amerikaner, der aus dem ersten Stock feuerte, hatte es unverkennbar auf Diller abgesehen. Lederer wollte sofort auf den GI schießen, besann sich jedoch sofort und atmete einmal flach durch. Sein Verstand arbeitete präzise.

Ich darf nicht hektisch werden, sonst schieße ich daneben.

Er beruhigte sich. „Langsam", sagte er leise vor sich hin. „Nicht in Panik geraten, Junge."

Wenn ich bei Madeleine genauso nachdenklich vorgegangen wäre, schoss es ihm durch den Kopf, *hätte ich mir einigen Ärger, zwei Arztbesuche und damit verbunden, viel Hohn und Spott erspart.* Er schloss für eine Sekunde die Augen. *Wie kann ich jetzt nur an Madelaine denken?*

Gedankenwechsel. Die nächste Salve wurde auf Diller abgegeben. Nur kurz. Der GI wurde in Deckung gezwungen, denn der Oberscharführer feuerte zwei Garben aus seiner Maschinenpistole ab. Zwei Projektile waren in den Fensterrahmen eingeschlagen. Kleine Holzspreißel wirbelten umher. Diller wechselte wieder den Standort. Er war nur noch zwanzig Meter vom Gebäude entfernt. Lederer blieb im Ziel. Es war wieder nur ein Sekundenbruchteil, in dem der Körper des amerikanischen Fallschirmjägers zu sehen war. Dem Landser reichte dieser Moment. Er drückte ab. In der Waffe schnellte der Schlagbolzen nach vorn. Der Hammer schlug auf das Zündhütchen, das Pulver entzündete sich explosionsartig. Der Geschosskopf der Patrone wurde durch den Lauf gejagt, peitschte über die Wiese und bohrte sich in die Seite des Amerikaners. Diller sprang auf und erreichte als erster der Gruppe die Hauswand. Er ließ die MP 40 los, die nun an seiner Seite locker am Gurt baumelte. Ein Griff ans Koppel folgte. Schnell drehte er die Kappe ab und riss an der Zündschnur. Nur Augenblicke später schleuderte er die Handgranate durch das Fenster, neben dem er sich an die Hauswand presste. Die Detonation klang dumpf. Pulverschmauch, einige Splitter und undefinierbare Kleinteile wurden aus dem Fenster nach außen geschleudert.

„Schneller", schrie der Oberscharführer. Er winkte seine Männer zu sich, wartete noch einen kleinen Moment und kletterte anschließend durch das Fenster in das Anwesen. Leinauer, Krowzik und Brantsch erreichten die Hauswand. Brantsch warf eine Handgranate in das Fenster des oberen Stockwerks. Förster und Lederer schlossen auf. Der Nachrichter Herbst kniete neben Henold und legte ihm einen Verband an. Nachdem der Angeschossene versorgt war, sprach der Nachrichtenmann noch ein paar Sätze mit ihm. Als er sicher war, dass der Kreislauf des Verwundeten stabil blieb, rannte auch er zum Gehöft. Das feindliche Abwehrfeuer war nach den beiden Handgranatendetonationen kurzzeitig verstummt.

Als Herbst durch das Fenster kletterte, hörte er Schüsse aus einer Maschinenpistole. Der Funker ging vorsichtig zur Tür. Sie führte in einen breiten Flur.

Steinboden, stellte er fest. Pferdegeschirr hing an den Wänden. Rechts von ihm befand sich eine alte Eichentür. Das Holz war grau, also alt. Es roch nach Pferdemist. Links führte eine Treppe nach oben. Aus einem weiteren Zimmer traten Brantsch und Krowzik in den Flur. Beide erschraken und richteten ihre Waffen auf den Nachrichter.

„Ich bin es", rief dieser schockiert.

Brantsch winkte ihm zu. „Komm her!"

Krowzik ging zur Tür. Sie führte in den Hof des Anwesens. Vorsichtig lugte er hinaus, um sofort wieder hinter die Wand in Deckung zu gehen und die Tür zuzuwerfen. „Handgranate", warnte er.

Wumm

Vor dem Nebengebäude detonierte eine Eierhandgranate. Der Lärm war ohrenbetäubend. Splitter prasselten gegen die Hauswand und in die Holztür, welche durch die Druckwelle aufgeschlagen wurde. Krowzik blutete am Bein. Ein oder zwei Handgranatensplitter hatten seinen rechten Knobelbecher durchbohrt und waren in den Unterschenkel eingedrungen.

„Verdammt", fluchte er. Durch das austretende Blut wurde es warm und feucht um die Wunde. Die Verletzung war extrem schmerzhaft, setzte ihn jedoch nicht außer Gefecht. Humpelnd suchte der Grenadier eine gute Schussposition an einem der Fenster. Mit dem Lauf des Karabiners durchstieß er die Scheibe und warf vorsichtig einen Blick nach draußen. Es war kein Amerikaner zu sehen. Krowzikzik zog behutsam den Stiefel aus. Er stöhnte.

Herbst ging zu dem Verletzten. „Zeig mal her."

Der Verwundete hielt das Bein hin. Herbst zog das Hosenbein nach oben. „Zwei Splitter stecken drin. Ich verbinde dich, ziehe sie aber nicht raus. Das soll später der Sani machen."

Krowzik nickte und beobachtete den Hof, während er einen notdürftigen Verband angelegt bekam. Ziemlich mittig des Hofes befand sich ein größerer Misthaufen. Er konnte erkennen, dass sich dahinter ein amerikanischer Soldat verbarg und legte an. „Da ist einer im Hof. Beim Misthaufen", rief er den anderen zu. In diesem Moment sprang der GI auf. Er hielt eine Eierhandgranate in der Hand und holte zum Wurf aus. Noch vor dem Abwurf erhielt der US-Fallschirmjäger einige Körpertreffer. Diller sowie zwei andere Landser hatten auf ihn geschossen. Die Handgranate fiel dem Getroffenen aus der Hand. Der Soldat ging in die Knie. Die Eierhandgranate kullerte vor ihm umher und detonierte krachend. Ihre tödlichen Splitter wurden in den Leib des ohnehin schwer verwundeten Amerikaners getrieben.

„Wo ist der Nachrichter?", rief Diller und schob ein neues Stangenmagazin in seine Waffe.

„Hier", kam es von unten.

„Nimm Kontakt zu Schlosser auf! Sag ihm, dass wir in den Nebentrakt eingedrungen sind", plärrte der Zugführer die Treppe hinunter.

Herbst versuchte es sofort. Immer wieder sendete er den gleichen Funkspruch. „Bussard eins ... sind im Haus ... Nebentrakt eingenommen ... Bussard zwei, bitte kommen", wiederholte er drei oder viermal.

84

Außer einem kurzen Krächzen kam kein Geräusch aus dem kleinen Lautsprecher. „Sie antworten nicht! Vielleicht sind sie zu weit weg."

„Weitermachen!"

Herbst wiederholte seinen Funkspruch mehrmals. Endlich knisterte eine blechern klingende Stimme aus dem Lautsprecher. Der Nachrichter hörte aufmerksam zu und rannte anschließend sofort nach oben. „Ich habe sie", sprudelte es aus ihm heraus. „Das heißt, ich hatte sie. Wir sollen nach Möglichkeit das amerikanische MG ausschalten. Sie sitzen fest und kommen keinen Meter vor oder zurück. Die Amis heizen ihnen richtig ein. Bussard drei geht es genauso."

„Haben sie auch gesagt, wo es sitzt? Ich meine das MG?"

„Nein, aber es ist ja nicht zu überhören", entgegnete Herbst und ging wieder nach unten.

Diller sah sich um. „Wo ist Lederer?"

„Hier bin ich", antwortete der Sturmmann.

„Ich habe gesehen, wie du mit dem Karabiner umgegangen bist. Sehr gute Leistung. An dir ist ein Scharfschütze verloren gegangen."

„Danke", freute sich Lederer über das Lob.

Der Beschuss auf das Nebengebäude, in dem sie sich befanden, nahm merklich zu.

„Sie haben uns entdeckt", rief Krowzik und gab einen Schuss ab. „Der Ami schießt sich auf uns ein", wurde nachgeschoben.

„Lederer, geh rüber ans Fenster und schieße auf alles, was sich bewegt!"

„Alles klar", kam die Antwort schon huschte der Landser weg.

Diller sprach Brantsch an. „Wir müssen runter."

Dieser stand an einem der beiden Fenster die zum Hof lagen und jagte eine Salve aus seiner Maschinenpistole. Schnell zog er die Waffe zurück und folgte Diller, der bereits die Treppe hinab hetzte.

„Wir müssen unbedingt den anderen Seitentrakt des Anwesens einnehmen. Wir denken, dass sich dort ein oder zwei Maschinengewehrnester der Amerikaner befinden."

„Und wie willst du dort rüberkommen? Schau mal raus! Sie haben uns längst entdeckt."

Herbst lehnte gerade einen Stuhl gegen die halb offen stehende Tür und verbarrikadierte sie damit. Er sah Diller die Treppe hinunter kommen. „Ich habe den Verwundeten halbwegs versorgt. Er liegt mit einem Schulterschuss dort draußen. Ich sagte ihm, er soll liegen bleiben. Sein Kreislauf war stabil."

Der Oberscharführer murmelte: „Gut gemacht" und blickte in die Runde. Einer seiner Männer lag angeschossen auf der Wiese, einer war offensichtlich gefallen. Krowzik stand leicht verwundet mit dem Karabiner am Fenster und gab einen Schuss nach dem anderen ab.

Herbst merkte, wie der Blick des Russlandveteranen kalt wurde. Eiskalt. Er spürte regelrecht, dass etwas in Dillers Kopf vorging. Dem Nachrichter war es unmöglich die Situation näher zu definieren, doch er bekam urplötzlich Angst vor dem Oberscharführer.

„Her mit der 3-Kilo-Ladung! Der Hof ist gute fünfundzwanzig Meter breit. Der Wind weht von Westen. Das bedeutet, dass sich der Rauch einer Nebelhandgranate etwas hält. Wir werfen zwei davon raus. Sobald der Hof eingenebelt ist, gebt ihr Sperrfeuer was das Zeug hält und ich laufe rüber und bringe die Sprengladung am anderen Nebengebäude an!"

„Das ist Selbstmord, Diller", wollte Brantsch protestieren, doch Diller hatte sich bereits eine der Sprengladungen geschnappt. Er buhlte eine Stielhandgranate aus seinem Umhängebeutel und steckte sie zu der anderen ins Koppel.

„Du bist wirklich verrückt."

Diller ging nicht auf diese Bemerkung ein. „Die erste Nebelgranate werfe ich selbst. Die zweite soll zehn Sekunden später von oben rausfliegen. Werft sie so weit wie möglich in den Hof. Gleichzeitig nehmt ihr mit allen Rohren das Haupthaus unter Feuer!"

Brantsch schüttelte den Kopf. „Das ist purer Wahnsinn!"

„Viel Glück", meinte Herbst, der an Dillers Blick erkannte, dass dessen Entscheidung unwiderruflich feststand.

Immer wieder fetzten Querschläger durch die Räume.

„Die schießen sich gerade gut auf uns ein", plärrte Lederer von oben.

Diller stand neben der Tür. Eine Hand lag auf dem Stuhl, den der Nachrichter zuvor als Türschließer vor den Eingang gestellt hatte. „Bei drei geht's los. Erst setzen wir Nebel, dann laufe ich über den Hof.

Brantsch rief Lederer zu, dass dieser den zweiten Nebelmacher werfen sollte, sobald der erste sich entladen hatte.

„Geht klar. Ich habe eine Nebelhandgranate 41 dabei. Die gibt etwas mehr Nebel her", antwortete er. Zeitgleich stellte Lederer seinen Karabiner neben sich ab und nahm die stiellose Büchse mit der Nebelmasse aus seinem Beutel.

Diller schnaufte indessen einmal kräftig durch. „Drei", sagte er plötzlich und völlig unerwartet, zog den Stuhl weg, riss die Tür auf und warf die Nebelhandgranate in den Hof. Blitzschnell schwang er den Körper wieder hinter die schützende Wand und schlug die Tür zu. Ein paar Projektile schlugen in das Holz. Andere klatschten gegen die steinerne Hauswand.

Der Oberscharführer wartete ein paar Sekunden. Nach der Detonation verteilte sich hellgrauer Qualm. Schleierartig hüllte er die Umgebung ein und legte sich leicht wabernd über den Innenhof.

Brantsch jagte eine lange Salve aus der MP. Herbst hatte sich das Gewehr eines gefallenen amerikanischen Soldaten genommen und feuerte das Magazin leer. Diller sprang ohne ein weiteres Wort zu verlieren nach draußen und lief geduckt in die künstliche Nebelwand.

Lederer schleuderte seine Nebelbüchse in den wabernden Dunst. Sie schlug im Hof auf und sofort breitete sich eine weitere, etwas dichtere Wolke aus der Mischung von Zinkpulver und Hexachlorethan aus.

Das Feuergefecht nahm merklich zu. Der Feind feuerte nicht nur auf das Nebengebäude, in dem sich die Panzerjäger verschanzt hatten, sondern auch blindlings in die Nebelwand. Sie ahnten die drohende Gefahr, sahen den einzelnen Panzerjäger jedoch nicht. Sie gingen davon aus, dass der künstliche Nebel einem Rückzug oder einem Frontalangriff vorausging.

Diller hatte sich den Weg eingeprägt. Zu Beginn seines Laufs zischten ein paar Geschosse gefährlich dicht an ihm vorbei, dann hatten sich die US-Soldaten offenbar auf das Nebengebäude eingeschossen.

Er war mit etwas Abstand am Haupthaus vorbeigelaufen und steuerte direkt auf das zweite Nebengebäude zu. Das Rattern der Maschinengewehre wurde immer lauter. In einer Hand schleppte Diller den Sprengquader mit, in der anderen hielt er die Pistole 08. Seine MP hing am Rücken. Diller hoffte, dass er auf keine GIs stieß. Die Nebelwand wurde lichter. Umrisse des Gebäudes waren zu erkennen. Das Herz des Deutschen raste, sein Puls trommelte. Keuchend erreichte er das Gebäude und presste sich gegen die Hauswand. Noch waberten einige Nebelschleier hinter ihm und um ihn herum, doch der Wind verteilte das schützende Grau zusehends und löste es gemächlich auf. Links von ihm befand sich ein großes Tor. Ein Hinweis, dass zumindest der untere Teil des Ziegelbaus als Scheune, Stall oder einer Art Garage benutzt wurde.

Der Oberscharführer rechnete damit, jederzeit entdeckt und beschossen zu werden. Er handelte blitzschnell und schlich zügig an der Wand entlang bis zum Tor. Durch einen kleinen Spalt konnte er hineinspähen. Der Landser erkannte die Konturen eines US-Jeeps, hörte Stimmen und das Rattern eines Maschinengewehrs. Der Geruch von Pulverschmauch strömte in seine Nase. Diller überlegte nicht lange und zündete den 3-kg-Quader. Ab jetzt hatte er zehn Sekunden Zeit, um sich in Sicherheit zu bringen. Diller zählte im Stillen mit und schob das Tor ein Stück auf. Er schleuderte den Sprengkörper hinein. Dieser purzelte schwerfällig in die Nähe des Jeeps. Sofort drehte sich der Panzerjäger um und rannte los. Noch bot die sich auflösende Nebelwand ausreichend Sichtschutz. Als er bei der Zahl Acht angelangt war, warf er sich zu Boden. Bereits während des Falles rumste es gewaltig. Der 3-kg-Sprengquader detonierte mit voller Wucht.

Wumm

Die Explosion war gewaltig, vor allem, weil sie zwei Folgedetonationen auslöste.

Wumm wumm

Holzteile des Tores wurden durch die Luft geschleudert. Noch intakte Fensterscheiben barsten. Glassplitter schossen gefährlich umher. Ausgehend von der oberen rechten Zarge des herausgesprengten Tores, zog sich in der Hausmauer ein zwei Meter langer Riss quer verlaufend nach unten. Etliche Dachziegel hatten sich aus ihrer Verankerung gelöst. Erst schlitterten ein paar von ihnen herunter, dann krachte mit lautem Getöse die Hälfte des Daches ein.

Zeitgleich öffnete sich der Riss an der Hauswand immer bedrohlicher, und schließlich brach das obere Teil des Mauerwerks zusammen.

Die Druckwelle der Detonation hatte auch alle noch unbeschädigten zur Hofseite liegenden Fensterscheiben des Haupthauses bersten lassen.

Obwohl sich Diller die Ohren zugehalten hatte, dröhnte es in seinem Kopf. Er nahm alles nur noch gedämpft wahr, so als ob sich sein Kopf unter Wasser befände.

Unmittelbar nach den Explosionen zündete er eine weitere Nebelhandgranate, schnellte nach oben und hetzte unter Ausnutzung der gräulich wabernden Wand zurück zu seinen Männern. Der Beschuss durch die amerikanischen Fallschirmjäger war für den Moment eingestellt. Diller wusste, dass dieser Schockzustand weniger als 30 Sekunden anhalten würde und lief so schnell er nur konnte.

„Nicht schießen", brüllte er, um nicht von den eigenen Männern beschossen zu werden. Er stolperte beinahe über den durch die Eierhandgranate zerfetzten Leichnam des amerikanischen Soldaten. Durch den langen Ausfallschritt kam er ins Taumeln, fing sich aber wieder. „Nicht schießen!", wiederholte er.

Die Tür wurde geöffnet. Diller sprang regelrecht hinein und blieb keuchend auf dem Fußboden liegen. Brantsch schlug die Tür wieder zu und stellte den Stuhl dahinter.

Herbst redete sofort auf Diller ein und nannte ihn einen Teufelskerl. Der Oberscharführer schüttelte kurz den Kopf. Er konnte nichts verstehen. Diller setzte sich auf, rutschte zurück bis an die Wand und lehnte sich an. Er hielt seine Hände an die Ohren und sagte: „Ich kann euch nicht hören."

Schulterklopfen folgte. Er nahm dumpfes Knallen wahr. Sein Gehör war demnach nicht gänzlich beschädigt. Er konnte die Abschüsse der Karabiner hören. Das beruhigte ihn etwas.

Es roch nach Pulverschmauch. Auch der unnachahmlich penetrante Geruch der Nebelgranaten zog durch die zerstörten Fenster ins Gebäude. Diller griff nach seiner Zigarettenpackung. Erst beim dritten Versuch brannte sein Sturmfeuerzeug. Gierig sog er den Rauch in seine Lungen. Die Minuten der Ruhe taten ihm gut. Das dumpfe Gefühl in den Ohren ließ nur sehr langsam nach. Die Angst, er könnte einen bleibenden Gehörschaden davon getragen haben, wich dennoch. Brantsch setzte sich neben seinen Zugführer. „Geht's wieder?"

Diller wusste, was der Rottenführer gesagt hatte. Es war eine Mischung aus Verstehen und von den Lippen ablesen. Es klang ungefähr so, als wäre Brantsch weit weg. Diller nickte. „Alles in Ordnung. Mann, das hat gerumst. Ich glaube, ich habe dort ordentlich was hochgejagt", antwortete er.

„Kein Wunder, dass es gewaltig gekracht hat. Du hast das halbe Gebäude weggesprengt. Dazu reicht die 3-kg-Ladung nicht. Da muss etwas von den Amis gelagert gewesen sein."

„Ja, bestimmt."

Diller sog noch zwei Züge an seiner Eckstein ein, dann warf er die halb gerauchte Kippe auf den Boden und trat die Glut aus. Beide Soldaten der Waffen-SS standen auf und gingen zum Fenster. Vorsichtig spähten sie nach draußen.

Der künstliche Nebel hatte sich aufgelöst. Er war einer Staubwolke gewichen, die sich nach den Detonationen schlagartig ausgebreitet hatte und wie eine Dunstglocke über dem Gehöft schwebte. Die US-Maschinengewehre feuerten nicht mehr. Stattdessen rückten die beiden deutschen Angriffskeile wieder vor.

Die Tür des Haupthauses wurde aufgestoßen. Ein Offizier und fünf weitere Amerikaner liefen wild um sich schießend heraus. Scheinbar wollten sie sich den Weg freikämpfen, um sich zurückzuziehen.

„Sie brechen aus", rief Lederer, legte an und zielte auf den Offizier. Der Lauf seines K 98 wanderte mit. Der SS-Mann blieb im Ziel, wartete kurz und drückte ab. Der Schuss krachte, der Kolben wuchtete gegen die Schulter. Mündungsfeuer blitzte auf. Der US-Lieutenant fiel getroffen zu Boden. Die anderen US-Soldaten liefen weiter, kamen bis zur zerstörten Scheune und erhielten massives Feuer des vorgerückten leichten Maschinengewehrs. Sie warfen sich in Deckung. Ein Amerikaner geriet in eine Garbe des MG und zuckte zusammen. Zwei seiner Kameraden robbten bäuchlings zu ihm. Sie packten zu und zogen ihn zwischen die Trümmer. Dort wurde er notdürftig versorgt.

Nachdem Lederer, Krowzik und Brantsch weitere Feuerstöße in ihre Richtung abgegeben hatten, erkannten die Fallschirmjäger ihre aussichtslose Situation. Ein GI band ein weißes Tuch an den Lauf seines Gewehrs und hob es hoch.

Diller erkannte das Signal. „Feuer einstellen!", befahl er.

Der Gefechtslärm nahm sofort ab.

Aus einem der Erdgeschossfenster des Haupthauses wurde ebenfalls ein weißes Tuch geschoben. Es war um einen Besenstiel gewickelt.

Diller schob den Stuhl, der immer noch die Tür zuhielt, beiseite und öffnete die Tür. Er trat in den Hof. „Hier spricht Oberscharführer Diller. Kommt raus! Ohne Waffen! Hebt die Hände hoch!"

Die amerikanischen Fallschirmjäger verstanden nicht, was der deutsche Soldat zu ihnen sagte, aber sie wussten, was er meinte. Es dauerte nur ein paar Augenblicke, dann traten vier verwundete GIs aus dem Haupthaus ins Freie. Sie trugen Verbände. Zwei von ihnen stützten einen Dritten. Der vierte GI hielt den Besenstiel mit dem weißen Tuch noch oben.

Herbst nahm sofort Kontakt zum Kompaniegefechtsstand auf. Die Einnahme des Gehöfts musste von dort unverzüglich an den Bataillonsgefechtsstab weitergemeldet werden. Er drehte und hantierte an den Knöpfen des Tornisterfunkgeräts. Es rauschte und ein Knacksen war zu hören. Seine Stimme wurde vom Mikrofon als Sendeimpuls über Drähte und Spulen in die Antenne hochkatapultiert, um nach ein paar Anläufen beim Empfänger zu landen. Dort wiederum suchte sie den Weg über Spulen und Drähte in den Äther. Nach ein paar Versuchen antwortete eine blechern klingende Stimme.

Auf beiden Seiten waren die Verluste hoch. Auch das gab Herbst über Funk durch und forderte Sankas für den Rücktransport der Verwundeten an.

Lederer bewachte die Gefangenen. Alle saßen dicht beieinander. In den Augen der Amerikaner flackerte Angst. Sie befürchteten erschossen zu werden. Erst als Lederer eine Packung Juno aus der Tasche zog und den Gefangenen anbot mit ihm zu rauchen, entspannten sich ihre Gesichtszüge ein wenig. Einer von ihnen nahm eine Juno und bot Lederer dafür eine Lucky Strike an. Der SS-Mann nahm die amerikanische Zigarette, zündete sein Sturmfeuerzeug an und hielt es dem GI hin. Beide rauchten eine Zigarette aus Feindeshand. Sie schwiegen, Misstrauen blieb, doch die Angst voreinander verringerte sich etwas.

Diller und Brantsch gingen über den Hof. Ihr Ziel war das Haupthaus. Sie inspizierten jedes Zimmer nach Karten und Schriftstücken des Feindes, wurden aber nicht fündig. Danach begutachteten sie die Ruinen des gesprengten Nebentraktes. Das Ausmaß von Zerstörung und Tod war überall zu finden. Es war ein schreckliches Bild.

Nachdem Herbst alle notwendigen Funksprüche abgesetzt hatte, setzte er sich neben Krowzik, der gerade von dem Zug-Sanitäter behandelt wurde.

91

„Sieht böse aus, ist aber halb so wild. Allerdings muss ich dir die Splitter rausziehen, sonst schwillt das alles heftig an und der Arzt kann später die Wunde aufschneiden, um die Splitter rauszuholen."

Krowzik verlor etwas Farbe im Gesicht. „Alles raus, was keine Miete zahlt", rang sich der junge Soldat der Waffen-SS scherzhaft ab. Dann folgte ein: „Aua", als der Sanitäter mit einer Pinzette in der Wunde herumhantierte, den ersten Splitter damit umklammerte und herauszog.

Aus der Wunde floss Blut am Bein entlang. Vorsichtig tupfte es der Sanitäter mit einem Tuch ab. „Nummer eins haben wir. Den zweiten hole ich auch gleich."

Krowziks Gesichtsfarbe glich einer weiß gekalkten Wand. „Mach schon", presste er über die Lippen.

Als auch der zweite Splitter entfernt war und die offenen Stellen mit Sepsotinktur desinfiziert wurden, bildete sich kalter Schweiß an Krowziks Stirn. Mit der unvermeidlich folgenden Tetanus-Spritze brach sein Kreislauf zusammen.

„Typisch", grinste der Sanitäter. „Erst sind sie Helden, dann kippen sie beim Anblick einer Nadel um. Sagt ihm, er muss das Bein ruhig halten. Mit dem Verband wird es eine Zeitlang gehen, aber die Wunde muss genäht werden." Er griff in seine Medikamententasche und holte ein Röhrchen mit Tabletten heraus. Eine davon gab er Herbst. „Das ist für seinen Kreislauf."

Herbst bedankte sich. „Danke, Kamerad. Sobald er wieder unter uns weilt, richte ich es ihm aus." Dann tätschelte er leicht gegen die Wangen des Ohnmächtigen. „Hier wird nicht gepennt."

Diller brauchte ein paar Minuten für sich allein. Der Russlandveteran hatte sich etwas abseits des Einsiedlerhofes einen ruhigen Platz gesucht. Er saß im Gras und rauchte. Zu viele Männer waren in den letzten Stunden gefallen. Die Ruhe, die er an der Westfront finden wollte, war von extrem kurzer Dauer. Das Kämpfen und Sterben ging auch hier los. Er fühlte sich schlecht. Es war, als ob er es anziehen würde, dieses Kämpfen, Töten und Sterben. Er hasste es, er hasste sich selbst und er hasste das Leben. Er suchte den Tod, doch der wollte ihn nicht holen. Der Sensenmann lud stattdessen seine Kameraden auf den Wagen. Diller war leer und verbraucht. Er hatte Sehnsucht nach seiner verstorbenen Frau.

92

Motorengeräusche rissen ihn aus der aufkommenden Melancholie. Er hob leicht den Kopf an. Sanitätsfahrzeuge tauchten auf. Die aufgemalten roten Kreuze an den Fahrzeugen sorgten für Hoffnung bei den Verwundeten. Als die kleine Kolonne beim Gehöft anhielt, sprangen Sanitäter von den Pritschen und eilten zu den Verletzten. Ein paar von ihnen luden auch Kisten ab.

Herbst kam zügig anmarschiert. Diller machte einen letzten Zug an seiner Zigarette, blies den Rauch stoßweise aus und schnippte die Kippe zur Seite. Er war froh, dass die Verwundeten versorgt wurden.

Der Nachrichter setzte sich neben den Oberscharführer. „Sollen die Männer die Toten begraben?", fragte er.

„Hast du mich deswegen gesucht?"

Herbst verneinte kopfschüttelnd. „Ich habe den Funkspruch erhalten, dass Teile unserer Einheit in Carentan eingedrungen sind."

Diller sah auf seine Armbanduhr. Es war noch nicht einmal Mittagszeit. Wie viele Tote würde dieser Tag noch bringen? „Ja, wir müssen sie beerdigen. So viel Zeit muss sein."

Herbst schien Gedanken lesen zu können. Jedenfalls ahnte er, warum Diller das Abseits gesucht hatte. „Wenn du nicht mit dem Quader den Anbau gesprengt hättest, wären noch mehr unserer Männer tot."

„Ich weiß", kam es mit rauer Stimme zurück. „Und wo ist der Unterschied? Jetzt müssen amerikanische Mütter weinen. Der Krieg ist doch ...", er machte eine verächtliche Handbewegung. „Ach, vergiss es!"

Der Tonfall in der Stimme des Nachrichters änderte sich. Er wurde leiser und bedächtiger. „Ich weiß, was du sagen willst. Mein Bruder ist auch gefallen. Das war 1941 vor Moskau. Wir haben sein Grab bis heute nicht gesehen und wer weiß, ob wir ihn dort eines Tages überhaupt besuchen können. Einer meiner Cousins gilt als vermisst. Er war mit der 6. Armee in Stalingrad. Die letzte Feldpost kam im Januar 1943 an. Meine Tante hat einen Tag Hoffnung, am anderen trauert sie. Die Ungewissheit, ob er noch lebt, raubt ihr den letzten Nerv."

Diller hatte aufmerksam zugehört. Er sah in die Augen des Funkers und erkannte Trauer. In diesem Moment wurde ihm bewusst, dass er nicht der einzige Mensch war, der vom Schicksal auserkoren wurde leiden zu müssen. Es war ihm zwar völlig klar, dass jeder gefallene, vermisste oder verstümmelte Soldat, jeder Helfer, jede Krankenschwester und was sonst noch alles an der Front diente, Angehörige hatte, die um den jeweiligen Verlust trauerten. Er selbst war nur einer von unendlich vielen Menschen, die um ein Opfer des Krieges weinten und glaubten, ihren Lebensinhalt verloren zu haben. Diller stand auf. „Wir müssen als erstes das Gehöft sichern."

Herbst war verblüfft über die schnelle Sinneswandlung.

„Gab es neue Befehle vom Kompanie-Gefechtsstand?"

Der Nachrichter schüttelte wieder den Kopf. „Nein. Wir sollen lediglich warten, bis die Leute vom Tross hier eintreffen. Anschließend sollen wir zur Kompanie aufschließen, die sich momentan in Carentan befindet."

Zurück beim Gehöft nahm Diller die abgebrochenen Erkennungsmarken der Gefallenen an sich. Danach ging er noch einmal durch das Haupthaus. Die Familie, die hier lebte, war evakuiert worden. In fast jedem Zimmer lagen massig Patronenhülsen herum. Der Geruch von Pulverschmauch hatte sich festgefressen.

An Wänden, Möbeln und auf dem Fußboden verteilte Blutspritzer oder eingetrocknete Blutlachen waren traurige Spuren des harten Feuergefechts. Man konnte die Stellen sehen, an denen die US-Soldaten ihre Verwundeten behandelt hatten. Verpackungsmaterial von Verbandszeug lag herum. Die Gefallenen waren zwischenzeitlich aus dem Haus getragen worden. Unterscharführer Schlosser hatte sich darum gekümmert. Man hatte sie mit Hilfe der gefangenen GIs in der Nähe des eingestürzten Nebentrakts abgelegt und bedeckt.

Diller fand in der Stube des Haupthauses ein Radiogerät. Trotz der vielen Einschüsse hatte der Rundfunkempfänger den Kampf unbeschadet überstanden. Der Oberscharführer schaltete das Radio an. Rauschen drang aus dem Lautsprecher. Er drehte an einem Knopf und fand einen Sender der Musik spielte. Diller setzte sich in einen Ohrensessel.

Im Hof herrschte etwas Tumult. Weitere Sankas und Lastwagen trafen ein. Ein junger Arzt im Rang eines Untersturmführers wuselte umher und gab Anweisungen. Feldbetten wurden abgeladen. Immer mehr Fahrzeuge kamen an.

Brantsch betrat die Stube. Sein Zugführer hatte es sich zwischenzeitlich bequem gemacht. Vor ihm stand ein kleines Glas mit Rotwein. „Willst du auch einen Schluck?"

Der Rottenführer war etwas verwundert, aber nicht abgeneigt. „Gerne", antwortete er und schob nach: „Ich habe eine Überraschung!"

Diller stand auf und ging zu einer Vitrine. Sie stand mittig an der Wand. Die linke Glastür war zersplittert. Ein oder zwei Gewehrkugeln waren dort eingeschlagen. Die Seite hingegen war völlig unversehrt. Entsprechend standen hier ein paar unbeschädigte Gläser, während links zig Glasscherben lagen. Der Oberscharführer nahm ein Weinglas heraus. Zurück am Tischchen, das neben dem Ohrensessel stand, stellte er es ab und setzte sich wieder hin. Dann griff er zur Weinflasche, schenkte ein und reichte Brantsch das Glas. „Prost!"

Der Rottenführer griff zu und hob es an. „Zum Wohl!"

Beide tranken in einem Zug leer. Bevor Diller nach der angekündigten Überraschung fragen konnte, platzte es aus Brantsch heraus. „Wir müssen nicht nach Carentan latschen. Radolz ist mit den anderen Fahrern bis hierher nachgerückt. Wir haben fahrbaren Untersatz."

Das erklärte Diller, warum draußen der Motorenlärm nicht abgenommen hatte. „Wunderbar. Nimm die Flasche mit und gib jedem der mag einen Schluck, bis das Ding leer ist."

„Wo hast du sie her?"

„Stand schon auf dem Tisch. Die Amis werden sie aus dem Keller geholt haben."

„Sollen wir uns damit eindecken?"

Diller sah den Rottenführer scharf an. „Wer plündert wird erschossen!"

Brantsch blickte in kalte tiefblaue Augen. Er wusste, dass sein Zugführer diesen Satz ernst meinte. Die Worte waren unmissverständlich. Der Rottenführer überlegte kurz wie er sich verhalten sollte und sagte schließlich: „War nicht so gemeint."

Obwohl die Entfernung vom Gehöft bis nach Carentan nur vier Kilometer betrug, benötigten sie mehr als zwanzig Minuten, um die Strecke zu bewältigen. Die Straße war eng und der kleine Konvoi musste immer wieder entgegenkommenden Sanitätsfahrzeugen ausweichen. Die Angst vor Fliegerangriffen der Alliierten war hoch. Die Maschinen kamen in kleinen Pulks wie aus dem Nichts, senkten ihre Nasen, luden ihre Bomben ab oder fetzten mit den Bordwaffen in die Kolonnen der Deutschen und verschwanden wieder.

Der wolkenverhangene Himmel war zwar kein gutes Flugwetter, dennoch blickten die vorrückenden Landser immer wieder nach oben. Sie saßen dicht gedrängt zusammen, damit alle Platz hatten. „Wie in einer Sardinenbüchse", scherzte Brantsch.

Als sie wieder ein paar entgegenkommenden Lastwagen ausweichen mussten, murmelte Radloz: „Für diese Kameraden ist der Krieg beendet." Der Fahrer wartete, bis der letzte Sanka vorbeigefahren war, legte einen Gang ein und kurbelte das Lenkrad herum. Er drückte aufs Gaspedal und der Steyr folgte einem vorausfahrenden Kübelwagen.

„Der Krieg ist nie zu Ende", entgegnete Diller trocken und hustete. Er wusste, dass er zu viele Zigaretten rauchte.

Es tat den Männern gut sich zu unterhalten. Das half das Erlebte zumindest für den Moment zu verdrängen und eventuell aufkommende Schwermut beiseite zu schieben.

„Da wären wir wohl zu Fuß schneller gewesen", brummte Brantsch von hinten.

Krowzik lachte. „Mit meinem Bein ist es mir lieber, wenn wir gefahren werden."

Brantsch ging sofort auf die Bemerkung ein. „Warum bist du nicht im Lazarett geblieben? Als Leichtverwundeter hättest du vorübergehend garantiert einen Posten beim Tross erhalten."

Kowzik hielt eine halbe Tafel Schokolade in der Hand. Er brach ein Stück davon ab und schob es in den Mund. Genüsslich ließ er es auf der Zunge zergehen. Er ließ sich Zeit mit der Antwort. Erst in dem Moment als Brantsch nachhaken wollte, sagte er: „Weil ich erstens keinen von denen kenne, mich zweitens bei euch Halunken wohl fühle und ich drittens keine Lust habe, Opfer der Schiffsartillerie der Alliierten oder deren Jagdbomber zu werden. "

Jetzt mischte sich Lederer ins Gespräch mit ein. „Die schicken ihre schweren Koffer doch eher nach Carentan als ins Hinterland."

„Denkste, Freundchen. Die werden sich hüten. Ihre eigenen Männer liegen nah bei uns, sodass sie Angst hätten, ihnen die Dinger auf den Kopf zu hauen."

„In Russland wärst du mit deiner Ansicht baden gegangen", klärte Diller auf. Er hatte sich wieder eine Eckstein angezündet. Der blaue Dunst stieg nach oben, waberte an der Decke des Steyr entlang und wurde durch den Sog des halb offenen Seitenfensters schließlich nach außen gezogen.

Radolz sagte gar nichts. Er wich wieder einmal einem schnell heranpreschenden Sanka aus. Dessen Fahrer wollte entweder eiligst zum Feldlazarett oder den Anschluss an den Konvoi, der vor wenigen Minuten vorbei gefahren war, nicht verlieren. Die Männer schaukelten in ihren Sitzen kurz hin und her. „Elendiger Bierkutscher", fluchte der Sturmmann. „Die Sanka-Fahrer denken wohl auch die Straße gehört ihnen allein!"

„Sei froh, dass aufgrund der dichten Wolkendecke keine Jabos fliegen. Die hätten uns längst angegriffen und bombardiert", kommentierte Krowzik.

„Mich wundert es, dass die Amis noch keine Panzer hier haben", meinte Radolz.

Krowzik schob die Schokolade zurück in die Brusttasche seiner Uniform. „Verschrei es nicht! Die werden noch früh genug kommen."

„Sind die Sherman-Panzer leicht zu knacken?", fragte Lederer.

Radolz fügte hinzu: „Wir Fahrer haben uns vorhin unterhalten. Bei dem Gespräch habe ich aufgeschnappt, dass die *Frundsberger* von der 10. SS-Division einige Shermans in ihren Reihen eingesetzt haben."

„Mit dem Ami-Stern?"

„Krowzik, wie kann man nur so dumm fragen? Natürlich haben die dort ein Balkenkreuz drüber gemalt und zwar groß und unverkennbar, damit sie nicht von Leuten wie uns hochgejagt werden", klärte Brantsch auf.

„Das mit den Shermans bei den Frundsbergern stimmt", sagte Lederer.

Sein Nebenmann sah in fragend an. „Woher weißt du das?"

„Ein Schulkamerad von mir dient bei der 10. Division. Er ist dort Panzerfahrer."

„Und woher haben sie die Dinger?"

„Aus Afrika", fiel Förster ins Gespräch ein. „Mein Onkel war beim Afrika-Korps."

„Wahnsinn, beim Afrika-Korps? Davon hast du nie etwas erzählt."

„Hat mich auch keiner gefragt."

„Ist er im Kessel geblieben und in Gefangenschaft geraten?"

„Nein, er kam raus. Hatte 'nen Beinschuss. Das war gegen Ende der Kämpfe. Sie haben ihn mit 'ner Tante Ju aus dem Kessel nach

Sizilien ausgeflogen. Eine Woche später kapitulierte das Afrika-Korps. Mein Onkel lag erst in Italien im Lazarett, kam aber anschließend zur Genesung nach Krems. Dort hat er seine Frau kennengelernt. Vor drei Monaten war große Hochzeit."

„Wie alt ist dein Onkel denn?"

„Gerade mal fünf Jahre älter als ich", grinste Förster. „Er war ein Nachzügler. Meine Mutter, also seine Schwester, ist fünfzehn Jahre älter als er."

„Da waren ja Mutter und Tochter fast gleichzeitig schwanger", lachte Radolz. Die als Witz angedachte Bemerkung kam allerdings nicht an.

„Achte du mal lieber auf die Straße", mahnte Diller, als die Silhouetten der ersten Häuser Carentans auftauchten. Ihnen bot sich ein düsteres Bild. Schwelbrände waren ursächlich für einen Grauschleier, der sich über der Stadt ausgebreitet hatte.

„Wo ist dein Onkel jetzt?", hakte Krowzik nach. Er griff an die Brusttasche, zog die Schokolade wieder heraus und bot Förster ein Stück an. „Klaus, magst du?"

„Danke", freute sich der junge SS-Mann. „Mein Onkel kam zur neu aufgestellten 90.ten. Er war in Monte Cassino dabei. Jetzt liegt seine Division irgendwo in Italien oberhalb Roms. Zumindest glaube ich das."

„In Cassino haben wir denen aber auch ´ne harte Nuss vorgesetzt. So einen Abwehrriegel bräuchten wir hier auch."

„Das haben die Alliierten spätestens am Westwall vor sich. Der ist unüberwindbar", kam es voller Überzeugung von Förster, der genüsslich das Stück Schokolade in den Mund schob.

„Bis dorthin lassen wir die Kaugummi-Kauer und die Tommys erst gar nicht kommen", bemerkte Radolz. „Wenn wir Carentan eingenommen haben, werden wir die Landungstruppen spalten und zurück ins Meer werfen. Diesmal gibt es aber kein zweites Dünkirchen. Diesmal leisten wir ganze Arbeit."

„Bist du dir sicher?", fragte Krowzik.

„Er hat recht. Wirf doch mal einen Blick auf die Karte", grinste Brantsch und wollte sich damit wohl selbst Mut machen.

Radolz verlangsamte das Tempo. Sie fuhren in Carentan ein. Die Spuren der Kämpfe konnte man deutlich erkennen. Einige Häuser waren stark in Mitleidenschaft gezogen. Trümmer und Geröll lagen herum. Die Straße war jedoch weitgehend frei geräumt. Carentan glich am Ortseingang einer menschenleeren Geisterstadt. „Wie weit sind unsere Kameraden denn schon in das Kaff hier eingedrungen? Ich höre gar keinen Gefechtslärm!"

Lederer grinste. „Seht ihr, Carentan ist schon wieder in deutscher Hand."

Das Tempo wurde verringert. Die Tachonadel sackte ab und schwenkte im unteren Bereich hin und her.

„Das gefällt mir nicht", stieß Diller aus. Der Oberscharführer beobachtete die Gegend extrem genau. „Bleib mal stehen!"

Radolz hielt an. Der Motor des Steyr brummte im Leerlauf. Auch die beiden Opel-Blitz, die hinter ihnen fuhren, kamen zum Stehen. Die Beifahrertür des vorderen Lastwagens wurde aufgestoßen. Unterscharführer Schlosser sprang heraus und lief nach vorn. „Diller, was ist los? Warum halten wir an?"

Der Zugführer hatte das Seitenfenstern heruntergekurbelt. „Der Nachrichter soll Verbindung zur Kompanie aufnehmen und nachfragen, wo sie jetzt im Moment in Stellung liegen. Mir gefällt diese Stille nicht. Das riecht nach Hinterhalt."

Der Nachrichtenmann saß mitsamt seiner Ausrüstung auf der Ladefläche des Opel Blitz. Schlosser rief ihm den Befehl zu. Er wendete sich wieder Diller zu und wiederholte seine Frage: „Wieso fahren wir nicht weiter?"

Diller zeigte auf die Häuser und die Straße. „Diese Stille ist trügerisch. Da ist was faul."

„Sei doch froh, dass immer noch Waffenstillstand herrscht."

Der Oberscharführer riss überrascht die Augen weit auf. „Waffenstillstand?", stieß er verdutzt aus. „Wieso weiß ich nichts davon?"

Schlosser klärte auf. „Kannst du nicht. Ihr ward schon abgefahren, als mir einer der Sanitäter diese Information noch schnell zugesteckt hat. Es wurde über Funk mehrfach durchgegeben, aber ihr habt kein Gerät am Fahrzeug. Sie haben zwei Stunden Waffenruhe vereinbart, um die Verletzten zu bergen."

„Deshalb der ganze Sanka-Schwung", entfuhr es Radolz, der das Gespräch aufmerksam mitverfolgte.

Diller wurde wütend. „Ich brauche jede Information. Nächstes Mal möchte ich so etwas wissen! Und zwar sofort!"

Schlosser nickte. „Ich habe verstanden."

Herbst kam angelaufen und teilte mit, wo sich die Kompanie gerade befand. Der Oberscharführer nahm es zur Kenntnis und stieg wieder ein. Er kramte eine Karte heraus und warf einen Blick darauf. „Vorwärts. Wir nutzen die Waffenruhe, um unbehelligt zur Kompanie zu kommen."

Sie hatten den Kompaniegefechtsstand erreicht. Der Steyr sowie die beiden Lastwagen der restlichen Mannschaft mitsamt ihrer Ausrüstung, wurden etwas abseits abgestellt. Die letzten Meter mussten aufgrund herumliegenden Gerölls zu Fuß zurückgelegt werden. Die Gebäude um sie herum waren nach einem Artillerieschlag der Alliierten zu Ruinen zerschossen und nur noch steinerner Trümmerhaufen. Beißender Geruch kroch in ihre Lungen. Schwelbrand stieg aus einem der schwer getroffenen Häuser nach oben. Sie stiegen über einen größeren Schuttberg. Zwei Straßen weiter war tiefdunkler Rauch zu sehen. Unaufhörlich quoll er nach oben.

„Dort brennt es noch", sagte einer der jungen SS-Männer, denen die zerstörerische Kraft des Krieges vor Augen geführt wurde.

Ein selten gesehenes Gesicht tauchte auf. Sturmscharführer Glöcker sah mit seinem Stahlhelm etwas befremdlich aus. Man merkte sofort, dass sich der Mitarbeiter der Bataillons-Befehlsstelle an vorderster Linie nicht sonderlich wohl fühlte. Diller war sofort aufgefallen, wie sauber und schmutzfrei Glöckers Uniform aussah.

Wie frisch gewaschen und gebügelt, dachte er.

Die MP an der Seite des Sturmscharführers glänzte ölig. „Ah, die restlichen Männer von der schweren Kompanie", warf er Diller mit einem leicht höhnisch klingendem Ton entgegen.

Der Oberscharführer grüßte salopp mit einer Handbewegung an den Rand der Kopfbedeckung. Der Stahlhelm hing locker am Koppel. Diller trug eine Feldmütze. „Wissen Sie, wo sich Untersturmführer Langemann aufhält?", fragte er ohne Umschweife.

„Wie wäre es, wenn Sie erst einmal grüßen würden, Oberscharführer?"

Diller konnte vieles ertragen, doch wenn ein Schreibstubenhengst an der Front dachte, er könne Kasernentöne anwenden, schwoll ihm sprichwörtlich der Kamm. Erst recht, wenn dieser lediglich zwei Dienstränge in der gleichen Laufbahn über ihm stand. Diller griff in seine Feldbluse, zog die abgebrochenen Erkennungsmarken der Gefallenen heraus und reichte sie Glöcker. An manchen befand sich noch das Blut ihrer toten Träger. „Hier! Heute Morgen sind die Kameraden neben uns marschiert. Sie haben für ihr Vaterland das Leben auf dem Schlachtfeld geopfert. Wie wäre es, wenn Sie an ihre Stelle treten. Ich kann jeden Mann gebrauchen."

Glöcker zuckte erschrocken zurück.

„Da unser Kompanieführer selbst an der Front steht, übernehmen Sie doch sicher seine Arbeit und werten die Meldungen über die Gefallenen aus, oder? Sie sind doch noch in der Bataillons-Befehlsstelle tätig, nicht wahr? Oder haben Sie tatsächlich hier in Carentan gekämpft? Das kann ich mir von einem Stubenhocker mit blitzblanker Uniform kaum vorstellen."

„Diller, das ist eine Frechheit! Was unterstellen Sie mir? Das wird Konsequenzen haben!"

Der Oberscharführer ging ganz nah an Glöcker heran. Dieser machte einen weiteren Schritt zurück und stieß mit dem Rücken gegen eine Hauswand.

„Auf wie viele Amis haben Sie mit ihrer nagelneuen Maschinenpistole schon geschossen?"

„Ich verbiete mir ..."

Bevor der Sturmscharführer den Satz beenden konnte, wurde er durch eine laute Stimme unterbrochen. „Diller! Schön, dass Sie es geschafft haben", rief Langemann. Der Untersturmführer saß in einem Kübelwagen.

Diller und Glöcker wussten nicht, wie lange der Offizier ihnen schon zugehört hatte. Als der Sturmscharführer Langemann erkannte, stellte er sich aufrecht hin und machte eine leichte Bewegung mit den Beinen, die wohl ein Zusammenschlagen der Hacken demonstrieren sollte. „Dieser Oberscharführer ...", wollte er sich sofort beschweren, kam aber nicht weit. Langemann fiel ihm abermals ins Wort. „... ist ein hervorragender Soldat. Dieser Meinung ist auch Hauptsturmführer Brennauer."

Glöcker verstummte. Man merkte, dass es in seinem Kopf ratterte. Augenblicklich wechselte er seine Taktik und sprach nicht aus, was er ursprünglich sagen wollte. Stattdessen kam ein: „Wie Sie meinen."

„Steigen Sie ein, Glöcker. Die Waffenruhe ist bald vorbei. Sie sollen mit dem Bataillonsführer zurück zum Gefechtsstand fahren. Diller, Sie gehen bitte eine Straße weiter. Dort treffen Sie auf den Rest der 3. Kompanie. Ich komme in zehn bis fünfzehn Minuten nach."

„Jawohl", schmetterte der Sturmscharführer aus, als wäre er auf dem Kasernenhof.

Diller sparte sich einen Kommentar, der ihm auf der Zunge brannte und schüttelte nur kurz den Kopf.

Langemann war ausgestiegen und ging auf Diller zu. Glöcker hingegen stieg in den Kübelwagen. Der Offizier dämpfte seine Stimme, sah die Erkennungsmarken in Dillers Hand und sagte: „Geben Sie sie mir."

„Die Hundemarken?"

Langemann nickte. „Ich werde mich darum kümmern."

Glöcker saß auf der Beifahrerseite des Kübelwagens und vermied jeden weiteren Blickkontakt zu Diller. Am liebsten hätte er ihn gemeldet, doch Langemann lag richtig. Der Chef hielt große Stücke von dem Oberscharführer. Er hatte dies oft genug gehört. Der Sturmscharführer schlug die Wagentür zu. Der Fahrer des Kübelwagens fuhr an. Die ersten Meter legte er nur im Schritttempo zurück. Er umfuhr geschickt einige größere Trümmerteile und Geröllhaufen und verschwand schließlich in einer Nebenstraße.

Sie saßen in den Ruinen des südwestlichen Stadtrands von Carentan. Dillers Zug war erheblich zusammengeschmolzen. Die MG-Besatzung von Rottenführer Wagenfels bestand nur noch aus ihm, Aumeister und Richter. Rottenführer Zwiggl und dessen MG-Mannschaft musste beim 1. Zug unterstützen. Von Dillers Panzerjägern waren gerade noch Brantsch, Lederer, Förster, Leinauer, der leicht verwundete Krowzik sowie die beiden zugeteilten Nachrichter hier. Und natürlich Radolz, der Fahrer des Steyr.

Lederer griff an seine Seite. Er zog das Mehrzweck-Kampfmesser aus der Scheide, fummelte umständlich aus dessen Griffstück das integrierte Allzweckwerkzeug heraus und öffnete damit eine Dose Schmalzfleisch. „Nutzen wir die Waffenruhe", meinte er. „Wer weiß, wann wir sonst wieder Gelegenheit bekommen, uns etwas zwischen die Kauleisten zu schieben."

Jetzt kramten auch die anderen in ihren Brotbeuteln herum. Während Lederer eine Scheibe Kommissbrot abschnitt, schraubte Krowzik seine Käsetube auf. „Ich liebe dieses Zeug."

Brantsch verzog das Gesicht. „Ich esse den Käse zwar, aber lieben werde ich dieses Schmierzeug nie. Käse muss am Stück sein und abgeschnitten werden", schüttelte er den Kopf. „Da ziehe ich ein gutes Schmalzbrot oder noch besser, eine Portion Schmalzfleisch vor." Er stierte dabei auf Krowziks Brotbeutel, aus dem die zugeteilte Büchse Schmalzfleisch etwas heraus ragte.

Der junge SS-Mann folgte dem Blick seines Kameraden und schob die Konservendose ganz in den Brotbeutel. „Die esse ich selber, aber wenn du willst, tausche ich meine Büchse Leberwurst gegen deinen Tubenkäse", bot er an.

Brantsch bekam glänzende Augen, zögerte nicht lange und hielt Krowzik seine Käsetube hin. „Her damit!"

Wären sie nicht mitten im Krieg, lägen nicht Trümmer des Kampfes um sie herum und hätten sie nicht vor weniger als vier oder fünf Stunden die Hölle durchlebt und Kameraden verloren, könnte man in diesem Moment von einer gewissen Landser-Romantik sprechen. Aber es gibt im Krieg kein harmonisches Soldatenleben. Es gibt Blut, Leid, Schmerz, Entbehrung und Angst. Angst um seine Gesundheit, Angst, sein Leben zu verlieren und Angst, seine Freunde und Kameraden zum letzten Mal zu sehen, wenn man in die Schlacht zieht. Sie alle waren seit den Morgenstunden um Jahre gealtert. Sie überspielten das Erlebte, indem sie es verdrängten. Zumindest versuchten sie es so gut es ging. Keiner von ihnen wollte seine Schwäche eingestehen oder seine Furcht zeigen.

Lederer buhlte mit dem Kampfmesser immer wieder ein Stück Büchsenfleisch aus der Dose, hievte es geschickt heraus und legte es auf die Brotscheibe. Dann biss er genüsslich ab.

Krowzik ließ sich den Käse aus der Tube schmecken und Brantsch vertilgte die Leberwurst. Sie saßen zusammen, als ob nichts und niemand ihre Kameradschaft stören und ihre gute Laune trüben könnte. Keiner dachte in diesem Augenblick daran, dass ihr Leben in der nächsten Stunde vorbei sein konnte.

Nach dem Essen folgte das übliche Rauchen. Nur der Nichtraucher Krowzik verspeiste, statt dem Rauchen zu frönen, das letzte Stück seiner sorgsam gehüteten Schokolade.

Untersturmführer Langemann kam zurück. Er ging zielstrebig durch die Reihen der Soldaten und suchte Diller. Als er ihn bei dessen Männern stehen sah, ging er hin und nahm ihn für ein Vier-Augen-Gespräch beiseite. Als sie etwas Abstand zu den anderen hatten, trug der Offizier sein Anliegen vor. „Diller, ich weiß, dass Sie sehr emotional sein können, aber Glöcker hat bei Hauptsturmführer Brennauer einen guten Stand. Man sollte es sich mit ihm nicht verscherzen."

Der Oberscharführer atmete kräftig durch. Wut kroch in ihm empor, als er den Namen des Schreibstuben-Soldaten hörte. „Er ist ein arroganter, aufgeblasener Gockel. Ein Zwölfender, der sich an der Front noch nicht ein einziges Mal verdient gemacht hat."

Langemann blieb ruhig und dämpfte seine Stimme. „Ich wollte es nur gesagt haben. Bei allem was wir erlebt haben und erleben werden, dürfen wir die militärische Disziplin nicht außer Acht lassen."

Dillers Hand wanderte zur Brusttasche. Etwas umständlich fummelte er die zerknüllte Packung Eckstein heraus. Er klopfte auf den Boden der Schachtel und zwei Zigaretten schoben sich durch die aufgerissene Öffnung ein Stück heraus. „Ich habe es verstanden."

Der Offizier hob noch verneinend die Hand, bevor ihm Diller eine der Zigaretten anbieten konnte. „Die Verluste waren hoch."

Der Oberscharführer steckte sich eine Eckstein zwischen die Lippen und zündete sie an. Die kleine Flamme des Sturmfeuerzeugs wackelte im Wind etwas hin und her. Das Zigarettenende glühte hell, als Diller den ersten kräftigen Zug inhalierte. Er blies den Rauch aus Mund und Nase gleichermaßen aus und bestätigte: „Erst stießen wir auf die Scharfschützen, dann mussten wir einen schwer bewaffneten Trupp Fallschirmjäger bekämpfen, der sich auf dem Gehöft in guter Deckung befunden hatte."

Langemann nickte. „Es ist ein wirklich schwerer Tag für uns. In wenigen Minuten wird die Waffenruhe zu Ende gehen. Wir sollten uns bereithalten."

„Wo werden wir eingesetzt?"

„Sie bleiben vorerst hier. Ihr kompletter Zug ist ja gerade noch so stark wie eine einzige Gruppe. Sie bilden die Kompaniereserve."

Mit Ablauf der vereinbarten Waffenruhe begann die Front zu rumoren. Artilleriegeschosse zischten in die Stadt, schwirrten durch die

Luft, senkten sich über den Dächern, Straßen und Ruinen Carentans ab und detonierten mit lautem Getöse. Hunderte von Granaten entluden ihre Sprengkraft und brachten Tod und Zerstörung.

Huuiit ... wumm

Erde, Steine, Dachziegel und Holzsplitter vereinten sich mit den Schrapnellen der Granaten. Mit tödlich-zerstörerischer Wirkung surrte und wirbelte alles durch die Luft, um alles, das sich in ihrer Flugbahn befand zu durchbohren oder zu zerfetzen.

Der Kampf um Carentan ging mit voller Härte weiter. Nach dem Granatenregen griff die Infanterie an. In kleinen und großen Gruppen strömten sie durch die Straßen und Gärten der französischen Kleinstadt. Sie krochen zwischen den Trümmern umher und sickerten in Ruinen ein, um den Feind zu suchen. Das Ringen um jedes Haus begann.

Soldaten beider Seiten setzten Bajonette auf die Karabiner. Mit gnadenloser Härte stürmten sie vorwärts. Garten für Garten, Anwesen für Anwesen, Straße um Straße wurde unter schweren Verlusten erkämpft, verbissen verteidigt und ging wieder verloren. Junge Männer, die in ihrem Leben noch nie jemanden getötet hatten, waren gezwungen auf Menschen zu schießen. Sie warfen Handgranaten und stürmten in die besetzten Häuser, um ihre Bajonette in die Leiber der Gegner zu rammen. Angst war ihr ständiger Begleiter. Sie wollten leben und dafür kämpften sie mit aller Härte.

Als das feindliche Artilleriefeuer zusehends abflachte, horchte Diller auf. Der Russland-Veteran ahnte, was folgen würde. Er saß mit seinen Männern in einem Keller. Hier waren sie einigermaßen gut vor den krepierenden Granaten geschützt. Jeder von ihnen war froh, für eine Zeitlang nicht an vorderster Front stehen zu müssen. Die Kämpfe am Vormittag waren schrecklich und verlustreich genug gewesen. Keiner von ihnen konnte das verbergen.

Der Keller befand sich unter einem fast komplett zerstörten Wohnanwesen. Brantsch hatte den Zugang zufällig entdeckt, als er zur Verrichtung seiner Notdurft in einem Hinterhof verschwunden war. Es war feucht und roch leicht modrig. Tageslicht drang nur spärlich durch ein halb verschüttetes Oberlichtfenster herein.

„Diller, ist das schon plündern, wenn wir unsere Feldflaschen mit Wein füllen? Dort hinten liegen ein paar Flaschen Rotwein herum", hatte Brantsch gefragt, der mit seiner Taschenlampe die gesamten Kellerräume abgesucht hatte. Manchmal verbargen sich Zivilisten in den Kellern der Häuser. Es galt als oberstes Gebot, diese vor Kampfhandlungen zu schützen.

„Das Haus ist zerstört, die Leute sind weg und wenn wir den Wein liegen lassen, wird er vom nächsten Besucher mitgenommen", stimmte Lederer mit ein. „Oder noch schlimmer, die Decke kracht zusammen und alles wird darunter verschüttet."

Der Zugführer machte eine abwinkende Handbewegung. „Also gut, Männer. Füllt eure Feldflaschen, aber denkt daran, dass ihr ...", er hielt kurz inne, überlegte und meinte dann: „Ach was soll's. Haut euch Wein rein, so viel ihr wollt." Den Zusatz, wer weiß wie lange ihr noch lebt, hatte er weggelassen. Dieser Gedanke kreiste stumm in seinem Kopf. Abgelöst wurde er von etwas anderem. Stille. Der Artilleriebeschuss war gänzlich eingestellt. Es war direkt beunruhigend, das Pfeifen, Donnern, Jaulen und Krachen der Artillerie nicht mehr zu hören. Es war die berühmte Ruhe vor dem Sturm.

„Sie kommen, macht euch bereit", sagte der Oberscharführer leise, aber eindringlich. Wieder dröhnte es in Dillers Kopf. Es waren die gleichen beiden Worte, die er am Tag der Invasion hörte. „Sie kommen!"

Das Funkgerät knackte. Eine blechern klingende Stimme tönte durch die Kopfhörer. „Wir werden gerufen", haspelte Herbst aus.

„Was ist los?", wollte Diller sofort wissen.

Herbst sprach die nächsten Worte hektisch. In seinen Augen war Panik zu erkennen. „Panzer! Die Amis bekommen Panzerunterstützung! Sie umfahren die Stadt an der rechten Flanke", gab er sofort weiter.

Diller erstarrte. Er wusste, dass die Stunde der Panzerjäger gekommen war. „Unsere Fallschirmjäger haben doch berichtet, dass die Felder vor Carentan unter Wasser gesetzt wurden. Wie kommen die Blechkästen der Alliierten dort durch? Und verdammt noch mal, wo ist eigentlich unsere eigene Luftwaffe? Unsere Piloten sind doch keine Schönwetterflieger. Zumindest waren sie das in Russland nicht. Dort flogen sie bei Wind und Wetter gegen den Iwan", pulverte der Zugführer aus. Er war sichtlich wütend.

Herbst notierte bereits den nächsten Funkspruch und quittierte den durchgegebenen Befehl. „Verstanden! Wir verlegen zurück zum

Gehöft! Schutz des Sanitätspersonals und der Verwundeten. Die Evakuierung läuft an."

„Evakuierung?", brummte Diller. „Sie haben das Feldlazarett dort doch erst eingerichtet. Unsere Männer haben dafür ihr Leben gelassen. Warum muss schon wieder evakuiert werden?" Er ahnte, dass Carentan aufgegeben werden würde, obwohl der Angriff noch in vollem Gange war. Diller kannte diese Vorgehensweise von der Ostfront. Dort gab es seit Stalingrad nur noch Rückzugskämpfe. Der erfahrene Soldat wusste auch, dass hinter ihnen keine Ersatztruppen zum Nachrücken bereit standen. Ein Gedanke schoss ihm durch den Kopf. *Das ist der Anfang vom Ende!*

Der Feind war gelandet und setzte sich fest. Es würde nach Italien eine dritte Front entstehen. Das konnte das Deutsche Reich niemals stemmen. Das Land war ausgeblutet, die Verbündeten nicht zuverlässig. Der Krieg war endgültig verloren.

Brantsch und die anderen kamen vom Umfüllen des Weines zurück. Der Rottenführer hielt mit breitem Grinsen die Feldflaschen hoch, bemerkte sofort die aufgekommene Hektik und fragte: „Ist was passiert?"

„Wir rücken ab. Alle raus hier! Wir sollen sofort zurück zum Gehöft verlegen. Scheinbar sind einige Panzer gerade dabei Carentan zu umfahren. Das Lazarett wird in diesem Augenblick evakuiert. Wir müssen die Verwundeten schützen."

„Wir? Eine Handvoll Soldaten?", fragte Lederer erstaunt. Er hatte Brantsch beim Umfüllen des Weines geholfen.

„Die Sanitätseinheit ist vor ein paar Stunden erst eingezogen. Die Verwundeten werden dorthin gebracht", stieß Förster entsetzt aus und wiederholte damit Dillers Worte.

„Sind wir in Carentan nicht besser aufgehoben?", wollte Brantsch wissen und verteilte die Feldflaschen an die Männer. „Ich meine, wenn Panzer kommen, können wir ihnen zwischen den Trümmern hier in der Stadt bestens auflauern. Wir sind Panzerjäger und dafür ausgebildet, die Stahlkästen hochzujagen. Wer entscheidet denn so etwas?"

Diller zuckte mit den Schultern. „Darüber mache ich mir längst keine Gedanken mehr. Befehl ist Befehl. Packt zusammen, Männer! Abmarsch in fünf Minuten."

Der zur Gruppenstärke zusammengeschmolzene Zug folgte den Anordnungen. Binnen weniger Minuten verließen sie den modrigen Keller. Mehrere Schüsse und kurze MG-Salven waren zu hören. Sie hallten in der Häuser- und Ruinenlandschaft wider. In unmittelbarer Nähe fand ein Feuergefecht statt. Kanonen kleineren Kalibers feuerten. Detonationen folgten.

Vielleicht Pak, durchströmte es den einen oder anderen von ihnen.

Die Grenadiere verwarfen ihre Gedanken und zogen los. Schnurstracks gingen sie durch einen Hinterhof zur Straße. Brantsch war erster Mann. Seine Hände umklammerten die MP 40. Die Waffe war schussbereit. Er schlich an der Hauswand entlang und blieb beim Gehweg stehen. Vorsichtig lugte er auf die Straße und die angrenzenden Gebäude. „Hier sind noch keine Amis", flüsterte er und winkte die anderen zu sich her. Dann ging er weiter. Die Panzerjäger folgten ihm in Reihe. Zügig liefen sie die Straße in Richtung Abstellort der Fahrzeuge entlang. Krowzik humpelte mit etwas Abstand seinen Kameraden hinterher. Ein Geräusch ließ ihn verharren. Es klang wie ein Weinen. Der junge Soldat blieb stehen.

Ob da etwas passiert ist, fragte er sich.

Wieder hörte er das Jammern und Schluchzen. Neugierig versuchte er zu orten, woher das Weinen kam. Sein Blick blieb an einem der Häuser hängen. Krowzik rief Lederer zu, dass er kurz warten sollte. Dann humpelte er zu dem Haus. Das Weinen wurde lauter. Es kam definitiv aus dem dortigen Keller. Das Kellerfenster war zersplittert. Neben dem Weinen eines Kindes hörte er auch tröstende Worte der Mutter.

Lederer blieb stehen. Er glaubte, dass Krowzik noch einmal austreten musste. „Beeil dich", rief er ihm zu.

Die Mutter des Kindes hatte inzwischen ein Lied angestimmt. Krowzik konnte zwar den Text nicht verstehen, aber es klang wie ein Schlaflied. Das Schluchzen wurde leiser. Nach ein paar Textzeilen summte die Frau. Der SS-Mann dachte für einen Augenblick an zu Hause.

Alle Mütter auf der ganzen Welt sind gleich.

Krowzik ging zu dem Kellerfenster, aus dem die Geräusche zu hören waren. Das Summen klang sehr melodisch. Am liebsten hätte der Deutsche noch länger zugehört, doch er musste weiter. „Hallo?", rief er, kniete sich ab und klopfte mit den Fingern gegen den Fensterrahmen.

Stille. Die Mutter verharrte. Sie hatte schreckliche Angst. Das Kind begann wieder zu weinen. Diesmal hörte es sich dumpf an. Gewiss wurde ihm eine Hand oder ein Tuch vor den Mund gehalten.

„Keine Angst. Ich ... äh ... ich wollte nicht stören", sagte Krowzik leise und versuchte so sympathisch wie nur möglich zu klingen. „Kommen Sie bitte mal zum Fenster."

Rumpeln. Etwas wurde zur Seite geschoben. Schritte waren zu hören. Das verängstigte Gesicht einer Frau tauchte auf. Sie sprach ihn auf Französisch an. Krowzik zuckte nur mit den Schultern. „Ich verstehe Sie nicht, Madame, aber ich habe etwas für Ihr Kind." Kaum ausgesprochen, hielt der junge Soldat seine Drops in der Hand. Er beugte sich etwas hinab und streckte den Arm aus. „Hier, geben Sie das Ihrem Kind."

„Merci", antwortete die französische Mutter, als sie die Bonbons überreicht bekam. Ihre Augen strahlten Angst, Güte und Dankbarkeit aus. Für den Bruchteil des Moments waren Begriffe wie Krieg, Feinde und Besatzer vergessen. In diesem kleinen Augenblick regierten Menschlichkeit und Dankbarkeit.

Krowzik stand auf. Ohne sich noch einmal umzudrehen, folgte er seinen Kameraden.

Erleichterung war zu erkennen, als sie bei den Lastwagen ankamen. Neben den meisten anderen Fahrzeugen war auch der Steyr unversehrt. Lediglich ein Opel Blitz und ein Kübelwagen hatten etwas abbekommen. Die Zerstörung des Fahrzeugs durch einen zufälligen Artillerietreffer wäre für Radolz ein Fiasko gewesen. Der Militärwagen war seine Leidenschaft. Er mochte ihn, hegte und pflegte ihn, als ob es sein Eigentum wäre.

„Aufsitzen!"

Sie verteilten sich auf den Steyr und den beiden Opel Blitz.

Diller rannte zum Lkw. „Habt ihr unsere Ausrüstung?

„Alles hier hinten", antwortete Brantsch. „Waffen und Munition sind auf dem Lastwagen."

Die Motoren dröhnten auf. Dunkle Abgaswolken wurden ausgestoßen. Diller hetzte zurück und schwang sich auf den Beifahrersitz des Steyr. Gedanklich bereitete er sich auf den möglichen Kampf vor.

Sollten amerikanische Truppenteile bis zum Gehöft vorstoßen, mussten sie eingreifen und den Abzug des Lazaretts abdecken. Er rief sich die Beschaffenheit des Geländes rund um das französische Anwesen in sein Gedächtnis zurück. Wo sollte er die Panzerjäger postieren? Wo würden die amerikanischen Panzer durchbrechen?

Radolz fuhr an und wendete den Steyr. Die Straße war eng. Der Fahrer benötigte ein paar Züge. Keuchend riss er das Lenkrad von links nach rechts bis zum Anschlag, fuhr ein Stück und kurbelte ebenso keuchend wieder zurück. Der Lkw hinter ihm war indessen mit Hilfe eines Einweisers rückwärts gefahren, in eine Seitenstraße eingebogen und rangierte dort.

Ein paar Landser kamen angelaufen. Schlosser befand sich an der Spitze der kleinen Gruppe. „Wartet", rief er laut.

Leinauer, der den Fahrer des Opel Blitz rückwärts eingewiesen hatte und dabei war auf die Ladefläche zu steigen, sah sie zuerst. „Moment noch", teilte er dem Fahrer mit. „Scheinbar bekommen wir eine kleine Verstärkung."

Der Lastwagen lief im Leerlauf. Leinauer kletterte auf die Ladefläche und setzte sich hin.

Schlosser war in Begleitung von vier Mann. Darunter auch die beiden Schützen mit dem leichten Maschinengewehr.

„Wir sollen … mit euch zum Lazarett … abrücken", keuchte der Unterscharführer.

Alle fünf Soldaten stiegen auf. Radolz hatte den Wendevorgang abgeschlossen und blieb auf Höhe des Lkw noch einmal kurz stehen. Diller zeigte mit erhobenen Daumen an, dass er froh um die Unterstützung war.

Sollten die Amerikaner tatsächlich angreifen und neben den Sherman-Panzern zusätzlich Infanterie unterstützend vorrücken, war ein gut postiertes Maschinengewehr enorm wichtig. Zudem konnte es sowohl für den Angriff als auch für einen Rückzug Sperrfeuer geben.

„Mir nach", plärrte Radolz und ließ den Motor aufheulen.

Sie fuhren zurück an die Stätte, an der sie am Vormittag einige Kameraden verloren hatten. Diesmal war die Strecke frei und die Fahrt dauerte nur halb so lang. Diller, der im Zivilleben eine Anstellung als Landschaftsvermesser hatte, begann damit, eine Skizze vom Gehöft und dessen Umgebung anzufertigen. Sein Gedächtnis arbeitete diesbezüglich hervorragend.

Beim Gehöft wuselte es wilder als in einem Ameisenhaufen. Sanitätspersonal hetzte umher. Verwundete wurden auf Bahren aus dem Haus getragen und zu wartenden Sankas gebracht. Verletzte Soldaten, die gehen konnten, hockten auf den Ladeflächen von Lastwagen. Das kurz zuvor ausgeladene Material wurde hastig wieder zum Verladen bereitgestellt.

Zwei Feldgendarmen bauten sich mit ihrem Motorrad mit Beiwagen an der Zufahrtsstraße auf, um aus Carentan ankommende Verwundetentransporte weiterzuleiten.

Dieser 13. Juni brachte den jungen Soldaten der neu aufgestellten SS-Division *Götz von Berlichingen* kein Glück.

Als Radolz an den Feldgendarmen rechts vorbeifahren wollte, sprang der Ranghöhere der beiden vor den Steyr und tobte. „Bist du blind? Hier wird geräumt! Das Feldlazarett wird nach hinten verlegt."

Diller kurbelte seine Fensterscheibe herunter und beugte sich hinaus. „Wir sind zum Schutz hierher kommandiert worden. Geh auf die Seite Kamerad. Wir müssen in Stellung gehen, bevor die Amis hier sind. Wie ihr sicher mitbekommen habt, greifen sie mit Panzern an und haben Carentan teils umfahren."

Verdutzte Blicke. Diller erkannte, dass es im Gehirn des Kettenhundes ratterte. Es kam dem Zugführer vor, als wäge der Feldgendarm ab, ob er Diller melden oder ob er die Fahrzeuge kommentarlos durchwinken sollte. Er entschied sich für das letztere. „Fahrt weiter", kam es schroff. Er machte einen Schritt zur Seite.

Radolz drückte aufs Gaspedal. „Ich weiß nicht warum, aber ich mag diese Kettenhunde nicht", murmelte er. „Da können die Uniformen der Landser noch so blutverschmiert und von Kugeln durchlöchert sein, deren Schild glänzt immer hochpoliert."

Diller schmunzelte. „Ich mag sie auch nicht, aber auch sie bringen sich hin und wieder gut ein. Beim Rückzug in Russland verhinderten sie weitgehend Chaos und sorgten für freie Straßen und sicheres Ankommen."

„Egal", brummte Radolz. „Ich mag sie nicht."

Der Steyr und die beiden Opel Blitz wurden abseits der Gebäude abgestellt, um den abrückenden Verkehr nicht zu behindern. Während die Männer eine Rauchpause einlegten, gingen Diller, Brantsch und

Schlosser einmal um das gesamte Anwesen herum. Die Gefallenen lagen immer noch aufgereiht an der äußeren Mauer des zerstörten Nebengebäudes. Die Blicke der drei SS-Soldaten waren betrübt und wütend zugleich.

„Wenigstens hat man sie in Papiersäcke gesteckt", bemerkte Schlosser, der sichtlich enttäuscht war, dass man noch keine Gräber ausgehoben hatte.

„Die hatten andere Sorgen. Das Lazarett musste eingerichtet werden", meinte Brantsch.

„Die hätten die gefangenen Amis einsetzen können."

Der junge Assistenzarzt im Rang eines Untersturmführers, der am Morgen mit dem ersten Transport angekommen war, hatte die drei SS-Männer bemerkt. Eilig rannte er zu Oberscharführer Diller.

„Herr Doktor", grüßte dieser höflich.

„Ich bin kein Doktor. Ich habe nicht promoviert. Ich bin Assistenzarzt und sollte hier den Truppenverbandsplatz aufbauen. Die schwereren Fälle werden ohnehin zum Hauptverbandsplatz transportiert", kam es ihm in einem nicht erwarteten Redeschwall entgegen. „Wie lange dauert es, bis der Feind hier ist?", schob der Sanitätsoffizier nach. „Wir haben noch einige Verwundete zum Verladen."

Diller blieb ruhig. Seine MP 40 hing an der rechten Seite. Im Koppel steckte eine Stielhandgranate. Das Gesicht des Oberscharführers war unrasiert und verschmutzt. Stahlblaue Augen musterten den Offizier. „Ich kann die Frage nicht beantworten."

„Sie sind doch zu unserem Schutz hierher beordert worden, oder?"

„So kann man das bezeichnen."

„Gut." Der Blick des Assistenzarztes war leicht verlegen. Er räusperte sich und sagte: „Es wird noch eine Weile dauern bis wir soweit sind. Leider wurden mehr Verwundete hergebracht als wir dachten. Wir sind gerade dabei alle auf Sankas zu verteilen. Das dauert seine Zeit. Wir arbeiten so schnell wir können, aber es fehlen uns Wagen und Fahrer", sprudelte er aus.

Während der Offizier redete, blickte sich Diller um. Ihm fiel auf, dass die meisten Sanitäter bewaffnet waren. Fast alle trugen eine Pistole, einige hatten auch einen Karabiner umhängen. Der Oberscharführer wusste, dass sie nach dem Genfer Abkommen das Recht hatten, sich selbst sowie die Verwundeten zu verteidigen, doch eigentlich durften sie weder angegriffen noch beschossen werden. Als der Blick des Russlandveteranen abermals über das Gehöft streifte, bemerkte er, dass das Gebäude noch nicht mit der Flagge des Roten Kreuzes gekennzeichnet war.

Der Arzt beendete seinen Redeschwall mit: „... und deshalb wollte ich fragen, ob Sie uns ihre beiden Lastwagen mit den Fahrern zur Verfügung stellen können."

Das hektische Treiben war unübersehbar. Schlosser und Brantsch nickten bereits. Diller hingegen fragte: „Sind die gefangenen Amerikaner auch noch da?"

Der Arzt schüttelte den Kopf. „Nein, die wurden längst weggebracht."

Diller überlegte nur wenige Sekunden. „Sie können sie haben!"

„Danke", entgegnete der Arzt. Statt eines erwarteten zweiten Redeschwalls drehte sich der Sanitätssoldat abrupt um und eilte zurück zum Haupthaus.

Bei den Lastwagen übernahm Schlosser das Wort. Diller zückte indessen eine Zigarette, zündete sie an und sog den ersten Zug tief in seine Lunge.

„Ladet unsere gesamte Ausrüstung ab! Wir müssen die Sanitäter unterstützen. Sie brauchen die Lastwagen und die beiden Fahrer dazu. Markiert die Wagen deutlich!"

Diller rauchte zu Ende, schnippte die Kippe weg und half beim Abladen der Ausrüstung. Als sie fertig waren, stiegen die beiden Fahrer ein und rollten mit den Opel Blitz vor das Haupthaus.

Das ohnehin schon hektische Treiben am Gehöft nahm immer mehr zu. Als Diller eine Krankenschwester sah, blitzte es in seinem Kopf. Erinnerungen an seine Frau krochen hoch. Er verdrängte sie, deutete auf die Ausrüstung und sagte zu den Männern: „Jeder nimmt so viel mit, wie er tragen kann. Wer dann noch eine Hand frei hat, hilft den MG-Leuten mit den Munitionskisten. Wir verlegen ins Gelände."

Die Panzerjäger packten zu.

„Wo willst du genau hin?", erkundigte sich Schlosser.

Diller zückte die gezeichnete Skizze. „Das ist der Hof ...", zeigte er mit dem Finger an, „... das Gebiet nordwestlich von hier ist teils gewässert, teils naturgemäß versumpft." Sein Finger fuhr über die Skizze. „Dort drüben liegt Carentan. Wenn die Amerikaner tatsächlich mit ihren Panzern die Stadt umfahren haben, müssten sie genau diese

Route genommen haben. Es gibt außer diesem kleinen Korridor keine andere Möglichkeit."

Schlosser kratzte sich am Hinterkopf. „Du bist gut vorbereitet."

„Ich habe von Untersturmführer Langemann viele Informationen erhalten. Er hat die Lage vollkommen richtig eingeschätzt. Der Feind hat die Option an Carentan vorbeizustoßen, und wenn er das getan hat, wird er genau hier herauskommen. Genau da, wo wir uns befinden, bei Donville."

Schlosser starrte auf die Skizze. „Und das würde bedeuten, dass für unsere Kameraden der Rückzugsweg aus Carentan abgeschnitten wäre. Sie säßen in der Falle."

„Zumindest wäre das Absetzen in diese Richtung mit schweren Kämpfen verbunden", ergänzte Diller.

Schlosser hob wieder den Kopf. „Wo genau gehen wir in Stellung?"

Der Oberscharführer streckte den linken Arm aus, sodass sich der Ärmel seiner Feldbluse zurückschob. Sein Blick ging zur Armbanduhr. „Ich weiß nicht wieviel Zeit uns bleibt", er deutete ins Gelände. „Wir werden eine erste Verteidigungslinie bei den beiden ersten Wallhecken direkt vor dem Gehöft aufbauen. Das sMG von Wagenfels sichert die Straße ab, das lMG deiner Männer übernimmt das Gelände daneben. Wenn sie kommen, dann von dort."

Schlosser nickte zustimmend.

Diller sprach weiter. „Sollten uns die Amerikaner angreifen, muss die Infanterie unbedingt von den Panzern getrennt werden. Nur wenn sie völlig isoliert sind, können wir an die Stahlfestungen rankommen."

„Dann lass uns anfangen."

Die Panzerjäger setzten sich in Bewegung und erreichten wenige Minuten später die erste ausgedehnte Wallhecke. Diller ließ halten und beobachtete die vor ihm liegende Umgebung. „Die Örtlichkeit ist perfekt. Leicht abschüssiges Gelände, bei uns durch die Wallhecke dicht bewachsen und der Feind muss über offenes Gelände vorrücken."

„Ja, jedenfalls bis zur Wallhecke", meinte Schlosser.

„Durch diese kann seine Infanterie durchschlüpfen, aber die Panzer schaffen es nicht. Das Zeug ist einfach zu dicht. Wenn sie mit Shermans anrollen, müssen sie entweder die Straße benutzen oder über dieses Stück Land kommen", entgegnete Diller und deutete mit der linken Hand nach vorn.

„Das wäre ideal für eine Pak."

„Das ist richtig, wir verfügen aber leider über keine Kanonen", kam es trocken zurück, dann drehte sich Diller um und sah in die Gesichter der Männer. „Wir sind genau sechs Panzerjäger. Das heißt, ich kann zwei Trupps bilden, die sich den US-Panzern in den Weg stellen. Die beiden Maschinengewehre postieren wir so, dass sie begleitende Infanterie effektiv bekämpfen können."

Stumme Gesichter. Angst kroch in den jungen Männern hoch. Ein ungleicher Kampf stand bevor. Diller wusste das und machte ihnen Mut. „Dreht euch einmal um. Ihr seht Verwundete, Sanitäter und Krankenschwestern. Ihr seht auch unsere gefallenen Kameraden. Lasst sie nicht umsonst gestorben sein. Unser Auftrag lautet, die Verwundeten und das Sanitätspersonal zu schützen. Dafür stehen wir jetzt hier."

Lederer und Brantsch blickten zurück. Andere schlossen nachdenklich für ein paar Sekunden ihre Augen.

Der nächste Befehl galt den Maschinengewehrführern. „Wagenfels, du übernimmst mit dem sMG die Straße und ihr mit dem lMG postiert euch so, dass ihr die Freifläche vor der Wallhecke mit Sperrfeuer eindecken könnt."

„Los Männer, wir gehen in Stellung", gab Wagenfels sofort weiter.

Diller wurde etwas ruhiger und sprach die nächsten Worte eher bedächtig aus. „Sollten die Amerikaner tatsächlich mit Panzern angreifen, werden wir sie nicht aufhalten können. Da brauchen wir keinen Illusionen erliegen. Aber wir werden sie durch unsere Angriffe verwirren und dabei so viele Panzer wie möglich vernichten. Alles was wir damit erreichen ist Zeit. Zeit, die von unseren Kameraden und den Sanitätern dringend benötigt wird. Versteht ihr? Wir können diesen Kampf nicht gewinnen, aber wir können den Gegner so lange aufhalten, bis das Lazarett evakuiert ist."

Obwohl Diller beinahe leidenschaftslos wirkte, bemerkte Schlosser keinerlei Motivationslosigkeit oder gar Resignation bei dem Russlandveteranen. Es war eher die Art eines zu Tode verurteilten Straftäters, der sich seiner Hinrichtung bewusst war und überlegte, welche Henkersmahlzeit er bestellen sollte. Diller sprach wie jemand, der wusste, dass er einen schweren Gang vor sich hatte und nicht mehr zurückkehren würde. Jemand, der sein Schicksal kommentarlos akzeptiert hatte.

„Wir schaffen es", machte Schlosser den Männern Mut.

Der kleine Trupp begann unverzüglich mit den notwendigen Schanzarbeiten. Trotz des von landeinwärts wehenden Westwindes, waren aus Richtung Carentan Kampfhandlungen zu hören. Heftige Detonationen, deren Knallen noch deutlich zu hören war, ließen Raum für wilde Spekulationen. Dunkler Rauch lag über der Stadt. Es brannte vielerorts.

Diller fragte sich, wie lange sich ihre Kameraden noch halten konnten. An ein siegreiches Unternehmen glaubte er nicht mehr. Es fehlte der Division an erfahrenen Soldaten, an Ausrüstung, an schweren Waffen und Panzern und vor allem auch an Luftunterstützung.

Einer der Männer wurde als Späher nach vorn geschickt, um den Rest zu warnen, sobald der Feind anrückte. Die anderen hoben taktisch über das Gelände verteilt Deckungslöcher aus. Sie rammten ihre Spaten in die Erde und gruben, als hinge ihr Leben davon ab. Schweiß rann in Bächen über ihre Gesichter. Sie arbeiteten wie besessen.

Brantsch verfluchte, dass er Wein in die Feldflaschen gefüllt hatte. Das Graben machte durstig und er gierte nach Wasser. Diller, der in der Nähe des Rottenführers ein Loch aushob, amüsierte sich, als er mitbekam, wie sich Brantsch die trockenen Lippen leckte und sehr behutsam einen Schluck aus der Feldflasche nahm.

„Na, schmeckt es nicht?", unkte er hinüber.

„Spar dir deinen Kommentar. Ich habe Durst ohne Ende, aber wenn ich den Wein trinke, kann ich mich gleich den Amis ergeben", kam es motzend zurück.

Diller schmunzelte, wartete noch zwei Minuten, dann erlöste er seinen Kameraden und mit ihm auch die anderen, die Wein statt Wasser in ihre Feldflaschen gefüllte hatten. „Ihr könnt es mir später mit Zigaretten danken", rief er ihnen zu und zeigte auf die Blechkanister, die unweit von ihm abgestellt waren. „In dem Kanister mit dem blauen Farbkreuz habe ich Wasser abgefüllt. Nur in den beiden mit den roten Kreisen ist Benzin. Ihr könnt euren Durst löschen."

„Von mir bekommst du 'ne ganze Packung", jubelte Brantsch.

Nach einer kurzen Pause gruben sie weiter.

116

Diller hatte eine Idee. Er suchte Schlosser und ging zu ihm hin. Der Unterscharführer setzte sich gerade probeweise in sein Deckungsloch und probierte aus, ob es tief genug war. „Müsste gehen", kommentierte er leise.

Diller ging nicht darauf ein, sondern sagte: „Ich kann mich erinnern, dass beim Gehöft Strohballen herumlagen."

Schlosser sah den Oberscharführer fragend an. „Jede Menge sogar. Sie waren zu kleinen Quadern gebunden. Ungefähr einen Meter auf einen Meter, warum?"

„Suche Radolz. Er soll den Steyr damit voll machen und sie herbringen. Dann den Wagen wieder zurück bringen."

Der Unterscharführer sah Diller fragend an. „Sollen wir uns dahinter verschanzen?"

„Nein. Wir stellen sie taktisch günstig auf, tränken sie mit Benzin und zünden sie bei Bedarf an. Der Qualm wird uns Sichtschutz geben und zeitgleich den Panzerfahrern die Sicht nehmen."

„Genial", antwortete Schlosser begeistert und verließ das Deckungsloch, um Radolz zu suchen. Dieser preschte zurück und holte die Strohballen. Danach fragte er Diller, ob er mit dem Steyr die Sanitäter beim Evakuieren unterstützen sollte. Dieser bejahte das Vorhaben.

Nach den Schanzarbeiten tat die Pause gut. Die Männer saßen zusammen und unterhielten sich. Herbst, der sich mit dem zweiten Fernsprechsoldaten ebenfalls am Graben der Schützenlöcher beteiligt hatte, saß wieder an seinem Funkgerät und lauschte dem regen Funkverkehr. „Die Lage in Carentan sieht nicht gut aus. Die Ami-Fallschirmjäger haben tatsächlich Panzerunterstützung bekommen. Unsere Kameraden kämpfen um jeden Straßenzug", kommentierte er.

Diller zückte eine Zigarettenpackung. Obwohl er bereits geahnt hatte, was Herbst nun als Realität mitteilte, war er bezüglich der Nachrichten aus Carentan besorgt. Die Packung Eckstein war leer. Der Oberscharführer hatte sich vor der Abfahrt jedoch ausreichend mit französischen Zigaretten eingedeckt. Eine Marke schmeckte ihm besonders gut. Gauloises. Eine der blauen Packungen lag in seiner Hand. *20 Gauloises Caporal* war darauf zu lesen. Darunter war ein geflügelter Helm abgebildet.

Signatur   Bild 146-1994-025-11   Originaltitel   Frankreich Juli 1944
Die SS-Panzergrenadiere kennen die anglo-amerikanischen Tieflieger und wissen sich gegen ihr MG-
Feuer zu schützen. Im schnellen Ausbau von Deckungslöchern sind sie Meister geworden.
Archivtitel   Frankreich.- Zwei Soldaten der Waffen-SS (rechts SS-Sturmmann mit zwei "Son-
derabzeichen für das Niederkämpfen von Panzerkampfwagen durch Einzelkämpfer" / "Panzerver-
nichtungsabzeichen" ?) in einem Schützenloch; SS-PK
Datierung   Juli 1944   Fotograf   Mielke, Werner   Quelle   Bundesarchiv

„So habe ich mir im Geschichtsunterricht immer die Gallier im Kampf gegen die Römer vorgestellt", grinste Förster, dem die Aufmachung der Zigarettenmarke gefiel.

Diller war froh, dass es einen Themenwechsel gab. Es war nicht sonderlich gut für das Gemüt der Männer, weiter über den bevorstehenden, ungleichen Kampf gegen eine feindliche Übermacht zu sprechen. „Willst du eine?"

„Gern", grinste Förster und starrte dabei auf die Packung. Er nahm die Zigarette und zündete sie an. Sie schmeckte kräftig. Für Förster ein wenig zu kräftig. Er hustete leicht.

Diller lachte und erinnerte sich an den ersten Machorka, den er in Russland geraucht hatte. Seine damalige Reaktion war ähnlich, wie die von Förster. Dieser verzog das Gesicht, wurde kreidebleich und drückte die Zigarette schnell aus. „Nichts für mich", würgte er hervor und hustete nochmal. Allerdings etwas stärker.

„Du solltest lieber Schokolade essen, wie Krowzik", lästerte Lederer.

„Dann würde ich dir raten, Mönch zu werden. Das erspart dir spezielle ärztliche Behandlungen", konterte Förster auf das Malheur mit Madeleine anspielend und zwinkerte dabei.

Das saß. Die Männer lachten. Der Stachel *Madeleine* würde Lederer wohl noch länger begleiten. Er gab sich geschlagen und zog es vor nichts mehr darauf zu erwidern.

Diller versuchte, etwas Ruhe in die Runde zu bringen.

„Was machst du eigentlich nach dem Krieg?", wollte er von Förster wissen.

„Ich werde auf jeden Fall studieren."

„Interessant. Was schwebt dir denn da vor?"

„Geschichte und Archäologie. Mich zieht es in die Welt hinaus", gab der junge SS-Mann von sich. Seine Augen strahlten für einen Moment. Er sah sich gedanklich bei Ausgrabungen in Ägypten.

Krowzik nahm den Faden des Gesprächs auf und fragte Diller: „Und was bist du von Beruf?"

„Ich bin Landschaftsvermesser."

Jetzt schmunzelte Krwozik. „Mein alter Herr auch."

„Geht´s mit dem Bein?", wollte Diller wissen und erkundigte sich damit zum ersten Mal seit der Verwundung des Grenadiers nach dessen Gesundheitszustand. „Wenn nicht, kannst du mit den Sanis zurückverlegen. Keiner von uns wird dir deshalb einen Vorwurf machen."

„Vorwurf?"

„Du weißt schon!"

Krowzik errötete. „Meinst du, dass ich feige wäre?"

„Eben nicht! Das ist es, was ich damit ausdrücken möchte. Du bist weder ein Hasenfuß noch ein unzuverlässiger Kamerad, wenn du dich jetzt doch noch behandeln lassen und deine Verwundung auskurieren würdest."

Der junge SS-Mann spielte die Verwundung herunter. „Das ist doch nur ein Kratzer."

„Für einen Kratzer humpelst du aber nicht gerade wenig. Man sieht dir die Schmerzen an."

Krowzik überlegte kurz. „Der Sani hat den Verband vermutlich zu eng angelegt. Er drückt etwas."

Diller nahm es zur Kenntnis. „Alles klar. Deine Ausrede lasse ich gelten", beendete er das Gespräch mit dem jungen SS-Panzergrenadier.

Unruhe kam auf. Köpfe flogen herum. Der Späher rannte auf sie zu. Lederer und Förster standen auf. Der Grenadier hetzte wie von einer Tarantel gestochen über das freie Feld. Je näher er kam, desto größer war die Panik zu erkennen, die sein Gesicht ausdrückte. Er hatte Angst. Jeder der SS-Männer wusste, was los war. Der Feind war hier.

Als der Späher die Gruppe erreicht hatte, suchte er sofort Diller. Eine kleine Traube von Soldaten bildete sich um ihn. Er rang nach Luft und haspelte Worte über seine Lippen, die zwar erwartet wurden, aber in diesem Moment dennoch einschlugen wie eine Bombe. „Die … Amis … ko-kommen. Panzer!"

Diller wollte sofort noch mehr Details erfahren, versuchte aber ruhig zu bleiben, um keine Panik aufkommen zu lassen. „Lass dir Zeit. Komm wieder zu Atem", begann er und schob nach: „Wie viele Panzer konntest du sehen? Ist Infanterie dabei? Aus welcher Richtung kommen sie?"

Der Brustkorb des Grenadiers hob und senkte sich immer noch mit jedem Atemzug heftig. Schweißperlen rannen über sein Gesicht. „Sie kommen frontal auf uns zu. Eine Gruppe Infanteristen marschiert vorn weg. Dahinter rollen fünf oder sechs Shermans. Neben und hinter den Panzern befindet sich auch Infanterie."

Leises Brummen war zu hören.

Der Oberscharführer reagierte sofort. „Alle auf ihren Posten. Brantsch, Krowzik und Leinauer, ihr lauft rüber zur Straße! Lederer und Förster kommen mit mir. Wir müssen sofort in die Deckungslöcher!" Diller sprach Schlosser an. „Die Maschinengewehre sollen sofort die Infanterie unter Beschuss nehmen! Wir müssen sie unbedingt von den Panzern trennen. Die Shermans müssen ohne Infanterie auf uns zurollen, sonst haben wir keine Möglichkeit sie wirkungsvoll anzugreifen. Isoliert sie!", befahl er unmissverständlich.

Schlosser zurrte den Stahlhelm unter dem Kinn zu. „Ich habe verstanden."

Die Landser sprangen auseinander. Jeder lief im Eiltempo zu seinem zugewiesenen Platz. Die Uniformen im Tarnmuster sowie zusätzliches Grünzeug in den Helmnetzen, machten sie im dichten Gebüsch der Wallhecken nahezu unsichtbar oder ließen sie in ihren Deckungslöchern mit der Erde verschmelzen. Noch vor Stunden waren sie es, die das Gehöft angegriffen hatten. Jetzt hatte ein Rollentausch stattgefunden.

Lederer und Förster hockten eng beieinander in ihrem Doppel-Deckungsloch. Beide pressten sich eng an die Wand. Etwa drei Meter vor ihnen und zwei Meter nach rechts versetzt, lag einer der benzingetränkten Strohballen. Der unverkennbare Geruch war deutlich wahrzunehmen.

Auch bei allen anderen Deckungslöchern waren Strohballen aufgestellt.

Die beiden Männer mit dem lMG lagen in der vordersten Wallhecke. Sie sollten das Feuer in einem günstigen Moment eröffnen, für Chaos unter den Amerikanern sorgen und sich danach schnellstens zurückziehen. Diller glaubte, dass die Shermans schnell reagieren und die komplette Hecke mit Granaten eindecken würden.

Der Oberscharführer befand sich direkt neben dem MG-Nest. Er stierte durch seinen Feldstecher, um sich selbst ein Bild vom anrückenden Feind zu machen. Sein Plan war einfach. Zwischen zwei der Wallhecken führte ein Weg. Diese kleine Furt diente dem Besitzer als Durchfahrt für seine Kutsche. Sie war jedenfalls so breit, dass ein Pferdefuhrwerk gut durch passte.

Ideale Passage für einen Panzer, hatte Diller festgestellt. *Die Fahrer der Shermans würden es sicherlich zuerst hier versuchen, bevor sie die gesamte Hecke weitläufig umfahren.*

Den vordersten Panzer wollte der Russlandveteran mit der Panzerfaust abschießen. Das Wrack sollte die Gasse blockieren und die nachfolgenden Stahlfestungen zu einem Umweg zwingen. Ein gefährliches Unterfangen und falls sie die Infanterie nicht von diesem Panzer trennen können, ein wahres Himmelfahrtskommando.

Diller vermutete, dass zumindest der erste Sherman, der sich dieser Lücke zum Durchfahren näherte, extrem vorsichtig sein würde. Das bedeutete zwar Aufklärung durch die Infanterie, aber auch langsame Fahrt.

Langsam und verwundbar!

Sollte das waghalsige Vorhaben gelingen, könnten sich er und die beiden Männer am lMG einigermaßen gefahrlos zurückziehen.

Die große Angriffswelle der Amerikaner würde in jedem Fall gegen die zweite Wallhecke erfolgen. Dort lag das sMG in Stellung, um die Panzer von der Infanterie zu isolieren.

Plan war, dass die Shermans ohne Infanterie weiterfahren und angreifen würden. Und somit gerieten sie unweigerlich in die Nähe der getarnten Deckungslöcher und damit zu den lauernden Panzerjägern.

„Raus, blenden, sprengen und sofort hinter die Wallhecke zurückziehen!", lautete der eindringliche Befehl.

Der Oberscharführer wusste, dass sein Plan sehr gewagt war. Mit etwas Glück, und wenn es gelänge drei Sherman-Panzern zu zerstören, könnte es jedoch klappen. Den Zeitvorteil eines möglichen Rückzugs des Feindes wollte er nutzen, um das restliche Sanitätspersonal geschützt hinter die nächste Verteidigungslinie zu bringen.

Mit dem Fernglas verfolgte der Russlandveteran das Vorrücken des Gegners. Die weißen Sterne an den Seiten der Panzer stachen deutlich hervor. Die Kampfwagen rollten extrem langsam. Die gewaltigen Motoren brummten laut. Ihre Ketten durchpflügten die feuchte Graslandschaft. Zurück blieben breite Spuren aufgewühlter Erde.

Immer wieder blieben die stählernen Kampfwagen stehen. Abgaswölkchen waren zu erkennen. Sie schwebten nach oben, waberten ein wenig im Wind und lösten sich auf, um ihren Nachfolgern Platz zu machen.

Die Infanterie war stets dicht bei den Panzern. Das gefiel Diller gar nicht. Die amerikanischen Soldaten wirkten nervös. Ihre Blicke wanderten pausenlos über das Grün der Wallheckenlandschaft. Hin und wieder zeigte einer nach vorn und beobachtete die Gegend durch ein Fernglas. Der Oberscharführer vermutete, dass sie Angst vor Scharfschützen hatten. Angst vor genau der gleichen Kampftaktik, die ihre eigenen Kameraden am frühen Morgen angewendet hatten, bevor sie von der deutschen Vierling-Flak zusammengeschossen worden waren.

Die Männer am leichten Maschinengewehr waren angespannt. Der Schütze I hatte die vordersten Soldaten bereits anvisiert. Der Schaft des Maschinengewehrs lag an seiner Wange. Sein Nebenmann war ebenfalls vorbereitet. Der eingelegte Munitionsgurt lag auf dessen offener linken Handfläche, damit er glatt darüber hinweggleiten konnte.

„Wartet noch", flüsterte Diller ihnen zu. „Und zielt sehr genau! Ihr müsst den Gegner empfindlich treffen. Die Richtschützen der Panzer werden ganz schnell nach den ersten Salven unsere Deckung zerpflücken."

„Sie sind schon sehr nah", kam es nervös vom Schützen II.

Diller bemerkte, wie sich der vorderste Panzer aus der Gruppe löste. Ein Besatzungsmitglied stand bei geöffneter Luke im Turm und suchte das Gelände mit einem Fernglas ab. Der Fahrer erhöhte gemächlich die Geschwindigkeit. Zielstrebig wälzte sich der Stahlkoloss auf die Durchfahrtsschneise zu.

„Noch nicht schießen! Ich muss den Panzer mitten in der Gasse erwischen. Nur dann ist die Durchfahrt blockiert", sagte der Oberscharführer und umklammerte die Panzerfaust. Bäuchlings robbte er rückwärts aus der Stellung. Er wollte gerade an der vom Feind nicht einsehbaren Seite der Wallhecke loslaufen, um sich bei der Durchfahrt für den geplanten Hinterhalt in Stellung zu legen, als der Schütze I eine Warnung ausstieß: „Pass auf! Ein paar Infanteristen sind aufgerückt und begleiten den Sherman."

„Verdammt", fluchte Diller. Er musste schnell handeln. Sein anfänglicher Plan war vermutlich zum Scheitern verurteilt. Diller ging zurück und legte sich wieder neben die MG-Schützen. Der erfahrene Soldat spähte durch das Grün der Wallhecke. Panzer und Infanterie näherten sich schnell. Er fällte eine Entscheidung. „Gebt Feuer, sobald sie ungefähr 100 Meter entfernt sind. Ich übernehme den Panzer von hier."

Die Panzerfaust hatte eine Reichweite von maximal 100 Metern. Diller wusste, dass es ein gefährliches Unterfangen war, doch sie hatten keine andere Option. Sie mussten den Feind näher kommen lassen. Ideal wäre eine Entfernung von vielleicht 50 Metern gewesen.

Der Sherman setzte sich immer weiter von den nachfolgenden Panzern ab. Der Abstand zwischen ihm und den restlichen Panzern betrug bereits um die 70 Meter.

Diller sah abwechselnd zum Feind und zum MG-Schützen. Fast erlösend kam sein: „Jetzt!"

Der Schütze I krümmte den rechten Zeigefinger. Das MG 42 ratterte los und spuckte Projektil um Projektil aus.

Rrr rrtt

Das Stakkato hatte begonnen. Salve um Salve verließ das Rohr des Maschinengewehrs. Patrone für Patrone wurde zugeführt, abgeschossen, die Hülsen ausgeworfen und die Projektile durch den Lauf gejagt. Zielstrebig rasten sie auf die heranmarschierenden US-Soldaten zu. Die Geschosse knallten wie Peitschenschläge auf die Männer ein, bohrten sich in ihre Körper, fetzten durch Fleisch und Knochen oder fraßen sich in ihnen fest. Binnen weniger Sekunden brach Chaos aus. Die Schreie der Verwundeten gingen im Motorlärm der Shermans unter. Befehle wurden gebrüllt. Die Soldaten sprangen auseinander, um sich flach auf die Erde zu pressen oder suchten hinter dem Panzer Deckung.

Der Schütze I beherrschte sein Handwerk. Immer wieder jagte er kurze Salven, gefolgt von längeren Feuerstößen aus der Waffe. Korrigierte das Ziel und drückte erneut ab. Nachdem die begleitende Infanterie des vorderen Sherman bekämpft und in Deckung gezwungen war, wurden die anderen amerikanischen Soldaten unter Beschuss genommen.

Zwei der Shermans blieben stehen. Ein Panzerkommandant verschwand im Bauch der rollenden Festung. Die Luke wurde zugezogen. Der Turm schwenkte herum.

Ein weiterer Panzerkommandant stand indessen unverdrossen in seinem Turm und spähte zum MG-Nest. Seine Blicke folgten der Leuchtspurmunition. Er zeigte mit ausgestrecktem Arm in Richtung des deutschen Maschinengewehrs. Seine Gelassenheit wurde zum Verhängnis. Noch bevor er den begonnenen Satz zu Ende sprechen konnte, drangen drei Projektile in seine Brust. Eine von ihnen durchbohrte sein Herz. Blut färbte die Uniform rot. Tödlich getroffen, rutschte der Sergeant in den Panzer hinein.

Obwohl die amerikanischen Soldaten mit Feindkontakt und Widerstandsnestern gerechnet hatten, traf sie das Maschinengewehrfeuer unerwartet hart. Hektik bestimmte das Bild der vorrückenden GIs. Sanitäter schoben sich an anderen Infanteristen vorbei, um ihren angeschossenen Kameraden zu Hilfe zu eilen.

Zwischenzeitlich waren alle Panzer stehen geblieben. Erste Salven wurden aus den Bord-Maschinengewehren abgefeuert. Sie verfehlten die MG-Stellung jedoch mehrere Meter. Der Sherman, der zuerst seinen Turm gedreht hatte, zeigte mit dem Rohr bedrohlich in Richtung der deutschen Stellung.

Während der Schütze I unaufhörlich feuerte, beobachtete der Schütze II mitunter den Gegner. Er erkannte die Gefahr und klopfte seinem Kameraden sofort auf die Schulter. „Stellungswechsel! Sie feuern auf uns!"

Mit der ersten Berührung an der Schulter wurde das Feuer sofort eingestellt. Beide packten Waffe und Ausrüstung und zogen sich augenblicklich zurück.

Der vorderste Panzer jagte eine Granate aus dem Rohr. Der trockene Knall des Abschusses hallte über das Gelände. Das Geschoss fetzte in die Wallhecke und krepierte mit Getöse. Laub, Gehölz und Erde wurde emporgeschleudert. Der Treffer lag in unmittelbarer Nähe der verlassenen Stellung. Die beiden Landser hatten Glück. Sie lagen bereits etliche Meter davon entfernt auf der Erde und keuchten.

Diller hatte sich mit einsetzendem MG-Feuer etwas abseits in eine gute Schussposition gebracht. Er visierte den vor ihnen stehenden Panzer an. Pulverdampf waberte noch über dessen Kanonenrohr. Der Sherman setzte sich wieder in Bewegung, blieb jedoch nach wenigen Metern erneut stehen. Die Begleitinfanterie benötigte noch etwas Zeit um nachzurücken. Die US-Soldaten versuchten an die vom MG-Einschussbereich abgewandte Panzerseite zu gelangen.

Einer der hinteren Stahlkolosse hatte ebenfalls geschossen. Seine detonierende Granate riss einen Baum in zwei Teile. Krachend donnerte das Geäst ins Buschwerk und vor die Wallhecke.

Begleitet von metallischem Knirschen, bewegte sich der Turm des vordersten Panzers. Bedrohlich zeigte das Rohr in Richtung der MG-Schützen und damit auch in Dillers Nähe. Der Panzerjäger konnte nicht länger warten. Die Besatzung des Sherman würde in weniger als einer Minute feuern, dessen war sich der erfahrene Landser sicher.

Mit routiniertem Blick schätzte Diller die Entfernung auf rund 60 Meter. Er blieb ruhig und zeigte keine Nervosität. Es war ihm egal, ob er starb oder nicht. Er fürchtete den Tod nicht. Das Leben in ihm erlosch damals in Russland. Seit diesem einen verfluchten Tag fühlte er sich als leblose Marionette im hässlichen Spiel des Krieges. Heute war der Tag, an dem ihm bewusst wurde, dass der Tod im Westen sich nicht mit dem im Osten unterschied.

Soldaten sterben an jeder Front.

Ihm war vollkommen bewusst, dass der Schuss sitzen musste. Diller atmete ein, flach aus, war im Ziel und feuerte die Panzerfaust ab. Das Geschoss zischte nach vorn. Noch bevor der Sherman seine Kanone abfeuern konnte, schlug der Sprengkörper ein.

Wumm

Der Knall war ohrenbetäubend als der Sprengsatz beim Aufschlag explodierte. Eine Wolke hüllte die stählerne Festung binnen Sekunden ein. Kurz darauf leckten Flammenzungen wie kleine Blitze durch Öffnungen.

Volltreffer, durchströmte es den Panzerjäger.

Zwei GIs, die sich in der Nähe des Panzers befanden, warfen sich augenblicklich in Deckung.

Diller zog sich sofort zurück.

Wumm

Eine Folgeexplosion war zu hören. Eine Luke am getroffenen Panzer wurden aufgestoßen. Ein Besatzungsmitglied wollte ausbooten. Hinter ihm schoss ein Flammenball heraus und in diesem erstickte sein letzter Schrei. Zeitgleich folgten mehrere Detonationen so kurz hintereinander, dass sie sich wie eine einzige anhörte.

Wumm

Diller wusste, dass die Munition detoniert war. Der schwarze Rauch des verbrannten Öls quoll wie ein Todesschleier in den Himmel.

Die Wallhecke wurde augenblicklich von den wütenden Richtschützen der anderen Panzer beschossen. Maschinengewehrgarben zischten in das dichte Grün, Granaten detonierten. Nur zögernd rückte die begleitende Infanterie vor. Diller hatte sich nach dem Abschuss sofort zurückgezogen. Die MG-Schützen folgten ihrem Zugführer unmittelbar darauf.

Diller erreichte den ersten Strohballen. Er warf sich dahinter zu Boden und schlug unerwartet hart auf. Für einen Moment war stechender Schmerz im linken Handgelenk zu spüren, der jedoch aufgrund des hohen Adrenalinspiegels nicht lange wahrgenommen wurde. Diller kroch zu dem nach Benzin stinkenden Strohballen. Er zog sein Sturmfeuerzeug aus der Tasche und drehte keuchend am Zündrad. Funken sprühten vom Feuerstein auf den benzingetränkten Docht. Die blaugelbe Flamme flackerte im Wind. Schnell hielt er sie an das benzingetränkte Stroh. Knisternd fraß sich das Feuer empor und binnen weniger Augenblicke loderten überall am Ballen Flammen. Dichter Rauch stieg auf und breitete sich schnell aus.

Lederer und Förster machten es ihrem Zugführer nach. Sie sprangen aus dem Deckungsloch und entzündeten die anderen Ballen. Der aus Westen wehende Wind war ideal für das Vorhaben der Panzerjäger. Er blies den Qualm genau in Richtung des Gegners.

Rufe waren zu hören, Wortfetzen in englischer Sprache drangen kaum verständlich zu ihnen herüber. Untermalt wurde diese Geräuschkulisse von den immer lauter werdenden Motoren der amerikanischen Panzer.

Diller kauerte in seinem Deckungsloch und rieb sich das verstauchte linke Handgelenk. Sein Blick nach vorn war durch den dichten Qualm sehr eingeschränkt. Er vermutete, dass die US-Soldaten die Wallhecke bereits durchschritten hatten und sich wieder in Formation neben den Shermans befanden. Er verfluchte sich, keine Sprengfallen in der Durchfahrt gelegt zu haben. Sein Plan, diese Lücke mittels eines dort zerstörten Panzers zu blockieren war gescheitert.

Das Kettengerassel jagte den deutschen Soldaten Gänsehaut über die Körper.

Rrrrt rrrrt

Das lMG feuerte wieder. Binnen Sekunden antworteten die Maschinengewehre der Shermans. Die Bordschützen in den rollenden Festungen schossen, ohne ein Ziel zu haben, in die graue Schleierwand. Der dichte Qualm des brennenden Strohs nahm ihnen jegliche Sicht.

Lederer und Förster kauerten in einer Zwei-Mann-Stellung gleich neben Dillers Deckungsloch. Sie hielten Blickkontakt zu ihm. Der Oberscharführer deutete per Zeichensprache an, dass sie sich bereithalten sollen. Die Aufgaben des Angriffs waren klar definiert. Ein Blenden des Fahrers war nicht nötig, da die lodernden Strohballen für genügend Sichtbehinderung sorgten. Deshalb sollte Förster eine T-Mine anbringen, während Lederer und Diller dessen Schutz übernahmen.

Unaufhörlich wälzten sich die Shermans nach vorn. Die Erde vibrierte merklich immer stärker. Das sMG hatte ebenfalls damit begonnen, den Feind zu beschießen. Beide Maschinengewehre versuchten durch gezieltes Feuer die Infanterie von den Panzern zu trennen. Nur so hatten die Panzerjäger eine reelle Chance nah genug an die Kolosse heran zukommen. Allerdings war auch den Maschinengewehrschützen die Sicht weitgehend genommen, sodass sie immer wieder die Lücken im wabernden Rauch der brennenden Strohballen suchten, um wirkungsvolles Sperrfeuer zu schießen.

Es war soweit. Sie mussten raus und angreifen. Diller fragte sich, bevor er das Zeichen zum Angriff gab, ob die jungen Soldaten dem Druck der Angst und der körperlichen Überbelastung standhalten würden. Er hatte schon viele Kameraden aufspringen und weglaufen sehen.

Als ob er sie mit magnetischem Blick festhalten konnte, starrte er Förster und Lederer an. Es waren seine Männer, seine Jungs, seine Kameraden. Sie saßen standhaft in ihrem Deckungsloch und harrten der Dinge. Er hätte ihnen keinen Vorwurf gemacht, wenn sie aufgesprungen und davongelaufen wären. Angst war menschlich.

Diller war in diesem Augenblick stolz auf sie. Seine Faust fuhr nach oben und wurde schnell zurückgezogen, um erneut hoch und runter zu schnellen. Das war das taktische Zeichen für Angriff.

Die drei Panzergrenadiere krochen aus ihren Deckungslöchern. Sie hielten ihre Körper so dich am Boden, wie es nur möglich war. Sie krochen in den im Wind tanzenden Rauch. Herzrasen! Trommelnder Puls! Der Qualm der brennenden Strohballen hüllte sie ein oder waberte dicht über ihnen. Beim Atmen schmerzten ihre Lungen. Jeder Atemzug stach. Lederer hatte sich ein Tuch vor den Mund gebunden. Förster hustete heftig, fing sich aber wieder und tat es Lederer gleich.

Eine bis dahin unbekannte Angst und Spannung durchströmte die beiden jungen Soldaten, als die Kontur eines Sherman gespenstisch zwischen den Rauchschwaden auftauchte. Er sah gewaltig und unzerstörbar aus. Die Angehörigen der SS-Division *Götz von Berlichingen* hatten diese Szenarien zu Genüge auf den Manöverfeldern südlich der Loire geübt und dennoch waren alle Manöver nicht mit diesem Moment vergleichbar. Gänsehaut, Zittern, Todesangst. Alles wirkte auf einmal auf sie ein. Der Panzer kam ihnen viel größer, viel mächtiger, viel furchteinflößender vor als die Stahlkolosse bei den Übungseinsätzen.

Das Mündungsfeuer des Bord-MG zitterte im vernebelten Grau des Qualms. Immer wieder hämmerten kurze Salven aus dem Rohr, die sich wirkungslos in der Weite der Normandie verloren. Der Sherman rollte direkt auf sie zu. Trotz des dröhnenden Motors war ein Husten zu hören. Es musste von amerikanischen Infanteristen stammen, die den beißenden Rauch einatmeten. Sie befanden sich demnach in der Nähe des Panzers.

Die drei deutschen Landser konnten nicht sehen, wie viele feindliche Soldaten es waren, die den Sherman schemenhaft begleiteten. Sie bewegten sich wie dunkle Schatten dicht an der rollenden Festung entlang.

Eine etwas stärkere Windbö drückte den Rauchschleier auseinander. Die GIs waren deutlich zu erkennen. Ihre Waffen befanden sich im Anschlag. Die Panzerjäger griffen jedoch nicht frontal, sondern an der Flanke an. Alles ging sehr schnell. Diller stieß den Lauf seiner Maschinenpistole nach vorn und drückte immer wieder den Abzugshebel durch, um den Feind mit kurzen Salven zu bekämpfen. Er schwenkte die Waffe mit jedem Feuerstoß hin und her. Binnen Sekunden war das Magazin leer. Die Gegner waren geschockt, als die deutschen Panzerjäger wie aus dem Nichts aufgetaucht und das Feuer eröffnet hatten. Zwei Amerikaner fielen getroffen zu Boden. Ein Dritter gab zwei Schüsse auf Diller ab. Er war so aufgeregt, dass er den Deutschen verfehlte. Der Oberscharführer wechselte blitzschnell das Magazin. Bevor der Amerikaner einen dritten Schuss abgeben konnte, schlugen vier Projektile aus Dillers MP in seine Brust. Das Gewehr fiel zu Boden. Das Gesicht es US-Soldaten wurde aschfahl. Er sackte tödlich verwundet zusammen.

Lederer hatte zeitgleich mit seinem Karabiner einen vierten GI in den Oberkörper getroffen. Förster schnellte hoch und lief an Diller und Lederer vorbei. In der rechten Hand trug er eine T-Mine. Er zündete sie und wuchtete den Sprengkörper auf das Heck des Sherman. „Zündung", plärrte er laut, um seine Kameraden zu warnen.

Die Brenndauer des Sprengkapselzünders betrug zehn Sekunden. Der junge SS-Mann begann laut zu zählen, als er weglief. „Zehn, neun, acht ..."

Diller hörte den lauten 9 Zylinder Sternenmotor eines weiteren Panzers. Förster rannte genau in dessen Richtung. „Nicht da lang", brüllte er ihm hinterher.

Förster hörte ihn nicht mehr. Das Bug-MG des zweiten Sherman ratterte. Mehrere Projektile zerfetzten den schlanken Körper des jungen Soldaten. Er überschlug sich zweimal und blieb leblos liegen.

„Neeiiiin", schrie Diller. Der Zugführer wollte loslaufen, doch Lederer hielt ihn fest und riss den Oberscharführer zu Boden.

Wumm

Die T-Mine detonierte. Stichflammen stießen aus dem Motorraum des Panzers. Der Sprit hatte sich entzündet. Binnen Sekunden glich der Sherman einem brennenden Scheiterhaufen. Die Luke des Turms wurde aufgestoßen. Qualm und Feuerzungen schossen heraus. Im Turm erschien ein in Flammen stehender Panzersoldat. Das Brüllen des Sterbenden ging durch Mark und Bein. Lederer schloss die Augen und hielt sich die Ohren zu. Diesen Todesschrei würde er sein Leben lang nicht vergessen.

Diller, soeben noch blind vor Wut über Försters Tod, kehrte binnen Sekundenbruchteilen in die Realität zurück. Er registrierte den lichterloh brennenden Panzer und ahnte, was folgen würde. „Weg hier", stieß er aus, packte Lederer an der Schulter und zog ihn hoch. Dann hasteten beide nebeneinander zurück zum Deckungsloch. Diller sprang hinein, Lederer klatschte neben ihm auf.

Wumm

Eine gewaltige Detonation wuchtete große und kleine Metallsplitter umher. Eine meterhohe schwarze Wolke schoss in den Himmel. Das Feuer hatte die im Sherman befindlichen Granaten zur Explosion gebracht. Der Knall war ohrenbetäubend. Der Stahlkoloss wurde regelrecht in mehrere Stücke gerissen. Krachend rutschte der lädierte Turm vom Chassis und blieb liegen.

Diller griff nach der geballten Ladung, bestehend aus mehreren zusammengebündelten Handgranaten. Noch hämmerten die beiden Maschinengewehre zwischen die Reihen der amerikanischen Infanteristen oder klatschten gegen die stählernen Außenwände der Shermans. Gefährlich zischten sie dann als Querschläger durch die Luft.

Das dumpfe Brummen eines heranrollenden Panzers wurde immer lauter. Die Ketten rasselten durch das Gras, die Erde begann zu zittern und beben. Die begleitenden Infanteristen hielten sich auf der von den deutschen Maschinengewehren abgewandten Fahrzeugseite auf.

Die beiden Panzerjäger pressten sich immer noch fest an die Erde des Deckungslochs. Mit jeder Garbe ihrer Maschinengewehre, stellte sich Diller die Frage, ob sie den Zeitpunkt des Absetzens verpasst hatten. Seine rechte Faust umklammerte den Stiel der Handgranatenladung. Er hob den Oberkörper an und wagte einen schnellen Blick über den Rand ihrer Erdmulde. Immer noch schwebte der unerträglich beißende Rauch der brennenden Strohballen über dem Land. Teils riss der Wind die nebulöse Wand auf, teils war sie für das Auge undurchdringbar.

Auch Lederer hob seinen Kopf über den Deckungsrand. Abermals konnte man durch den Qualm die Konturen des Panzers erkennen. Er hielt genau auf sie zu. Lederer wurde kreidebleich. „Wir müssen raus. Er rollt genau auf uns zu! Schnell! Er ist gleich da", haspelte er panisch und wollte aus dem Loch springen. Diller hielt ihn mit der linken Hand zurück. „Unten bleiben! Sie sehen uns nicht!"

Die Stimme des jungen Mannes überschlug sich. „Und wenn sie uns überrollen?"

Diller versuchte ruhig zu bleiben. „Wenn er seine Fahrtrichtung beibehält, rollt er an uns vorbei."

Das Dröhnen des Motors wurde unerträglich laut. Die Erde zitterte immer stärker. Umgeben von Rauchschwaden wälzte sich der amerikanische Panzer vorwärts.

Immer wieder hämmerten verirrte MG-Garben der beiden Maschinengewehrnester in die Seite des Sherman. Diller hatte längst begriffen, dass dies das Sperrfeuer für ihn und Lederer war. Solange die Maschinengewehre feuerten, würden die amerikanischen Soldaten auf der anderen Seite des Panzers bleiben.

Diller wurde es mulmig im Bauch. Der Fahrer des Sherman hatte die Fahrtrichtung geändert. Zum Rausspringen und sich Zurückziehen war es zu spät. Das Bug-MG würde sie unweigerlich erwischen. Lederer war kurz davor in Panik zu geraten. „Er zermalmt uns", wimmerte er und zog die Beine an, um sich abzustoßen, aus der Erdmulde zu springen und wegzulaufen.

Die Hand des Oberscharführers fuhr blitzschnell auf Lederers Schulter und drückte ihn abermals runter. „An der linken Seite des Panzers marschiert Infanterie. Wir müssen das Risiko eingehen und hier bleiben. Wenn du jetzt raus rennst, wirst du sterben! Also bleib ruhig und warte."

Das saß. Lederer kauerte sich wieder an den Rand des Deckungsloches und machte sich so klein wie möglich.

„Wenn er vorbeigefahren ist, kriechen wir raus. Ich werfe die geballte Handgranatenladung auf den Panzer und du schleuderst eine Stielhandgranate zu den Infanteristen."

Lederer nickte stumm. Schweißperlen hatten sich an seiner Stirn gebildet. Nur noch wenige Meter und der Koloss würde sie zermalmen. Das Ungetüm rollte mit unverminderter Geschwindigkeit auf sie zu. Mit zittrigen Fingern zog der junge SS-Mann eine Stielhandgranate aus dem Koppel und schraubte den Sicherungsdeckel ab. Das Maschinengewehr am Bug des Sherman feuerte immer wieder kurze Garben ab.

Dillers Puls raste. Er umklammerte den Stiel seiner Handgranatenladung so fest, dass das Weiße an den Knöcheln zu sehen war. Lederer begann leise zu beten. Das hatte er seit seinem Eintritt in die Hitlerjugend nicht mehr getan. Jetzt war es ihm ein Bedürfnis.

Der gewaltige Panzer ließ die Rauchschwaden hinter sich. Die beiden Panzerjäger waren bereit jeden Augenblick ihre Deckung zu verlassen, falls die schweren Ketten direkt über sie hinwegrollen sollten.

Mit nur etwa 30 cm Abstand schob sich der Sherman an ihrer Mulde vorbei. Etwas Erde und ein paar kleinere Steinchen wurden durch die Erschütterung über den Rand des Schützenlochs geschoben. Lederer zitterte am ganzen Körper. Er hatte noch nie so viel Angst. Der SS-Mann fühlte sich dem Feind hilflos ausgeliefert. Die Abgaswolke des vorbeirollenden Panzers vermischte sich mit dem beißenden Qualm des zerstörten und immer noch lodernden Sherman. Diller bekam kaum Luft. Auch Lederer rang nach Atem. Der Zeitpunkt war gekommen. Sie mussten handeln.

„Fertig?", fragte Diller mit krächzender Stimme.

Lederer hob als Antwort nur seine Handgranate hoch.

„Wir machen es, wie ich es vorhin gesagt habe. Ich werfe die geballte Handgranatenladung, du schleuderst gleichzeitig deine Handgranate!"

„Ich habe verstanden."

Diller schnaufte kräftig durch und musste husten. Er hatte zu viel des stechend beißenden Rauchs eingeatmet. „Gib mir drei Sekunden Vorlauf", krächzte er. Kaum ausgesprochen, schnellte er hoch und hetzte dem Sherman hinterher. Kurz darauf sprang auch Lederer auf. Er befand sich dicht hinter Diller. Beide zogen fast zeitgleich die Abreißleine ihrer Sprengkörper. Sekundenbruchteile später wirbelten die Handgranaten durch die Luft. Die Landser warfen sich auf die Erde. Dillers geballte Ladung klatschte gegen den Turm, polterte auf das Heck und kullerte zur Seite weg. Noch bevor sie auf dem Boden aufschlug, detonierte sie dicht neben der Kette. Lederers Handgranate krepierte hinter den vorrückenden Infanteristen.

Wumm Wumm

Die Explosionen lähmten den Angriff der Amerikaner. Die Kette des Sherman riss. Glieder knallten gegen den Stahl und wurden seitlich weggeschleudert. Die Laufrollen gruben sich unter der tonnenschweren Last in die Erde und pflügten den Boden regelrecht um. Nach wenigen Metern blieb der Stahlkoloss zwangsläufig stecken. Splitter und herausgerissene Kettenteile fetzten durch die Angriffsreihe der US-Soldaten, prasselten gegen Helme, schlugen oder bohrten sich in deren Brustkörbe, Rücken oder Beine. Wer konnte, warf sich zu Boden.

Unmittelbar nach den Detonationen hob Diller den Kopf, erkannte, dass der Angriff den gewünschten Erfolg gebracht hatte, stand auf und brüllte: „Lauf!"

Lederer atmete tief durch. Die letzten Minuten hatten den jungen Mann um Jahre altern lassen. Er wollte nicht zu dem Panzer hinsehen, der sich krachend und quietschend im Erdreich festgefahren hatte. Er wollte nicht wissen, was seine Handgranate angerichtet hatte. Er verschloss seine Ohren, um das Schreien der Verwundeten nicht hören zu müssen. Er wollte nur noch weg von hier, wollte verschwinden, wollte nach Hause. Er fühlte sich leer und verloren. Der junge Soldat hatte den Krieg binnen weniger Stunden kennen und hassen gelernt. Er spürte ein Rumoren in seinem Magen. Fühlte, wie sich sein Körper auflehnte und er gab dem Druck nach. Lederer übergab sich.

Dillers Ruf vermischte sich mit den Schmerzschreien der Verwundeten, dennoch zog er Lederer aus dessen einsetzender Lethargie. Dieser wischte sich mit dem Ärmel über den Mund, schnellte hoch und folgte dem Oberscharführer, der bereits in Richtung des letzten noch nicht brennenden Strohballen hetzte.

Der junge Sturmmann lief so schnell er nur konnte. Seine Knobelbecher fühlten sich schwer wie Blei an, trotzdem holte er auf. Der

Abstand zu seinem Zugführer verringerte sich zusehends und schließlich lief er keuchend an Diller vorbei. Die Lunge schmerzte, der Hustenreiz war mit jedem Atemzug vorhanden. Der beißende Qualm hatte sich wie ein grauer Schleier fast über das gesamte Gelände verteilt. Nur wenige Flecken blieben noch verschont.

Dicht hinter dem Strohballen befand sich ein weiteres Schützenloch. Es war eng und gerade ausreichend für zwei Mann. Lederer warf sich hinein. Er verlor den Stahlhelm, griff nach ihm und setzte ihn wieder auf.

Diller plumpste neben ihn in die Erdmulde. Die Anstrengung war ihm anzusehen. Er japste förmlich nach Sauerstoff. Es krachte und donnerte überall. Der Gefechtslärm schwoll an. Der Oberscharführer fummelte umständlich sein Sturmfeuerzeug heraus. Er schnippte ein paarmal am Zündrad. Funken sprühten, als das Rad über den kleinen Feuerstein rieb. Nach dem vierten Versuch brannte der Docht. Die kleine Flamme tanzte im Wind. Diller schob sich nach oben. Er lugte über den Rand des Deckungsloches und kroch schließlich mit dem Oberkörper heraus. So konnte er mit ausgestrecktem Arm den Ballen erreichen. Er hielt die Flamme seines Feuerzeugs an das benzingetränkte Stroh. Das Feuer sprang über. Erst brannten nur ein paar Halme, dann fraß es sich schlagartig durch und im Nu loderte der ganze Ballen. Er qualmte so stark wie eine Dampflok, die mit Volldampf über Schienen durchs Land rauschte. Die Rauchwolke tanzte im Wind und wurde von diesem in Richtung der amerikanischen Soldaten getragen.

Eine Granate sauste heran und detonierte um die zwanzig Meter hinter ihnen.

Wumm

Weitere Sherman waren in Stellung gefahren und feuerten ihre Panzerkanonen ab. Donnernd und furchteinflößend surrten die Granaten durch die Luft und schlugen krachend in die Erde. Splitter, Erdreich und Steinchen wirbelten hoch und prasselten wieder runter. Granate um Granate wühlte sich in die Erde der Normandie oder fetzte in das dichte Grün der dahinter liegenden Wallhecke.

Wumm

Der Tod war allgegenwärtig. Der Angriff wurde mit voller Wucht durchgeführt. Amerikanische Infanteristen waren bereit zum Stürmen. Eines der beiden deutschen Maschinengewehre verstummte.

Diller hoffte inbrünstig, dass es sich nur um einen taktischen Stellungswechsel handelte. Die kurzen Minuten seit dem schweren Beschuss, in denen sie in ihrem Deckungsloch kauerten, kam ihnen wie eine Ewigkeit vor. Dank des brennenden und stark qualmenden Strohballens, hatte der Feind ein stark eingeschränktes Sichtfeld.

Diller, dem das schnelle Laufen immer schwerer fiel, hatte sich einigermaßen erholt. Er wusste, dass er noch einmal alles aus seinem Körper herausholen musste, um sich von hier zur Wallhecke zurückzuziehen.

Auch Lederer hatte sich von seinem leichten Schockzustand erholt. Er blickte zu seinem Nebenmann und wartete auf Dillers Kommando für den bevorstehenden Rückzug. Es würde ein Wettlauf mit dem Tod werden. „Wann?", fragte er mit einem einzigen Wort. Er schnalzte es förmlich über die Lippen.

Das zweite Maschinengewehr begann wieder zu feuern. Diller war erleichtert. Mit dem Sperrfeuer beider MGs konnte es klappen.

„Jetzt", stieß er aus.

Beide schnellten hoch, stiegen aus dem Schützenloch und begannen zu laufen. Sie bewegten sich im Zickzack. Am liebsten hätte Lederer seinen Karabiner weggeworfen, um schneller laufen zu können, doch ohne ihn fühlte sich der Sturmmann schutzlos. Also umklammerte er das Gewehr.

Die amerikanischen Soldaten rückten vor. Panzergranaten wuchteten in die Erde. Beide deutschen Maschinengewehre schossen Garbe um Garbe. Die Schützen hatten Todesangst. Die Granaten der Panzer schlugen immer näher bei ihren Stellungen ein. Das lMG musste noch einen Stellungswechsel durchführen. Der Gegner kam immer näher.

Dillers Beine wurden mit jedem Schritt schwerer. Zudem hatte er das Gefühl, ein Felsbrocken würde auf seinen Lungenflügeln liegen. Blanker Überlebenswille, gepaart mit Furcht trieb die beiden Landser an. Pures Adrenalin schien durch ihre Blutbahnen zu schießen. Völlig außer Atem erreichten sie die Wallhecke und wuchteten ihre Körper in deren Grün. Zweige rissen Haut und Uniformen auf. Projektile zischten über sie hinweg. Sie warfen sich zu Boden und rangen nach Luft. Ihre Brustkörbe hoben und senkten sich in rasanter Geschwindigkeit. Mit jedem Atemzug wurden sie ruhiger. Ihre Gesichter waren völlig schweißüberströmt und verschmutzt. Eine Mischung aus Pulverschmauch, Rußpartikeln von verbranntem Öl und Erde hatte sich zu einer braunschwarzen Masse vermischt, die überall klebte.

Wumm

Immer wieder krachten Panzergranaten in die Wallhecke oder detonierten kurz davor. Der Lärmpegel war enorm. Splitter schlugen ein, Schrapnelle surrten in das Blätterdach und ließen Laub regnen. Bäume krachten um, abgerissenes Geäst wirbelte umher.

Das schwere Maschinengewehr hatte abermals aufgehört zu feuern. Nachdem sich einer der Shermans auf sie eingeschossen hatte und dessen Granaten gefährlich nah einschlugen, waren auch sie gezwungen erneut die Stellung zu wechseln.

Schlosser kroch auf allen Vieren zu Diller und Lederer. „Zwei Panzer geknackt. Gratuliere", versuchte er zu loben und brüllte, um den Kampflärm zu übertönen.

Diller schenkte dem Unterscharführer nur einen kurzen Blick. „Förster ist gefallen", kam es emotionslos.

Schlosser nahm es zur Kenntnis. „Verdammt", murmelte er und lugte durch das Gebüsch. Die ersten Strohballen waren völlig niedergebrannt. Der dichte Qualm löste sich auf. „Lange können wir uns nicht halten. Die Amis beginnen mit dem Vorrücken und sie sind schnell. Wir müssen uns zurückziehen. Gegen diese Übermacht können wir uns nicht halten!"

Wumm

Die nächste Granatensalve schlug ein. Schreie waren zu hören. „Sanitäter! Hierher", rief jemand.

„Weg hier! Spätestens die nächste Salve schlägt direkt bei uns ein", zischte Diller.

Lederer hatte sich vom Lauf einigermaßen erholt. Er kroch neben Diller und Schlosser zum Rand der Wallhecke und beobachtete ebenfalls die zügig vorrückenden Amerikaner. „Wie lange müssen wir die Stellung hier halten?"

Diller schob wieder ein paar Äste zur Seite. Er erkannte die Sinnlosigkeit. „Sie würden uns binnen kürzester Zeit mit ihren Granaten ausgebombt haben. Wir gehen zurück zum Gehöft."

Herbst kam angekrochen. „Ein Funkspruch", meldete er. „Die Kompanie hat uns gerufen."

„Was gibt´s? Sag schon", bohrte Diller ungeduldig nach. In seinen Gedanken rumorte es. Er dachte an die Ostfront und die permanenten Durchhalteparolen, die in Russland immer wieder über Funk durchgegeben worden waren. Er hoffte inbrünstig, dass es sich nicht um einen ähnlich gelagerten Befehl handelte.

Als wieder eine Granate nächst der Wallhecke einschlug, hielt der Funker schützend die Arme über den Kopf. Nach dem Splitterregen haspelte er die Worte nur so heraus. „Die Verlegung des Truppenverbandsplatzes ist so gut wie abgeschlossen. Sobald er komplett verlegt hat, sollen wir uns auf die südwestlich des Gehöfts verlaufende Straße zurückziehen und dort Stellung beziehen."

„Welche Straße?"

„Die Landstraße zwischen Carentan und Périers!"

Schlosser mischte sich ein. „Sie sind stehen geblieben!"

Diller lugte wieder nach vorn. „Feuer einstellen!"

Der Befehl wurde weitergegeben und kurz darauf schwiegen die beiden Maschinengewehre.

Die Shermans hatten eine Angriffsreihe gebildet, rückten aber nicht weiter vor. Schwache Infanteriekräfte wuselten hinter den Stahlfestungen herum.

„Sie sind auf Höhe der gesprengten Panzer und bergen die Verwundeten und Toten", murmelte Diller.

„Warum rücken sie nicht weiter vor?", wollte Lederer wissen. Er war verwundert. Der Gegner hätte mit Leichtigkeit die Wallhecke einnehmen können.

Diller ließ seinen Blick über das Gelände gleiten. „Sie trauen uns nicht und denken, wir liegen hier mit starken Panzerabwehrkräften. Sie warten auf Verstärkung."

Der Beschuss hörte auf. Gespenstische Stille kehrte ein.

„Wie es aussieht, haben wir einen kleinen Zeitvorteil erreicht. Wir müssen das nutzen und uns sofort zum Gehöft absetzen. Noch länger hier in Stellung zu bleiben wäre ein Himmelfahrtskommando!"

Schlosser räusperte sich. „Was denkst du, Diller? Kommen die Panzer hier durch?"

Die Antwort war trocken und nüchtern. „An dieser Stelle schon. Die Bäume stehen weit auseinander. Das Buschwerk werden die Shermans spielend leicht niederwalzen." Er deutete nach hinten. „Die nächste Wallhecke, also die vor dem Gehöft, ist für die Panzer undurchdringbar. Wenn sie bis dorthin vorstoßen, müssen sie zwangsläufig wenden, zurückstoßen und den ganzen Grüngürtel umfahren."

„Klingt nach einem weiteren Zeitvorteil."

„Wenn wir uns im Gehöft verschanzen, halten wir die Infanterie mit dem sMG und dem lMG auf Abstand", aber sobald die Panzer wieder anrücken, sind wir auch dort auf verlorenem Posten."

Schlosser nahm die Nachricht mit einiger Hoffnung auf. „Dann müssen wir uns auch von dort im richtigen Moment zurückziehen."

Diller nickte zustimmend und kroch etwas zurück. Dann stand er auf. „Alle Mann zum Gehöft! Das lMG deckt den Rückzug ab!"

Der ursprüngliche Plan von Oberscharführer Diller ging zwar nicht auf, aber seine Angriffstaktik brachte letztendlich doch den gewünschten Erfolg. Nach den ersten schweren Verlusten, allen voran der beiden Panzer und dem kommandierenden Offizier der begleitenden Infanterie, war der amerikanische Angriff für kurze Zeit zum Stehen gekommen. Das taktisch wichtige Vorstoßen wurde, in Unwissenheit bezüglich der schwachen deutschen Kräfte, nicht ausgeführt. Das Gros der amerikanischen Einheit befand sich noch in Carentan. Weitere Kräfte waren jedoch bereits im Anmarsch.

Die Gruppe um Rottenführer Brantsch hatte keine Feindberührung. Als alle Panzerjäger das Gehöft erreicht hatten, war die Räumung des Notbehelfs-Lazarett fast abgeschlossen.

Zwei Lastwagen standen vor dem Haupthaus. Der Arzt, mit dem Diller sich bereits zuvor unterhalten hatte, kam aus dem Haus und sprach auf zwei Soldaten ein, die eine schwere Kiste trugen. Er sah den Oberscharführer, beendete seine Ansprache an die Träger und ging zu Diller. „Das sind die letzten Lastwagen. Wir haben noch technisches Gerät abgebaut und verstauen es. Die Verwundeten wurden bereits alle verlegt. In spätestens einer halben Stunde müssten wir fertig sein."

Diller zündete sich eine Zigarette an und blies den Rauch des ersten Lungenzuges seitlich am Mundwinkel aus. „Das ist gut. Beeilen Sie sich mit dem Rest. Die Amerikaner stehen direkt vor der Haustür. Sie kommen mit Panzern", mahnte er.

„Wir sind so gut wie fertig."

„Haben Sie noch Platz für unsere Verwundeten?"

Signatur Bild 101I-722-0406-09A   Archivtitel   Frankreich.- Einladen eines verwundeten Sol-
daten auf einer Trage in ein Sanitäts-LKW, im LKW Soldat der Luftwaffe, im Vordergrund Soldat
der Waffen-SS; PK KBZ Ob West
Datierung 1944   Fotograf Theobald   Quelle   Bundesarchiv

Der Untersturmführer machte eine kurze Bewegung mit dem Kopf in Richtung der Lastwagen. „Wir nehmen alle Männer mit, die wir transportieren können."

Nach den entsprechenden Vorbereitungen begannen die Panzerjäger ihre Verteidigungspositionen einzunehmen. Das Rattern des leichten Maschinengewehrs war seit kurzem zu hören. Mehrere Feuerstöße hallten bis zum Gehöft. Dann verstummte die Waffe.

„Sie kommen", rief einer der Männer, der gute Sicht auf das freiliegende Gelände hatte.

„Hans und Richard laufen wie die Hasen", kommentierte ein anderer, der mit dem Feldstecher die Gegend absuchte.

Immer noch waren die dunklen Rauchsäulen zu sehen, die über den Wracks der zerstörten Sherman-Panzer nach oben schwelten.

Der Arzt war im Haus verschwunden, kam aber nach wenigen Minuten wieder zurück. Die Ladeklappe des Opel Blitz wurde verschlossen. Metallisches Klicken war zu hören, als sie an den Seitenwänden arretiert wurde. Der andere Lastwagen, ein requirierter Renault, war bereits fahrbereit.

Die Fahrer starteten die Motoren. Der Arzt öffnete die Beifahrertür des vorderen Lastwagens, stellte seine Tasche hinein und wandte sich noch einmal um. Er suchte Diller. Beide sahen sich an. Der Arzt salutierte. „Wir haben für Sie einige Mullbinden, Sepsotinktur und heißen Kaffee hier gelassen. Alles steht in der Küche. Das ist das erste Zimmer rechts im Erdgeschoss." Er machte eine kurze Pause. Dann schob er ein ehrlich gemeintes: „Danke", hinterher.

Der Oberscharführer schnippte seine Zigarettenkippe zur Seite weg. „Gute Fahrt!"

Das Warten auf den Feind begann. Während die Männer ihre Stellungen einnahmen, bauten die Nachrichter eine kleine Funkstation in der Wohnstube des Hauses auf. Diller inspizierte alle Räume. Nachdem er das Haus zügig durchgegangen war, begab er sich in die Küche. Schlosser folgte ihm. Wie beschrieben, standen zwei Kannen mit frisch aufgebrühten Kaffee neben dem Herd. Nicht erwähnt hatte der Arzt, der den Rang eines Untersturmführers des Sanitätsdienstes hatte, dass sie zu den angeführten Dingen zusätzlich eine Verpflegungskiste der amerikanischen Fallschirmjäger zurückgelassen hatten. Diller ging zum Fenster. Die Scheiben waren komplett herausgebrochen. Er sah einen jungen Soldaten, der gerade dabei war sich eine Zigarette anzuzünden und rief ihm zu: „Komm her! Rauchen kannst du später. Hier sind zwei Kannen Kaffee, hol sie ab und verteile sie an die Männer!"

Der junge SS-Mann schob die Zigarettenpackung wieder ein und lief los.

Diller ging zurück zu den bereitgestellten Kannen. Er holte aus einem Küchenschrank zwei Tassen und schenkte sie voll. Milch und Zucker suchte er vergebens. „Ein Schluck Cognac wäre jetzt auch nicht schlecht", meinte er beiläufig und sprach mehr mit sich selbst als mit Schlosser. „Aber das wäre Luxus. Wir können froh sein, dass wir Kaffee haben", lachte er, hob die Tasse an die Lippen und nahm den ersten Schluck.

Schlosser griff nach der anderen Tasse.

Der Kaffee schmeckte Diller auch ohne Zucker und Cognac. Er war heiß und stark. Das Aroma war rau. So rau wie das Land.

Schnelle Stiefelschritte waren zu hören. Der gerufene SS-Mann kam herein. Diller deutete zum Herd, auf dem die Kaffeekannen standen. „Nimm sie mit und verteile den Kaffee."

„Beide Kannen?", fragte der junge Grenadier.

Der Zugführer bejahte, woraufhin der Soldat die Kannen mit dem noch dampfenden Kaffee nahm und vorsichtig nach draußen trug.

Diller griff erneut zur Tasse und nahm einen zweiten Schluck. Als nächstes zog er seine Zigaretten und das Sturmfeuerzeug aus der Brusttasche. Mit tausendfach geübten Griffen zündete er sich eine Gauloises an. Er betrachtete die verpackten Mullbinden und las die Aufschrift laut vor. „Im Dampfe keimfrei gemacht, bei 120 Grad. Aubry AG München, 1940." Er nahm ein Päckchen heraus und drehte es um. „Sie haben sogar eine Gebrauchsanweisung aufgedruckt. Gummihülle abreißen, Papier entfernen, gefärbten Verbandstoff und Wunde nicht mit den Fingern berühren."

Schlosser hörte zu, sagte aber nichts.

Als nächstes stieß der Zugführer mit einer Stiefelspitze vorsichtig gegen die Versorgungskiste. „Unser Abendessen ist gesichert. Fragt sich nur, was da so alles drin ist?"

Diesmal reagierte Schlosser prompt und meinte: „Wenn ich alles richtig übersetze, sind dort lauter Leckereinen eingepackt. Biskuits, Büchsenfleisch und Bohnen in Tomatensoße." Als er sein Messer zog und es zum Öffnen der Kiste ansetzen wollte, platzte Herbst herein. Der Nachrichter war aufgeregt. „Der Rückzugsbefehl ist da!"

Erstaunte Gesichter. „Unserer?", fragte Diller sofort.

„Nein! Unsere Kameraden geben Carentan auf. Sie kommen nicht gegen die feindliche Panzerübermacht an, heißt es. Der Gegner ist zu stark."

Motorenlärm schwoll an. Diller ging sofort zum Fenster. Es hatte angefangen leicht zu regnen. Er lauschte und blickte in den Himmel. „Den tief hängenden Regenwolken haben wir es zu verdanken, dass die Flugzeuge der Alliierten auf dem Boden bleiben. Sonst hätten sie uns längst angegriffen und hier rausgebombt."

„Unsere Luftwaffe ..."

Dillers Blick ließ Schlosser den Satz nicht beenden. Der Oberscharführer schnippte die Zigarettenkippe aus dem Fenster, trank den Kaffee aus und murmelte: „Unsere Luftwaffe existiert nicht mehr!" Dann verließ er den Raum.

Schlosser zurrte seinen Stahlhelm fest und folgte ihm. „Verdammt, ich wollte Biskuits essen."

Das Vorrücken der amerikanischen Einheiten verlief exakt wie Oberscharführer Diller es vorher gesagt hatte. Schwache Infanteriekräfte sickerten durch die vorderste Wallhecke. Dann durchbrachen die schweren Sherman-Panzer den Grüngürtel an dessen Schwachstelle. Sie formierten sich und rollten auf die von den Panzerjägern besetzte zweite Wallhecke zu. Die beiden deutschen Maschinengewehre nahmen das Feuer auf. Immer wieder jagten sie ihre Salven in die Reihen der amerikanischen Infanterie und wechselten blitzschnell ihre Positionen, bevor sie von den Kanonieren der Panzer anvisiert und effektiv bekämpft werden konnten. Mündungsfeuer schoss aus den Rohren der Panzer.

Wumm ... Wumm

Erste Granaten krachten in die Wallhecke oder krepierten davor. Der Angriff war mit Einsetzen des deutschen MG-Feuers zwar kurz ins Stocken geraten, wurde dann aber mit voller Wucht fortgeführt.

Mit dem Anrollen der Panzer und dem Vorgehen der Infanterie war der Moment des schnellen Rückzugs zur nächsten und letzten

Verteidigungslinie, dem Gehöft, gekommen. Die Aufgabe der Maschinengewehrschützen war erfüllt. Sie sollten Unsicherheit in den Angriff des Gegners bringen, um diesen zu verlangsamen.

Wumm ... Wumm

Immer wieder fetzten Panzergranaten in die Wallhecke. Krachend stürzte einer der mittelgroßen Bäume, nach einem Volltreffer in den Stamm, um. Erste GIs stürmten ins Grün. Eine kleine Detonation, gefolgt von schmerzerfüllten Schreien, sorgte nochmals für Verwirrung. Einer der US-Soldaten war in eine Sprengfalle gelaufen, deren Splitter ihn tötete und zwei weitere Männer verletzten.

Während die Panzerfahrer feststellten, dass sie vor einem unüberwindbaren Hindernis standen und dieses weiträumig umfahren mussten, strömte die Infanterie durch das Dickicht. Als die ersten GIs die Wallhecke an der gegenüberliegenden Seite verließen, wurde seitens der Panzerjäger wieder das Feuer eröffnet. Sofort zog sich der Feind in die Wallhecke zurück und wagte ohne Panzerunterstützung keinen Frontalangriff.

„Gut gemacht, Männer", lobte Diller. „Wir haben etwas Zeit zum Verschnaufen gewonnen."

Ein Wagen preschte auf das Gehöft zu. Schlosser spähte durch ein Fernglas. „Ein Steyr."

„Das ist Radolz", entfuhr es Lederer. „Er kommt zu uns zurück. Das ist Prima, dann können wir uns nachher schneller zurückziehen."

„Warum kommt nur er? Wo sind die Lastwagen? In den Steyr passen nicht alle Männer", bemerkte der Unterscharführer.

Diller kam hinzu. „Er dürfte gar nicht hier sein. Das muss jedem von euch einleuchten. Wenn wir uns zurückziehen, dann zu Fuß, denn die Straße wird garantiert unter schwerem Beschuss liegen."

Lederer wurde es mulmig zumute. Sein Adamsapfel wanderte hoch und runter. „Wie ... wie lange müssen wir die Stellung eigentlich halten? Ich meine, das Lazarett wurde ja bereits verlegt."

Die Frage wurde nicht beantwortet, da der Steyr mit extrem hoher Geschwindigkeit in den Hof des Anwesens fuhr und auf den Pulk der herumstehenden Soldaten zupreschte. Alle Augen ruhten auf dem Militärwagen. Einige der Männer gingen vorsichtshalber ein paar Schritte zur Seite. Nach einer Vollbremsung kam der Steyr vor der Gruppe zum Stehen. Radolz riss die Fahrertür auf und sprang raus.

„Sie sind da! Ich habe auf der Straße einen Jeep gesehen. Das ist garantiert der Aufklärer für die Panzer. Der Kerl ist ziemlich nah an das Gehöft ran gefahren. Als er mich kommen sah, hat er gedreht und ist abgehauen", sprudelte es über seine Lippen.

Dillers Blick wurde kalt. Er wirkte müde und abgekämpft. Die emotionale Einsamkeit, die er seit Russland mitschleppte, breitete sich immer weiter aus. Der Krieg, dem er entrinnen wollte, hatte ihn wieder gepackt. Mit eiserner Klaue hielt er ihn fest. Es war, als wolle dieser Moloch nicht eher ruhen, bis er ihn aufgefressen hatte. Der Oberscharführer atmete einmal kräftig durch, dann erteilte er neue Anweisungen. „Radolz, du holst Krowzik und nimmst auch die anderen beiden Leichtverwundeten mit. Dann folgst du den Sanitäts-Lastwagen. Sie müssten dir entgegen gefahren sein. Ist das klar?"

„Die Lastwagen habe ich gesehen, aber ..."

„Kein aber! Du sollst Befehle ausführen", fuhr Diller dazwischen.

„In Ordnung."

Der Oberscharführer wendete sich Schlosser zu. „Du übernimmst mit den beiden Maschinengewehren die Seite zur Wallhecke, ich kümmere mich um die Straße."

„Allein?"

„Nein! Brantsch wird mit seinen Männern zusätzlich hier in Stellung gehen."

Der Regen nahm etwas zu. Wasser tropfte von Dillers Stahlhelm auf seine Nasenspitze. Er wischte es weg und fummelte umständlich die Packung Zigaretten heraus. Es war nur noch eine Zigarette darin. „Das auch noch", raunte er und steckte sich die Gauloises in den Mund. Er zerknüllte die leere Packung und warf sie achtlos weg. Kurz darauf wurde die Flamme des Sturmfeuerzeugs an die Zigarette gehalten. Mit dem ersten Zug glühte das Ende hell auf. Diller sog den Rauch tief ein und pustete ihn langsam aus. Er unterdrückte ein Husten, spürte einen leichten Schmerz in der Brust. Er wusste, dass das viele Rauchen ihm gesundheitlich nicht gut tat, aber er ignorierte es. „Ich brauche die Panzerfaust, ein paar Handgranaten und entweder eine T-Mine oder einen Sprengquader."

„Was hast du vor?", hakte Schlosser nach.

Der Zugführer ging nicht auf die Frage ein, sondern gab weitere Anweisungen. „Wir haben keine Zeit zu verlieren. In spätestens zehn

Minuten werden sie hier sein. So ein Sherman bringt es auf bis zu 40 Kilometer in der Stunde. Wagenfels soll sich mit dem sMG mittig postieren, das leichte Maschinengewehr übernimmt die äußere Flanke. Nehmt sie in die Zange." Während er sprach, gestikulierte der Oberscharführer mit den Händen und deutete in die jeweilige Richtung. Die meisten der Männer befanden sich allerdings bereits an den zugewiesenen Positionen.

Krowzik und die beiden anderen Leichtverwundeten humpelten zum Steyr. Krowzik schimpfte laut. „Wir werden nicht wegfahren! Mit einem lahmen Bein kann man immer noch schießen."

Er baute sich vor Diller auf. Unsicherheit war in seinen Augen zu erkennen. Der Oberscharführer änderte seine Stimmlage und es klang beinahe väterlich, als er sagte: „Ihr drei steigt in den Steyr und Radolz bringt euch zum Lazarett. Tot nützt ihr uns nichts. Ihr könnt weder normal gehen noch ordentlich laufen. Wenn wir uns zurückziehen, muss das schnell gehen. Mit euch schaffen wir es nicht. Verstehst du?"

Der junge Soldat runzelte ungläubig die Stirn. Es ratterte in seinem Kopf. Er wollte seine Kameraden nicht allein lassen. Er kannte es nicht anders. Es fing in der Hitlerjugend an und endete auf den Manöverfeldern in Frankreich.

Einer für alle, alle für einen, wir sind die Elite. Wir stehen zusammen oder gehen zusammen unter.

Das war stets ihr Motto. Ihre Ehre hieß Treue. Sie schworen es. Schworen es einem System, dass sie zu dem gemacht hatte, was sie jetzt waren. Blinde Befehlsempfänger, die den Glauben hatten, für etwas Gutes zu kämpfen. Man hatte sie seit ihrer Kindheit mit der Nazi-Ideologie infiltriert, damit sie so werden, wie sie jetzt sind. Krowzik blickte sich um.

Diller deutete auf den Steyr. „Das ist ein Befehl!"

Der junge Soldat nahm Haltung an. „Verstanden!"

„Wie sieht es mit Munition aus?", wollte Schlosser wissen.

„Ich habe noch etwas im Wagen", fuhr Radolz dazwischen. „Ein paar Kisten konnte ich hinten beim Tross abstauben, dazu zwei Packkästen mit Nebelhandgranaten und einen mit Handgranaten, und weil ich nicht blind bin, habe ich beim Waffenmeister einen Panzerschreck entdeckt. Leider hatte er nur eine Rakete dazu. Er wollte sie nicht rausrücken, aber als ich sagte, sie ist für Diller, hat er sie mir gegeben."

Diller nickte anerkennend. „Sehr gut gemacht. Den Panzer-schreck brauche ich." Er wendete sich Krowzik zu. „Helft beim Aus-laden mit so gut es geht. Das ist eure letzte Handlung. Nachdem ihr die Munition abgeladen habt, steigt ihr ein und haut ab." Er wendete sich wieder dem Fahrer zu. „Radolz, du wirst fahren wie ein Henker."

„Das tut er sowieso immer", versuchte Lederer scherzhaft anzu-bringen, erreichte aber nur ein leichtes Schmunzeln seiner Kameraden.

Der Steyr war keine Minute zu spät abgefahren. Kaum befand er sich außer Sichtweite, eröffneten die amerikanischen Soldaten das Ge-fecht. Maschinengewehre schossen Sperrfeuer, während US-Infante-risten in drei kurz aufeinander folgenden Wellen aus der Wallhecke stürmten. Im Laufschritt rannten sie auf das Gehöft zu.

Die Besatzung am schweren Maschinengewehr war feuerbereit. Wagenfels hatte die vorderste Reihe mit der Zieloptik erfasst. Das amerikanische Sperrfeuer konzentrierte sich auf das Zentrum des An-griffs, weshalb er in aller Ruhe zielen konnte.

„Schieß doch endlich", zischte der Schütze III und starrte auf die GIs.

„Gleich", flüsterte Wagenfels. „Bleibt ruhig! Lasst sie noch ein kleines Stück näher kommen", sagte er mit scheinbar eisernen Nerven.

Der Schütze I am leichten Maschinengewehr war nicht so ner-venstark. Er presste den Schaft des MG 42 gegen die Schulter, visierte den Gegner an und zog den Abzug durch. Er gab immer wieder kurze Feuerstöße ab und zwang den Feind in Deckung.

Rrrrt ... rrrt

„Verdammt", schimpfte Wagenfels. „Er hätte noch ein wenig warten sollen."

Kaum ausgesprochen, drückte er mit dem Daumen auf die Gleit-schiene, dann jagte er die erste Salve hinaus.

Rrrrt

Der erste Gurt war schnell verschossen. Wagenfels lag genau im Ziel. Die Wirkung war verheerend. Bereits die erste Garbe hieb ein breites Loch in die amerikanische Angriffsreihe. Blut spritzte, Männer fielen zu Boden, andere warfen sich in Deckung. Hintermänner stol-perten über verwundete oder tote Kameraden. Der Angriff stockte. Wieder war ein Gurt leergeschossen. Erste Projektile pfiffen knapp

146

über die Köpfe der MG-Mannschaft. Ihre Stellung war entdeckt und sie standen unter Beschuss.

Schlosser hetzte geduckt zu Brantsch. „Wo ist Diller? Das ist Wahnsinn, wir werden entweder mit der nächsten Welle überrannt, oder wir ziehen uns zurück."

Der Rottenführer machte eine leichte Kopfbewegung nach rechts. „Diller ist dort draußen."

Schlosser war verdutzt. „Wo?"

Brantsch deutete zur Straße. „Er hatte ein Tarnnetz dabei und befahl uns, den ersten Panzer hochzunehmen, der in Reichweite kommt. Danach sollen wir uns zurückziehen."

Schlosser holte sein Fernglas hervor, hob es an die Augen und suchte das Gelände ab. Er konnte Diller nicht finden, sah stattdessen die Abgaswolken der amerikanischen Panzer. Drei Sherman rollten heran. Infanteristen in Zugstärke begleiteten sie. Der Unterscharführer wollte das Fernglas gerade absetzen, als Diller hochsprang. Er warf im Hochschnellen eine Nebelhandgranate und noch während sie durch die Luft wirbelte, schulterte er den Panzerschreck und visierte den vordersten Sherman an.

„Der alte Haudegen hat sich unter dem Tarnnetz verborgen", murmelte Schlosser. „Ist er wahnsinnig?", schob er entsetzt nach.

Die Nebelhandgranate war explodiert und die Nebelmasse verteilte sich schnell. Schüsse fielen. Diller drückte ab. Kaum hatte die Rakete das Mündungsrohr verlassen, warf der Russlandveteran die Raketenbüchse 24 zur Seite und schleuderte zwei Handgranaten durch die Luft. Die abgeschossene Rakete zischte gegen die Front des Panzers und detonierte mit lautem Knall.

Wumm

Feuerzungen und dunkler Rauch schossen in den Himmel. Einige Männer der begleitenden Infanteristen warfen sich in Deckung, andere begannen auf Diller zu feuern. Der Deutsche war zwischenzeitlich von Nebelschwaden umgeben und nicht mehr zu sehen. Die beiden Handgranaten detonierten.

Wumm Wumm

Eine weitere Nebelgranate wirbelte durch die Luft, und die neue Nebelwand verwob sich mit der sich auflösenden. Diller musste für die GIs wie ein Phantom gewirkt haben.

Die Bug-Maschinengewehre der anderen Shermans feuerten. Panisch gebrüllte Wortfetzen in englischer Sprache waren zu hören.

Schlosser kommentierte alles, was er sah: „Diller kämpft wie wir es anfangs in Russland getan haben. Da konnten wir noch nah an die Panzer rankommen, um sie zu knacken. Der Iwan hat erst später im Krieg darauf reagiert und die Begleitinfanterie im Abstand von 100 bis 200 Metern marschieren lassen. Ab diesem Zeitpunkt war es vorbei mit Panzernahbekämpfung. Der Ami kennt diese Taktiken noch nicht."

Brantsch hörte gebannt zu und starrte nach vorn.

Nach einem blitzschnellen Rohrwechsel begann Wagenfels wieder zu feuern. Der Gurt schnurrte durch wie geschmiert. Patrone nach Patrone wurde eingeführt und abgefeuert. Der Hülsenberg neben dem sMG wuchs stetig an. Wieder glitt ein Gurt über die Hände des Schützen 2. „Munition", brüllte er seinem Hintermann zu.

Wie aus dem Nichts tauchte Diller plötzlich und unerwartet in dem sich wieder auflösenden Nebel auf. Er stand direkt vor dem zweiten Sherman. Er warf wiederum eine Handgranate auf die Infanteristen, die sich nach den ersten Detonationen erneut erhoben, beziehungsweise hinter dem Panzer hervorkamen. Etwas Hartes knallte gegen seine linke Schulter. Diller wuchtete mit der rechten Hand eine T-Mine auf den direkt vor ihm befindlichen Sherman und warf sich auf die Erde. Stechender Schmerz war zu spüren. Über Brust und Oberarm rann warmes Blut.

Wumm

Die Explosion war ohrenbetäubend. Wieder stieg dunkler Qualm nach oben. Es wurde abermals auf Diller geschossen. Diesmal konnte er dem Kugelregen nicht entkommen. Der Körper des Oberscharführers zuckte mehrfach zusammen.

Die Mannschaft des Panzers bootete aus. Zwei Luken öffneten sich. Aus jeder kroch ein Panzersoldat heraus.

Schlosser starrte gebannt auf die Szene, die sich vor seinen Augen abspielte und berichtete unentwegt darüber. Brantsch, der aufgrund der Entfernung alles nur schemenhaft erkannte, hörte aufmerksam zu.

„Diller ist vor den Sherman gelaufen und hat die T-Mine drauf geworfen. Er hat ihn geknackt, obwohl Infanterie unmittelbar beim Panzer ist. Das ist ein echtes Himmelfahrtskommando!"

„Dieser Idiot!"

Schockiert sprach Schlosser weiter. „Er ist getroffen, verdammt noch mal. Er geht in die Knie. Wir müssen einen Gegenangriff starten, um ihn rauszuholen."

Der nächste Blick ließ das Blut in den Adern des Unterscharführers gefrieren. Sie sind unmittelbar bei ihm. Er hockt am Boden", Schlosser stockte. Die nächsten Worte sprach er voller Panik aus. „Sie laufen weg! Nein! Nicht!"

Wumm

Schweigen.

Brantsch wollte wissen, was passiert war. „Jetzt sag schon. Was ist dort los?"

Schlossers Stimme klang rau. Er sprach leise. „Diller hat eine Handgranate in seiner Hand gezündet. Er ist gefallen."

Das Fernglas wurde herunter genommen. Schlosser wusste nicht, was er sagen sollte. Er rang nach den richtigen Worten. „Ich glaube, dass er sich für uns geopfert hat."

Das hässliche Geräusch von brechendem Stahl war zu hören, als die Munition im brennenden Sherman explodierte.

Der letzte der drei Panzer umfuhr die beiden Wracks und blieb plötzlich stehen. Er gab zwei Schüsse aus seiner Kanone ab, die beide gegen die Mauern des Gehöfts krachten.

„Sie ziehen sich zurück", rief Wagenfels.

„Sie ziehen sich zurück", wurde von einem zweiten Landser wiederholt.

Der noch funktionstüchtige Sherman setzte nach der zweiten Schussabgabe zurück.

Schlosser beobachtete die Szene. „Das sieht wirklich nach Rückzug aus. Wir sollten die Zeit nutzen. Es wird nicht lange dauern, dann kommen sie wieder. Ich schätze, sie warten auf weitere Unterstützung."

Ein Soldat kam angelaufen. „Sie haben sich auf unserer Seite bis zur Wallhecke zurückgezogen."

Schlosser traf eine Entscheidung. „Dillers Tod soll nicht umsonst gewesen sein. Unser Zugführer hat sich geopfert, um uns Zeit für einen geordneten Rückzug zu verschaffen."

Lederer wurde von einem kalten Schauer erfasst. Der Mann, der ihm in so kurzer Zeit so viel beigebracht hatte, war tot. „Wir haben ihm viel zu verdanken. Warum hat er das nur gemacht?"

Brantsch antwortete unverblümt. „Diller hat die Sinnlosigkeit des Krieges erkannt, Kameraden. Er hat uns ein letztes Mal gerettet. Ich glaube, er wollte sterben."

„Brantsch, meinst du wirklich?"

„Zumindest war es ihm egal. Er setzte unsere Leben über sein eigenes. Das macht ihn zum Helden. So werden wir es für einen Nachruf weitergeben."

„Er ist jetzt wieder mit seiner Frau zusammen", flüsterte Lederer.

Unterscharführer Schlosser war der gleichen Meinung. „Wenn er die Panzer nicht aufgehalten hätte, säßen wir in der Falle."

„Er hat ein anständiges Grab verdient! Ich möchte nicht, dass ihn die Amis nachher in ein Massengrab werfen", sagte Schlosser.

„Ich hole ihn", bot sich Lederer an.

„Warte noch. Die Amerikaner bergen gerade ihre Verwundeten. Wir holen den Leichnam, sobald es dämmert. Dann setzen wir Oberscharführer Diller hinter dem Bauernhof bei."

„Einverstanden."

Die Lage blieb die nächsten Stunden ruhig. Wie vermutet, wartete die amerikanische Truppenspitze auf Verstärkung aus Carentan. Nachdem es dunkel geworden war, wurden die sterblichen Überreste von Diller geborgen. Er und zwei weitere Gefallene wurden in zuvor ausgehobenen Gräbern beigesetzt. Zwei zusammengenagelte Bretter bildeten ein Kreuz. Der Stahlhelm war über die Längslatte gestülpt. Mit dem Bajonett hatte Lederer Dienstgrad und Nachnamen seines Zugführers ins Holz geritzt. „Oscha Diller". Darunter stand das Todesdatum „13.6.44".

Eine Stunde später gab Unterscharführer Schlosser den Befehl zum Absetzen. Die Angehörigen der *Götz von Berlichingen* zogen sich ohne weitere Feindberührung zurück.

Sie erreichten ihre neue Verteidigungslinie gegen zwei Uhr morgens. Carentan und das Gebiet um die französische Stadt in der Normandie waren für Diller und viele weitere Soldaten zur Todesfalle geworden.

Carentan war nicht zu halten und musste dem Gegner endgültig überlassen werden. Rommels Ziel, die Truppenvereinigung zweier Landeabschnitte zu verhindern, wurde nicht erreicht.

Ostendorff war außer sich vor Wut. Er zitierte Major von der Heydte vor dem Stab der 17. SS-Panzergrenadier-Division. Der Kommandeur der *Götz von Berlichingen* bezichtigte den Fallschirmjäger der Feigheit. Dieser argumentierte genau konträr. Er klagte sowohl über eine mangelnde Kampfmoral bei diversen Einheiten der 17. SS-Panzergrenadier-Division als auch über die schlechte Ausrüstung der Truppe.

Ein Militärrichter entschied für Major von der Heydte. Dieser hatte bislang einen tadellosen Ruf, stand zudem zur Beförderung an und sollte mit dem Eichenlaub zum Ritterkreuz ausgezeichnet werden.

Während der Stabschef des 7. AK, Generalmajor Pemsel, nicht an von der Heydtes Darstellung glaubte, stand General Meindl, der OB des II. Fallschirmjäger-Korps, hinter ihm. Er ordnete dessen sofortige Freilassung an.

Ostendorff wurde am 16. Juni 1944 mittelschwer verwundet. Er kehrte erst Ende Oktober 1944 wieder zur Truppe zurück.

Major von der Heydte wurde am 1. Juli 1944 zum Oberstleutnant befördert. Am 30. September zeichnete man ihn als 617. Soldaten mit dem Eichenlaub zum Ritterkreuz aus. Er blieb in Amt und Würden.

Im Dezember 1944 geriet Oberstleutnant von der Heydte im Verlauf des *Unternehmens Stößer* in amerikanische Kriegsgefangenschaft.

Die Landser der 17. SS-Panzergrenadier-Division Götz von Berlichingen hatten den Krieg von seiner grausamsten Seite kennengelernt.

In den folgenden Tagen und Wochen sollte das Sterben in der Normandie weitergehen. Bereits im August 1944 war die vormals gut aufgestellte Division zur Größe einer Kampfgruppe dezimiert. Sie wurde im September zwecks Auffrischung aus der Front genommen.

Sturmmann Lederer überlebte als einziger von Dillers zusammengestellter Panzervernichtungs-Gruppe den Krieg.

Ende

Glossar zum Roman:

Arko	Artilleriekommandeur
Geballte Ladung *(originär)*	vorgefertigtes Sprengmittel in Quaderform, Maße: 7,6 x 16,4 x 19,5 cm, Gewicht mit Tragering: 3 kg Sprengstoff
geballte Ladung *(mehrere Handgranatensprengköpfe werden um eine Stielhandgranate gebunden)*	Notbehelf zum Sprengen von Hindernissen, Unterständen oder zur Abwehr von Panzerfahrzeugen *(letzteres i.d.R. zum Absprengen von Ketten oder beim Angriff auf unbewegliche Fahrzeuge)*
HKL	Abk. für Hauptkampflinie
Me Bf 109 *(Messerschmitt)*	einsitziges deutsches Jagdflugzeug. Standardjäger der Luftwaffe. Gebaute Stückzahl: ca. 33.300 Stück
MP 40 *auch „Schmeisser" genannt, da der Name des Waffen-Konstrukteurs auf den Magazinen angebracht war.*	Maschinenpistole 40, Nachfolger der MP 38, Standardmaschinenpistole der deutschen Wehrmacht und Waffen-SS, Stangenmagazin, 32 Schuss, 9 mm Parabellum
Muckefuck	ugs. für Kaffee-Ersatz *(Getreidekaffee, Zichorienkaffee oder Malzkaffee)* bzw. für dünnen, gestreckten Kaffee
Pervitin	Aufputschmittel – Hersteller: *Temmler (1938 – 1988)*, Pervitin unterdrückt Müdigkeit, Hungergefühl, Schmerz und Angstgefühle.

	Nebenwirkung: Psychosen, Persönlichkeitsstörungen, Suchtgefahr. Anfangs oft in der Wehrmacht als Wundermittel an die Soldaten ausgegeben, wurde nach Bekanntwerden der Nebenwirkungen die Verteilung stark reduziert. Spitznamen: *Panzerschokolade, Stuka-Tabletten*
OKW	Oberkommando der Wehrmacht
K 98	Mauser Modell 98, deutsches Repetiergewehr, Kaliber 7,92 x 57 mm, 8 x 57 IS, Magazinfüllung 5 Patronen mit Ladestreifen. Das Gewehr gab es auch in einer Version für Scharfschützen, Standardwaffe der Wehrmacht und Waffen-SS.
Scho-ka-kola	koffeinhaltige, runde Schokolade, die in einer Blechdose verpackt war.
Sanka	Abk. für Sanitäts-Kraftwagen
TVPl	Truppenverbandsplatz
UvD	Abk. für: Oberjäger vom Dienst *(i.d.R. ein Sonderdienst zur Überwachung des Innendienstes, der UvD folgte den Anweisungen des Kompaniefeldwebels (Spieß) und sorgte nach Dienstende für die Einhaltung der soldatischen Ordnung. U.a. oblag das Wecken, er überwachte die*

	Durchführung der Reinigungs-dienste sowie die Einhaltung der Nachtruhe)
WuG	Waffen- und Geräte-Oberjäger, *i.d.R. Angehöriger des Ge-fechtstrosses*
z.b.V.	militärische Abkürzung für: zur besonderen Verwendung

Aus dem allgemeinen Landser-Jargon:

Acht-Acht	deutsche Flugabwehrkanone (FlaK), Kaliber 88 mm, die auch für Bodenziele eingesetzt werden konnte
Alter	Spitzname für: Vorgesetzter (meist Kompanie-, Bataillons-, oder Divisionsführer)
Barras	Barras wird in der Soldatensprache ‚*das Militär*' bezeichnet. Zum Barras müssen heißt, eingezogen zu werden (Wehrpflicht). Das Wort geht vermutlich auf den französischen Staatsmann *Vicomte de Barras (1755-1829)* zurück. Er war einer der Verantwortlichen, als Frankreich die Wehrpflicht einführte. Der Begriff ist vor allem im Süddeutschen Raum und in Österreich gebräuchlich. Aus diesen Landstrichen stammten etliche Soldaten aus Napoleons *Grande Armée* während dessen Russlandfeldzuges.
Beutegermane	saloppe Bezeichnung der Volks-deutschen *(Menschen deutscher*

	Herkunft mit nicht-deutscher Staatsangehörigkeit)
Donnerbalken	Latrine / Feldtoilette
Gefrierfleischorden	Ost-Medaille
GI	Abkürzung für US amerikanische Soldaten *(Government Issues)*
Gulaschkanone	Feldküche
„Halsschmerzen"	jemand möchte eine Auszeichnung erhalten *(Ritterkreuz, Eisernes Kreuz u.a.)*
Hindenburglicht (benannt nach Paul von Hindenburg)	Mit Fett oder Talg gefüllte, kleine Schale, in die ein Docht gesteckt wurde. Es diente als Notbeleuchtung. Moderner Nachfolger ist das Teelicht.
Himmelfahrtskommando	besonders riskanter und gefährlicher Auftrag, dessen Ausführung mit hoher Wahrscheinlichkeit *(allerdings ungewollt)* zum Tod führt
Hitlersäge	MG 42 = leistungsstarkes deutsches Maschinengewehr
Hundemarke	Erkennungsmarke *(üblicherweise an einer Kette um den Hals getragen)*
Rollbahn	wichtige Straße/Nachschubweg z.B. zur Truppenversorgung, aber auch zum schnellen Vormarsch
Intelligenzstreifen	Biesen an den Hosen von Generalstabsangehörigen
Iwan	Spitzname für Rotarmisten *(russische Soldaten)*
KdF (Kraft durch Freude)	Nationalistische politische Organisation mit der Aufgabe, die Freizeit *(Wandern, Urlaub = Land- und Seereisen)* der deutschen Bevölkerung zu gestalten. Sitz der Gesellschaft war Berlin.

Kettenhund	Feldgendarm, erkennbar an seinem umgehängten Blechschild
Knobelbecher	genagelter Soldatenschaftstiefel
Koffer	schwere Granate
Kübel o. Kübelwagen	Leichter, geländegängiger Militär-Pkw (Volkswagen)
Küchenbulle	Koch
Landser	ugs. Bezeichnung des deutschen Soldaten *(Landsknecht = zu Fuß kämpfender Söldner 15./16. Jh.)*
Lametta	Orden/ferner auch Rangabzeichen
Latrinenparole	Gerücht
Napola	Nationalpolitische Lehranstalt = Internatsoberschule die zur Hochschulreife führte / Eliteschule zur Heranbildung von nationalsozialistischen Nachwuchsführungskräften
Spieß	Kompaniefeldwebel *(i.d.R. ein Oberfeldwebel in der Dienststellung eines Hauptfeldwebels – erkennbar an zwei angenähten Kolbenringen am Uniformärmel)*
Spiegelei	Kosename für: *Deutsches Kreuz in Gold.* Das *Deutsche Kreuz* war eine deutsche Militärauszeichnung und wurde am 28. 09.41 durch Adolf Hitler in den Abteilungen Gold und Silber gestiftet. Es hat die Gestalt eines achtzackigen Sterns aus grau getöntem Silber. Darauf befindet sich ein Lorbeerkranz aus Gold oder Silber, der ein Hakenkreuz umfasst.

	Silber: *(verliehen für: vielfach bewiesene außergewöhnliche Tapferkeitsleistungen oder vielfache hervorragende Verdienste in der Truppenführung)*
	Gold: *(verliehen für: vielfache außergewöhnliche Verdienste in der militärischen Kriegsführung)*
Stalinorgel	sowjetischer Raketenwerfer *(Eigenname in der Roten Armee: „Katjuscha")*
Strippenzieher	Nachrichtensoldat
S-Mine	Abk. für Schrapnell-Mine, Splitter-Mine oder Spring-Mine. Nach Auslösung durch Tritt oder Stolperdraht, wird der Minenkörper in etwa auf Hüft- bis Schulterhöhe hochgeschleudert und explodiert mit Splitterwirkung. Diese Waffe war so effektiv, dass sie bis heute viele Nachahmer fand.
Tante Ju	Kosename für die Junkers Ju 52, ein Flugzeugtyp der Junkers Flugzeugwerk AG, Dessau. Erfolgreichstes Modell war die dreimotorige Ausführung Junkers Ju 52/3m aus dem Jahr 1932, die aus dem einmotorigen Modell Ju 52/1m hervorging.
Tommy	Spitzname für britische Soldaten
Zwölfender	Berufssoldat *(Dienstzeit betrug mind. 12 Jahre)*

Dienstgrade der Waffen-SS im Vergleich zur Wehrmacht:

Mannschaften und Unteroffiziere

SS-Schütze *(je nach Waffengattung: SS-Kanonier, SS-Pionier, SS-Funker usw.)*	Schütze *(je nach Waffengattung: Kanonier, Pionier, Funker usw.)*
SS-Oberschütze *(je nach Waffengattung w.o.)*	Oberschütze *(je nach Waffengattung w.o.)*
SS-Sturmmann	Gefreiter
SS-Rottenführer	Obergefreiter
SS-Unterscharführer	Unteroffizier
SS-Scharführer	Unterfeldwebel
SS-Oberscharführer	Feldwebel *(Artillerie, Kavallerie: Wachtmeister)*
SS-Hauptscharführer	Oberfeldwebel *(Artillerie, Kavallerie: Oberwachtmeister)*
SS-Stabsscharführer = kein Dienstrang, sondern eine Dienststellungsbezeichnung für den Kompaniefeldwebel *(ugs. Spieß)*, auch als SS-Stabsscharführer-Diensttuer bezeichnet	Hauptfeldwebel *(Artillerie, Kavallerie, Ordnungspolizei: Hauptwachtmeister)* = kein Dienstrang, sondern eine Dienststellungsbezeichnung für den Kompaniefeldwebel *(ugs. Spieß)*, auch als Hauptfeldwebel-Diensttuer bezeichnet
SS-Sturmscharführer *(Einführung 1938)*	Stabsfeldwebel *(in der Wehrmacht 1938 als höchster Dienstrang der Unteroffiziere eingeführt)*

Offiziere

	SS-Untersturmführer	Leutnant
	SS-Obersturmführer	Oberleutnant
	SS-Hauptsturmführer	Hauptmann
	SS-Sturmbannführer	Major
rer	SS-Obersturmbannfüh-	Oberstleutnant
	SS-Standartenführer	Oberst
	SS-Oberführer	-
	SS-Brigadeführer	Generalmajor
	SS-Gruppenführer	Generalleutnant
	SS-Obergruppenführer	General
rer	SS-Oberstgruppenfüh-	Generaloberst

Es war bei offiziellen Anlässen geläufig, auf Generalsebene den Rang doppelt zu nennen: z.B. *„SS-Brigadeführer und Generalmajor der Waffen-SS"*

Offiziersanwärter

FA = Führeranwärter   OA = Offiziersanwärter

	SS-Junker FA	Fahnenjunker (Unteroffizier) OA
	SS-Oberjunker FA	Fähnrich OA
FA	SS-Standartenjunker	Fahnenjunker (Feldwebel) OA
ker FA	SS-Standartenoberjun-	Oberfähnrich OA analog hierzu auch der Unterarzt *(im Sanitätsdienst)*

160

17. SS-Panzergrenadier-Division „Götz von Berlichingen"

Die 17. SS-Panzergrenadier-Division „Götz von Berlichingen" war eine Panzergrenadier-Division der Waffen-SS im Zweiten Weltkrieg. Sie war nach dem Reichsritter Götz von Berlichingen benannt.

Aufstellung

Im Spätherbst des Jahres 1943 wurden die bisherigen SS-Panzergrenadier-Brigaden 49 und 51 und weitere Einheiten aus dem Deutschen Reich, darunter die 10. Panzer-Division, zusammengezogen. Sie bildeten in Südwestfrankreich gemeinsam die neue 17. SS-Panzergrenadier-Division „Götz von Berlichingen".

Einsatz

Im Dezember des Jahres 1943 kam sie im Zuge des Krieges gegen die Jugoslawische Volksbefreiungsarmee zusammen mit dem V. SS-Gebirgskorps auf dem Balkan zum Einsatz. Wenige Wochen später wurde sie letztlich als OKW-Reserve nach Südfrankreich abgezogen.

Da die Invasion der Alliierten in der Normandie im Juni 1944 für die deutschen Truppen überraschend kam, verlegte man die 17. SS-Panzergrenadier-Division nach Saint-Lô.

Um den vordringenden alliierten Truppen Einhalt zu gebieten, zog man die Division südlich von Carentan in die Front. Hier griff die 17. SS-Panzergrenadier-Division drei US-Divisionen an. Nach schweren Verlusten im Kampf um die Stadt Saint-Lô, die am 20. Juli 1944 durch US-Truppen befreit wurde, zog sich die Division in die Champagne und den Großraum Paris zur „Auffrischung" zurück.

Die „Auffrischungsphase" währte aber nicht lange, da Mitte September 1944 die 3. US-Armee eine Großoffensive gegen den Moselabschnitt begann. Daraufhin begab sich die Division in den Raum von Metz und besetzte die Front in der Festung Metz und nördlich davon;

diese wurde bis Mitte November 1944 gehalten. Einige Tage später startete ein erneuter Großangriff der Amerikaner, worauf sich die 17. SS-Panzergrenadier-Division bis zur Reichsgrenze zurückziehen musste.

Das „Unternehmen Nordwind" im Elsass und in Lothringen war die letzte Offensive deutscher Streitkräfte an der Westfront. Die 17. SS-Panzergrenadier-Division griff dabei am 1. Januar 1945 Wœlfling-lès-Sarreguemines, Bining und Achen am rechten Flügel der deutschen 1. Armee an, blieb aber am zweiten Tag in der Maginot-Linie hängen. Ein anschließender Rückzug folgte im Februar 1945, der sich durch Baden, Nordwürttemberg und Bayern zog, über den Raum Mannheim bis zum Odenwald.

Die Division kämpfte erfolgreich gegen die Umzingelung durch die US-Truppen. Ende März 1945 starb der Kommandeur Fritz Klingenberg durch eine amerikanische Panzergranate. Im April 1945 erreichte sie das bayerische Voralpenland. Im Tegernseer Tal war der Krieg für die 17. SS-Panzergrenadier-Division „Götz von Berlichingen" endgültig beendet.

Nach Kriegsende erwog der Vier-Sterne-General George Patton, das aufgelöste XIII. Armeekorps der Wehrmacht im Zuge der geplanten „Operation Unthinkable" dem Offizierskorps der Division "Götz von Berlichingen" zu unterstellen, um die sowjetische Armee aus Europa zu "vertreiben". Patton war so beeindruckt von der Disziplin innerhalb der Truppe, dass er sie zusammen mit den amerikanischen Einheiten kämpfen lassen wollte. Allerdings wurde der Plan niemals realisiert und General Patton wenige Monate später abgesetzt.[1]

Einsatzgebiete

Dezember 1943: Balkan
Januar 1944 bis Mai 1944: Südfrankreich
Juni 1944 bis Juli 1944: Normandie
August 1944: Champagne
September 1944 bis November 1944: Lothringen
Dezember 1944 bis Februar 1945: Saarpfalz
März bis Mai 1945: Württemberg, Franken und Alpenvorland

Kriegsverbrechen

Durch Angehörige der Division

Ebenso wie andere SS-Divisionen war auch die 17. SS-Panzer-grenadier-Division an Kriegsverbrechen aktiv beteiligt. In der Endphase des Krieges wird ihr Misshandlung von Zivilisten, die sich abwertend gegenüber Hitler geäußert hatten, und die Erschießung einiger ausländischer und deutscher Konzentrationslager-Häftlinge in Ellwangen zur Last gelegt.

Fritz Swoboda, einer ihrer Angehörigen, erzählte seinem Zellengenossen im US-amerikanischen Abhörlager für Kriegsgefangene in Fort Hunt bei Washington von einer Erschießung amerikanischer Kriegsgefangener an der Westfront im Jahr 1944, an der er selbst beteiligt war. Diesem nicht mehr genau datierbaren Kriegsverbrechen, für das „Wut" über die zuvor erfolgte Tötung eines Vorgesetzten als Grund genannt wurde, fielen offenbar neun amerikanische Soldaten zum Opfer.[2]

Auch bei anderen Vorfällen töteten Angehörige der Division nachweislich Kriegsgefangene und Zivilisten. So fanden SS-Angehörige des SS-Panzergrenadier-Regiment 37 in der Nacht vom 11. auf den 12. Juni 1944 im nordfranzösischen Graignes 20 verwundete US-Fallschirmjäger vor. Diese Angehörigen der 82nd Airborne Division, zwei Zivilistinnen sowie zwei Geistliche, die die Verwundeten versorgt hatten, wurden daraufhin getötet und das Dorf niedergebrannt.[3]

Im Juli 1944 kam es in der französischen Gemeinde Bonneuil-Matours ebenfalls zur Ermordung alliierter Soldaten und französischer Zivilisten. So sollen Angehörige der Division u. a. an der Tötung von 33 gefangenen Angehörigen des britischen Special Air Service beteiligt gewesen sein. Als Vergeltung bombardierten De Havilland DH.98 Mosquitos der Royal Air Force am 14. Juli 1944 die Stellungen der Division mit Napalm.[4]

Ein anderer Angehöriger der Division erschoss im Frühjahr 1945 in der Gemeinde Burgthann den Bürgermeister, nachdem dieser weiße Fahnen als Zeichen der Kapitulation hissen ließ. Diese Hinrichtung soll nach damals geltendem Recht (dem sogenannten Flaggenbefehl) erfolgt sein, weshalb der nachfolgende Prozess 1958 eingestellt wurde.[5][6][7][Anm 1]

Außerdem wird heute von wissenschaftlicher Seite die Meinung vertreten, das Massaker von Maillé sei durch das Feldersatz-Bataillon der 17. SS-Panzergrenadier-Division begangen worden.[8]

<u>An Angehörigen der Division</u>

Am 18. April 1945 ergab sich eine Gruppe von Divisionsange-hörigen in Nürnberg auf dem Gelände der Brauerei Lederer in amerikanische Gefangenschaft. Die Soldaten wurden zum israelitischen Friedhof in der Bärenschanzstraße geführt und dort erschossen. Der Fall ist durch mehrere Polizeiberichte dokumentiert, die von acht toten SS-Männern sprechen[9] und wird auch bei Kunze[10] und Günther[11] beschrieben. Bei beiden Autoren finden sich weitere Belege für illegitime Tötungen von Angehörigen der Division durch US-Truppen.

Am 28. April 1945 ergaben sich in Eberstetten bei Pfaffenhofen an der Ilm 15 Soldaten der Waffen-SS den Amerikanern. Die Gefangenen wurden auf Fahrzeugen zu einer Wiese am Ortsrand gefahren und dort durch Schüsse in den Rücken getötet. Die Amerikaner konfiszierten später die von Zivilisten eingesammelten Papiere der Toten, daher blieb deren Identität unbekannt. Bei einer Umbettung in den 50er Jahren wurden zwei der Toten als Angehörige der 17. SS-Panzergrenadier-Division identifiziert, daher geht man davon aus, dass alle Opfer dieser Einheit angehörten.[12][13][14]

Gliederung

- SS-Panzergrenadier-Regiment 37
- SS-Panzergrenadier-Regiment 38
- SS-Artillerie-Regiment 17
- SS-Panzer-Abteilung 17
- SS-Sturmgeschütz-Abteilung 17
- SS-Flak-Abteilung 17
- SS-Pionier-Bataillon 17
- SS-Panzer-Aufklärungs-Abteilung 17
- SS-Nachrichten-Abteilung
- Kommandeur der SS-Divisions-Nachschubtruppen 17
- SS-Sanitäts-Abteilung 17
- SS-Panzer-Instandsetzungs-Abteilung 17
- SS-Wirtschafts-Bataillon 17
- SS-Feldpostamt 17
- SS-Kriegsberichter-Zug 17
- SS-Feldgendarmerie-Kompanie 17
- SS-Feldersatz-Bataillon 17

Kommandeure

- Oktober 1943 bis Januar 1944: SS-Obersturmbannführer Otto Binge
- Januar 1944 bis 16. Juni 1944: SS-Brigadeführer und Generalmajor der Waffen-SS Werner Ostendorff
- 16.–18. Juni 1944: SS-Standartenführer Otto Binge
- 18. Juni bis 1. August 1944: SS-Oberführer Otto Baum (mit der Führung beauftragt)
- August bis 30. August 1944: SS-Standartenführer Otto Bing
- 30. August bis September 1944: SS-Oberführer Eduard Deisenhofer
- September 1944: SS-Standartenführer Thomas Müller

- September bis 21. Oktober 1944: SS-Standartenführer Gustav Mertsch
- 21. Oktober bis 15. November 1944: SS-Brigadeführer und Generalmajor der Waffen-SS Werner Ostendorff
- 15. November 1944 bis 8. Januar 1945: SS-Standartenführer Hans Lingner
- Januar 1945: Generalmajor Gerhard Lindner
- 21. Januar bis 23. März 1945: SS-Standartenführer Fritz Klingenberg
- März 1945: SS-Obersturmbannführer Vinzenz Kaiser
- 30. März bis 6. Mai 1945: SS-Oberführer Georg Bochmann

Bekannte Divisionsangehörige

Karl-Heinz Bartsch (1923–2003), war ein deutscher Agrarwissenschaftler, Hochschullehrer und Politiker der Sozialistischen Einheitspartei Deutschlands in der Deutschen Demokratischen Republik. In dieser Rolle war er stellvertretender Minister für Landwirtschaft und kurzzeitig Mitglied des Zentralkomitees (ZK) der SED und Kandidat des Politbüros.

Rolf Speckmann (1918–1995), war von 1966 bis 1971, als Mitglied der FDP, Senator für Finanzen in Bremen

Anmerkungen

Im April 1945 erließ Himmler den sogenannten Flaggenbefehl, nachdem jede männliche Person aus einem Haus, an dem eine weiße Fahne hänge, unverzüglich zu erschießen sei. Dies erlaubte es Angehörigen von Wehrmacht und SS, Zivilisten auch ohne Standgericht und in willkürlicher Selbstjustiz schlicht zu exekutieren. Siehe Elisabeth Kohlhaas: »Aus einem Haus, aus dem eine weiße Fahne erscheint, sind alle männlichen Personen zu erschießen«. Durchhalteterror und Gewalt gegen Zivilisten. In: Cord Arendes, Edgar Wolfrum, Jörg Zedler (Hrsg.): Terror nach innen: Verbrechen am Ende des Zweiten Weltkrieges (= Dachauer Symposien zur Zeitgeschichte.

Band 6). Wallstein-Verlag, Göttingen 2006, ISBN 3-8353-0046-6, S. 65 (online in der Google-Buchvorschau).

Einzelnachweise

1. Vgl. Merkur Online: Pattons wahnwitziger Plan., 24. April 2009, abgerufen am 28. Februar 2015.

2. Vgl. dazu Felix Römer: Kameraden. Die Wehrmacht von innen. Piper, München 2012, ISBN 978-3-492-05540-6, S. 407 f.

3. Jens Westemeier: Himmlers Krieger: Joachim Peiper und die Waffen-SS in Krieg und Nachkriegszeit. Verlag Ferdinand Schöningh, 2013, ISBN 3-506-77241-4, S. 304.

4. Paul McCue: SAS Operation Bulbasket: Behind the Lines in Occupied France. Pen and Sword Books Ltd, 2009, ISBN 978-1-84884-193-2, S. 104.

5. Stephen G. Fritz: Endkampf: Soldiers, Civilians, and the Death of the Third Reich. University of Kentucky Press, 2004, ISBN 978-0-8131-2325-7, S. 130–31 (eingeschränkte Vorschau in der Google-Buchsuche).

6. Verfahren Lfd.Nr.466, in: Justiz und NS-Verbrechen Band XV, C.F. Rüter, D.W. de Mildt (Memento vom 17. August 2017 im Internet Archive)

7. Bundesgerichtshof Urt. v. 22.10.1957, Az.: 1 StR 116/57 auf wolterskluwer-online.de, abgerufen am 4. Juni 2019, LG Nürnberg-Fürth vom 1.10.1958.

8. Peter Lieb: Konventioneller Krieg oder NS-Weltanschauungskrieg?: Kriegführung und Partisanenbekämpfung in

Frankreich 1943/44. Oldenbourg Wissenschaftsverlag, München 2007, ISBN 3-486-57992-4, S. 465–6 (eingeschränkte Vorschau in der Google-Buchsuche).

9. Stadtarchiv Nürnberg: C 31 Polizeipräsidium; C 31/I Kriminalpolizei, Nr. 20–22.

10. Karl Kunze: Kriegsende in Franken und der Kampf um Nürnberg. Verlag Edelmann, Nürnberg 1995, ISBN 3-87191-207-7.

11. Helmut Günther: Die Sturmflut und das Ende, Bd.3. Schild-Verlag, München 1991, ISBN 3-88014-103-7.

12. Heinrich Streidl: Stadt Pfaffenhafen a. d. Ilm – Ein Heimatbuch. 2. Auflage. W. Ludwig, Pfaffenhofen 1980, ISBN 3-7787-3149-1.

13. Reinhard Haiplik: Pfaffenhofen unterm Hakenkreuz – Stadt und Landkreis zur Zeit der nationalsozialistischen Herrschaft. 2. Auflage. Stadt Pfaffenhofen, Pfaffenhofen 2005, ISBN 3-9805521-6-0.

14. Blutige Kämpfe und Exekutionen. In: Pfaffenhofener Kurier. 29. April 2005.

Was man über die Waffen-SS unbedingt wissen sollte:

Waffen-SS war ab 1939 die Bezeichnung für die schon früher gegründeten militärischen Verbände der nationalsozialistischen Parteitruppe SS. Seit Mitte 1940 war sie organisatorisch eigenständig und unterstand dem direkten Oberbefehl des Reichsführers SS Heinrich Himmler. Ihr gehörten sowohl Kampfverbände als auch die Wachmannschaften der Konzentrationslager an.[1]

Ihre Kampfverbände wurden im Zweiten Weltkrieg dem Oberbefehl der Wehrmacht unterstellt, kämpften an der Front und wurden zur Sicherung besetzter Gebiete gegen Partisanen und potenzielle Gegner eingesetzt. Aufgrund ihrer Beteiligung am *Holocaust*, am *Porajmos* und an zahlreichen Kriegsverbrechen wurde sie 1946 vom Internationalen Militärgerichtshof in Nürnberg zur verbrecherischen Organisation erklärt.

In der Bundesrepublik Deutschland sind zudem die Verbreitung von Propagandamaterial und Verwendung von Symbolen der SS (§§ 86 und 86a StGB) strafbar.

Selbst- und Fremdwahrnehmung, Motivation

Die Waffen-SS stilisierte sich nicht nur selbst zu einer Truppe, deren Angehörige als hart und männlich, verwegen und tapfer sowie unerschütterlich treu und aufopferungsvoll bis in den Tod galten, sondern sie hatte auch den Ruf, im Krieg besonders draufgängerisch zu sein, vor allem aber rücksichtslos und brutal gegenüber Gefangenen und der Zivilbevölkerung zu sein.

Die amerikanische *Military Intelligence*, die den Auftrag der Feindaufklärung hatte, versuchte während des Zweiten Weltkriegs, durch Befragung von Kriegsgefangenen Aufschluss darüber zu erhalten, was den inneren Zusammenhalt der deutschen Streitkräfte ausmachte. Sie fanden ihre Annahme vielfach bestätigt, dass ein harter Kern von Nationalsozialisten die militärischen Einheiten ideologisch und militärisch zusammenhielt. Die Größe des harten Kerns lag bei zehn bis fünfzehn Prozent. Fallschirmjäger- und Waffen-SS-Divisionen hätten jedoch einen weit höheren Anteil überzeugter Nationalsozialisten gehabt, oft die gesamte befragte Gruppe.[12]

Kriegsverbrechen und Beteiligung am Holocaust im Osten

Von nahezu allen Einheiten der Waffen-SS, nicht nur ihren Freiwilligen- und Waffen-Divisionen, wurden in so gut wie allen gegen das Deutsche Reich kriegführenden Ländern Kriegsverbrechen unterschiedlichen Ausmaßes begangen, vor allem gegen die Zivilbevölkerung. Während solche in den westeuropäischen Ländern allerdings eher vereinzelte Ereignisse blieben, wenngleich – wie die unten folgende Auflistung zeigt – nicht selten mit hunderten Toten an einem Schauplatz, nahmen sie in den osteuropäischen Staaten, vor allem aber ab 1941 in der Sowjetunion, Ausmaße an, die alles bisher Dagewesene in den Schatten stellten.

Diese enthemmte Tötungsbereitschaft lässt sich keinesfalls nur, wie meist zu lesen ist, auf die ideologische Ausrichtung der Führungsspitze und der verantwortlichen Truppenführer reduzieren. Vielmehr belegen zahlreiche Studien, dass auch SS-Mitglieder niedrigeren militärischen Ranges häufig bereit waren, die radikalen Vorgaben und Befehle ihrer Führer nicht nur zu befolgen und zu erfüllen, sondern sie sogar noch durch entsprechende Eigeninitiativen zu übertreffen. So zeigte beispielsweise eine Studie über das Vorgehen der dem Kommandostab Reichsführer SS unterstellten drei Brigaden der Waffen-SS (1. und 2. SS-Brigade, SS-Kavalleriebrigade), die mit Beginn des Krieges gegen die UdSSR ausschließlich in den rückwärtigen Heeresgebieten zum Einsatz kamen, dass gerade diese Verbände in besonderem Maße zur Radikalisierung jener Entwicklung beitrugen, die schließlich noch im Sommer 1941 zur unterschiedslosen Tötung aller jüdischen Männer, Frauen und Kinder in den von den Deutschen besetzten Gebieten der Sowjetunion führte. Allein in den ersten sechs Monaten des Ostkrieges ermordeten die SS-Kavalleriebrigade und die 1. SS-Brigade nicht weniger als 57.000 jüdische Männer, Frauen und Kinder. Der überwiegende Teil davon entfiel auf die von Hermann Fegelein geführte SS-Kavalleriebrigade mit rund 40.000 Getöteten.[13]

Darüber hinaus wurde auch zwischen den Feldeinheiten der SS-Divisionen und den SS-Einsatzgruppen, die hinter der Front in großem Maßstab Massaker an Juden begingen, sowie den ebenfalls zur Waffen-SS zählenden Wachmannschaften der Konzentrationslager Personal ausgetauscht. Im Kiewer Vorort Babi Jar ermordeten Einsatzgruppen der Waffen-SS und der SS nach dem Einmarsch in Kiew am 29./30. September 1941 etwa 33.000 Menschen.

Massaker der Waffen-SS auf den südlichen und westlichen Kriegsschauplätzen

Während des Westfeldzuges eroberte das motorisierte SS-Infanterieregiment „Leibstandarte SS Adolf Hitler" im Mai 1940 die Ortschaft Wormhout in Nordfrankreich. Mindestens 45 gefangene britische Soldaten wurden von Angehörigen der „Leibstandarte" erschossen (→ Massaker von Wormhout)

Am 27. Mai 1940 erschossen Einheiten der SS-Totenkopf-Division 99 britische Kriegsgefangene (→ Massaker von Le Paradis).

Einen Tag nach der Landung der Alliierten in der Normandie, am 7. Juni 1944, erschossen Soldaten der SS-Panzer-Division „Hitler-Jugend" etwa hundert kanadische Kriegsgefangene und fuhren mit Panzern über deren Leichen.

Beim Massaker von Oradour am 10. Juni 1944 erschoss eine Kompanie der 2. SS-Panzer-Division „Das Reich" 642 Einwohner, darunter auch 245 Frauen und 207 Kinder, oder verbrannte sie in ihren Häusern bei lebendigem Leibe.

Beim Malmedy-Massaker am 17. Dezember 1944 erschossen Soldaten der Waffen-SS bei Malmedy etwa 70 US-Soldaten, die sich bereits ergeben hatten.

Massaker von Maillé am 25. August 1944: im westfranzösischen 500-Einwohner-Dorf Maillé ermordete ein Bataillon der Waffen-SS, das im nahe gelegenen Chatellerault stationiert war, aus Rache für Aktivitäten der Résistance 124 Menschen, unter ihnen 44 Kinder.[14]

Am 20. April 2004 begann in La Spezia, Italien, der Prozess gegen die Waffen-SS-Offiziere Gerhard Sommer, Ludwig Sonntag und Alfred Schönenberg wegen eines Massakers am 12. August 1944 in Sant'Anna di Stazzema bei Lucca in der Toskana, bei dem 560 Zivilisten ermordet wurden, darunter 142 Kinder. Im Juni 2005 wurden Sommer und neun Soldaten seiner Einheit in Abwesenheit zu lebenslanger Haft verurteilt. Die Staatsanwaltschaft Stuttgart ermittelt mit dem Ziel einer Anklage in Deutschland.

Am 8. Juli 2004 begann in La Spezia, Italien, der Prozess gegen Waffen-SS-Offizier Hermann Langer wegen eines Massakers im toskanischen Kloster Farneta bei Lucca am 2. September 1944, bei dem 60 Zivilisten ermordet wurden. Er wurde jedoch am 10. Dezember 2004 in Abwesenheit aus Mangel an Beweisen freigesprochen.

Kämpfer der Waffen-SS haben in den letzten Kriegstagen eine Vielzahl von deutschen Soldaten und Zivilisten wegen „Wehrkraftzersetzung" oder Desertion hingerichtet.

1942 wurde mit Mitteln der Waffen-SS unter dem Dach der Forschungsgemeinschaft Deutsches Ahnenerbe e. V. das Institut für wehrwissenschaftliche Forschung gegründet. Dieses Institut führte unter anderem tödliche Menschenversuche in nationalsozialistischen Konzentrationslagern an Häftlingen durch. 20 der über 3000 KZ-Ärzte und drei weitere Verantwortliche wurden nach dem Krieg im Nürnberger Ärzteprozess zur Rechenschaft gezogen. Einige beteiligte Wissenschaftler waren Mitglieder der Waffen-SS.

Juristische Aufarbeitung der Verbrechen der Waffen-SS

Im Nürnberger Prozess gegen die Hauptkriegsverbrecher 1946 erklärte der Internationale Militärgerichtshof die Waffen-SS wie auch die allgemeine SS und die Totenkopfverbände wegen Kriegsverbrechen und Verbrechen gegen die Menschlichkeit zu verbrecherischen Organisationen.

Eine Ahndung der zahllosen Verbrechen der Waffen-SS erfolgte aber dennoch in nur sehr geringem Ausmaß. Der Historiker Martin Cüppers stellte beispielsweise fest, dass nur acht Angehörige der dem Kommandostab Reichsführer SS unterstellten SS-Einheiten, deren Treiben er in einer Studie untersuchte, welche die Bedeutung der Waffen-SS-Verbände für die Ingangsetzung der Shoah in der ehemaligen Sowjetunion unterstreicht, nach dem Krieg für ihre Verbrechen juristisch belangt wurden. Hingegen kamen mehrere Tausend ehemalige Angehörige dieser Einheiten, darunter viele, die juristisch wegen begangener Kriegsverbrechen zu verfolgen gewesen wären, völlig ungeschoren davon.[19]

Fußnoten

- (1) Hans Buchheim: Anatomie des SS-Staats. Bd. 1: Die SS – Das Herrschaftsinstrument. Befehl und Gehorsam. München 1967, S. 179.

- (12) Rafael A. Zagovec: Gespräche mit der 'Volksgemeinschaft. In: Das Deutsche Reich und der Zweite Weltkrieg, Bd. 9/2: Die deutsche Kriegsgesellschaft 1939 bis 1945 – Ausbeutung, Deutungen, Ausgrenzung. im Auftrag des MGFA hrsg. von Jörg Echternkamp. Deutsche Verlags-Anstalt, Stuttgart 2005, ISBN 3-421-06528-4, S. 360–364.

- (13) Vgl. dazu Martin Cüppers: Wegbereiter der Shoah. Die Waffen-SS, der Kommandostab Reichsführer SS und die Judenvernichtung 1939–1945. (Veröffentlichungen der Forschungsstelle Ludwigsburg der Universität Stuttgart, Bd. 4).

2., unveränderte Auflage. Wissenschaftliche Buchgesell-
schaft, Darmstadt 2011, ISBN 978-3-89678-758-3, S. 189–
214, hier S. 203 und S. 213. Die Angaben beziehen sich ausschließlich auf getötete Juden, zusätzlich noch ermordete
russische Kriegsgefangene und nichtjüdische Zivilisten sind
darin nicht enthalten.

- (14) Waffen-SS als Verantwortliche des Massakers von
  Maillé identifiziert. In: Der Standard. 11. Oktober 2008.

- (19) Vgl. dazu Martin Cüppers: Wegbereiter der Shoah. Die
  Waffen-SS, der Kommandostab Reichsführer SS und die Judenvernichtung 1939–1945. (Veröffentlichungen der Forschungsstelle Ludwigsburg der Universität Stuttgart, Bd. 4).
  2., unveränderte Auflage. Wissenschaftliche Buchgesell-
  schaft, Darmstadt 2011, ISBN 978-3-89678-758-3, S. 322–
  335.

Quelle: https://de.wikipedia.org/wiki/Waffen-SS

Auszugsweise wiedergegeben unter **Lizenzbedingungen:**
http://creativecommons.org/licenses/by-sa/3.0/deed.de

Waffenvorstellung in Stichpunkten

Signatur vorangehend im Buch

2-cm-Flak-Vierling 38

Der 2-cm-Flak-Vierling 38 war eine Flugabwehrkanone (Flak) der Wehrmacht im Zweiten Weltkrieg.

Geschichte

Im Jahre 1938 aus der 2-cm-Flak 38 für den Einsatz auf Schiffen der Kriegsmarine konzipiert, wurde das Geschütz später von der gesamten Wehrmacht übernommen. Der Flak-Vierling 38 fand breite Anwendung als Abwehrwaffe gegen Tiefflieger und war häufig Bestandteil von Flaktürmen, Panzerzügen und anderen befestigten Luftabwehrstellungen. Ebenso konnte die Waffe im Notfall auch im Erd-kampf eingesetzt werden, wofür zusätzlich ein Schutzschild montiert wurde. Nahezu alle Schiffe der Kriegsmarine (darunter auch U-Boote) wurden nach und nach mit den Vierlingen nachgerüstet. Produziert wurde der Flak-Vierling 38 im Ostmarkwerk Wien, im Werk Chemnitz der Auto Union und bei Benteler in Bielefeld. Der Preis betrug 20.000 RM.

Die Lafette hatte eine Dreiecksbettung mit höhenverstellbaren Füßen. Der Richtschütze justierte die Waffe mit Hilfe zweier Handräder; abgefeuert wurde mittels zweier Pedale, je eines für zwei diametral zueinander liegende Läufe. Aufgerichtet hatte die Flak eine Höhe von 3,07 m. Das Höhenrichtfeld reichte von −10° bis zu +100°. Die Bedienung bestand aus sieben Mann. Ihr standen verschiedene Visiereinrichtungen zur Verfügung, dies waren: das Flakvisier 40, das Linealvisier 21, das Schwebekreisvisier 30/38 und das Erdzielfernrohr 3×8 für den Erdkampfeinsatz.

Zusammen waren die vier Läufe theoretisch in der Lage, 1800 Schuss pro Minute abzugeben. Im Einsatz war eine Zahl von 800 Schuss/min realistisch. Die Kanonen ließen sich automatisch oder halbautomatisch, gleichzeitig alle vier oder je zwei diametral abfeuern. Die maximale Schussweite betrug 4800 m, die maximale Schusshöhe lag bei 3800 m, die Zerlegergrenze bei 2200 m.

Der Flak-Vierling 38 wurde normalerweise auf dem einachsigen Sonderanhänger 52 (Sd.Ah. 52) von Halbkettenfahrzeugen wie dem Maultier, dem Sd.Kfz. 251 oder dem Sd.Kfz. 11 gezogen. Um vollständig mobile Luftabwehrfahrzeuge zu erhalten, wurde das Geschütz auch auf dem Halbkettenfahrzeug Sd.Kfz. 7 und als „Wirbelwind" auf dem Fahrgestell des Panzer IV montiert.

Als Weiterentwicklung wurde 1943 der 2-cm-Flak-Vierling 38/43 entwickelt, der besonders wasserfest war und auf U-Booten eingesetzt werden sollte. Er ging nicht in Serie, da der Bedarf aufgrund der geänderten U-Boot-Taktik, Überwasserkämpfen auszuweichen, inzwischen nicht mehr vorhanden war. Im April 1945 wurde noch der

2-cm-Flak-Vierling 38/43F mit einem Feuerleitradar von Telefunken zwischen den vier Rohren erprobt.

Technische Daten und allgemeine Information:

Rohrlänge	1,30 Meter
Kaliber	20 x 138 mm
Kaliberlänge	L/65
Kadenz	1800 Schuss/min
Höhenrichtbereich	$-10°$ bis $+100$ Winkelgrad
Seitenrichtbereich	360
Besatzung	7 Mann
Entwicklungszeit	1938
Entwickler/Hersteller	Ostmarkwerke, Auto Union, Bentelerwerke
Produktionszeit	1940 - 1945
Bezeichnung	2-cm-Flak-Vierling 38

Literatur

- Terry Gander, Peter Chamberlain: Enzyklopädie deutscher Waffen 1939–1945. 2. Auflage, Spezialausgabe, Motorbuchverlag, Stuttgart 2006, ISBN 3-613-02481-0.

Bildtafel

Original-Fotos Waffen-SS - Kriegsjahr 1944
Einsatzgebiet Normandie
Quelle: Bundesarchiv
Signaturen der Fotos siehe vorangehend im Buch

Quellen- und Literaturverzeichnis

Dieses Buch ist eine überarbeitete Version des Romanhefts: „Der Landser – Mit eiserner Faust" Nr. 2874, W. Wallenda

Kriegstagebuch des Oberkommandos der Wehrmacht (Wehrmachtsführungsstab) 1940-1945 (1961 – 1965) Sonderausgabe, Berdard & Graefe Verlag, Bonn, Hrsg. Prof. Dr. Percy Ernst Schramm, erläutert von Prof. Dr. Andreas Hillgruber, Prof. Dr. Walther Hubatsch, Prof. Dr. Hans-Adolf Jacobsen und Prof. Dr. Percy Ernst Schramm, ISBN 3-7637-5933-6

Das Bundesarchiv, Potsdamer Straße 1, 56075 Koblenz, insbesondere: Bilddatenbank des Bundesarchivs sowie Freiburg (Militärarchiv), Wiesentalstr. 10, 79115 Freiburg

Wikipedia gem. den eingefügten Links. Die Lizenzbedingungen sind unter folgendem Link einsehbar: http://creativecommons.org/licenses/by-sa/3.0/deed.de

Infanteriewaffen Gestern (1918-1945) Band 1, Reiner Lidschun, Günter Wollert, Brandenburgisches Verlagshaus, 3. Auflage 1998, ISBN 3-89488-036-8

Infanteriewaffen Gestern (1918-1945) Band 2, Reiner Lidschun, Günter Wollert, Brandenburgisches Verlagshaus, 3. Auflage, 1998, ISBN 3-89488-036-8

D-Day – Die Schlacht um die Normandie, Verlag C. Bertelsmann ISBN:978-3-570-10007-3, Antony Beevor

sowie

überlieferte Erinnerungen und Aufzeichnungen von Veteranen und Zeitzeugen (schriftlich o. im persönlichen Gespräch mit dem Autor) und eigene Kenntnisse des Autors

Buchempfehlungen

Freunde mit Biss – ist ein extrem spannender Fantasy-Abenteuer-Thriller mit etwas Herz und einem guten Schuss Humor

Titel: **Freunde mit Biss**
Autor: Wallenda, M. J.

ISBN: 9783752823783
E-Book ISBN: 9783752874051

Lieferbar seit: 04.10.2018
Gesamtseitenzahl: 316

Preis: € 12,90
E-Book: € 2,99
Hardcover Preis: € 19,99

Der 16-jährige James Allington zieht mit seinen Eltern in die vermeintlich ruhige Kleinstadt Greenfield in Massachusetts/USA. Kaum angekommen, wird der Teenager Zeuge eines Verbrechens und nach und nach in einen Sumpf mysteriöser Dinge gezogen.

James findet heraus, dass er mitten unter Vampiren und Werwölfen lebt. Auch seine neuen Freunde Riley, Kieran und Cassie hüten dunkle Geheimnisse. Die Teenager müssen einander vertrauen, um einen alten Fluch zu bannen, sonst stirbt Riley. Es beginnt ein ungleicher Kampf gegen einen mächtigen Gegner und gegen die Zeit.

Ein fesselnder Anti-Kriegsroman, der schonungslos die Schrecken der Schlacht um Stalingrad widerspiegelt. Nichts für schwache Nerven - realitätsnah – düster – mahnend.

Titel: **Stalingrad im Fadenkreuz**
Das Duell der Scharfschützen

Autor: Wallenda, Wolfgang

ISBN: 9783752897289
E-Book ISBN: 9783750489127
Lieferbar seit: 24.02.2020
Gesamtseitenzahl: 352

Softcover Preis: € 12,99
E-Book: € 6,99
Hardcover Preis € 21,99

Diese Geschichte basiert auf der Legende des Duells zwischen dem zum Helden Stalingrads deklarierten russischen Scharfschützen Wassili Grigorjewitsch Saizew und der wohl fiktiven Person des deutschen Scharfschützen-Ausbilders Major Erwin König.

Düster, kalt und ohne Pathos wird sowohl das Schicksal der in Stalingrad kämpfenden Soldaten als auch über das der zwangsweise in der Stadt verbliebenen russischen Zivilbevölkerung aufgezeigt.

Während der menschenverachtenden und an Brutalität nicht zu überbietenden Schlacht, streifen deutsche und russische Scharfschützen wie Todesengel durch die Ruinen und verbreiten zusätzlich Angst und Schrecken.

Unter ihnen befindet sich der deutsche Major Erwin König. Getrieben von Rache, jagt er die russische Scharfschützen-Legende Wassili Saizew.

Ein realitätsnaher Anti-Kriegsroman. Eingebettet in das Kampfgeschehen der Schlacht um Stalingrad wird der Werdegang eines Scharfschützen erzählt.

<u>Titel:</u> **Der Scharfschütze von Stalingrad**

<u>Autor:</u> Wallenda, Wolfgang

ISBN: 9783744894555
E-Book ISBN: 9783744808224
Lieferbar seit: 11.05.2018
Gesamtseitenzahl: 208

Preis: € 9,90
E-Book: € 6,99

Stalingrad 1942 - der 19jährige Alfred Müller ist Angehöriger der 100. Jäger-Division und lernt bei den Kämpfen in der Stadt und um das Werk "Roter Oktober" die Schrecken des Krieges kennen und hassen. Aufgrund seiner Schießfertigkeit avanciert er zum Scharfschützen.

Nach der Einkesselung der 6. Armee nimmt das Schicksal seinen Lauf. Der junge Österreicher zieht als Jäger und Gejagter durch die Ruinen der sterbenden Stadt an der Wolga. Seine ständigen Begleiter sind Hunger, Kälte, Elend, Tod und Angst.

Der Krieg schlägt täglich hart und erbarmungslos zu. Die Landser verrohen, ihre Hoffnung auf Rettung stirbt. Es gibt letztendlich nur noch zwei Wege, einem leidvollen, düsteren Schicksal zu entrinnen. Entweder man ergattert einen Platz in einem der Flugzeuge aus dem Kessel oder man findet Erlösung durch den Tod.

Allgemeine Informationen über das Scharfschützenwesen der Wehrmacht sowie sechs Original-Fotos aus Stalingrad runden diesen Roman ab.

Komödie

Wenn Oma mal 'ne Tüte raucht

Wolfgang Wallenda und Matthias Wallenda
Verlag: Books on Demand

€ 9,99
Paperback: 220 Seiten
ISBN: 9783753409320

€ 4,99
E-Book
ISBN: 9783753412726

Die drei liebenswerten Chaoten Willi, Erich und Torsten gründen in der tiefsten bayrischen Einöde eine Wohngemeinschaft. Der Fund einer Marihuana-Pflanze wirbelt nicht nur ihr Leben, sondern auch das des halben Dorfes durcheinander. Oma Huber und ihr Frauenstammtisch entdecken das Gras für sich und sind von dieser Kräutermedizin begeistert. Als drei Gangster auftauchen und die WG-Chaoten erpressen, droht das Ende der dörflichen Idylle. Das lassen sich die Omas nicht gefallen. Sie drehen den Spieß um und rüsten zum Kampf.

„Wenn Oma mal 'ne Tüte raucht" - zeigt auf humoristische Art, dass Jung und Alt hervorragend miteinander harmonieren können.

Diese herrlich überdrehte und erfrischende (Krimi-)Komödie fesselt ihre Leser mit Humor und Spannung.

Heimatkrimi mit Humor

Heimatkrimi – Der Tod kommt aus dem Jenseits

Wolfgang Wallenda
Verlag: Books on Demand

€ 9,99
Paperback: 284 Seiten
ISBN: 9783751981576

€ 4,99
E-Book
ISBN: 9783752631876

Der eigenwillige Oberkommissar Gschwendtner wird zum bayrischen Landeskriminalamt abgeordnet und dort einer neu aufgestellten Sonderkommission zugeteilt. Gemeinsam mit der aus dem Osten der Republik stammenden Mandy Hammerschmidt und dem homosexuellen türkischstämmigen Emre Gümüs soll er fragwürdige Altfälle aufarbeiten. Vollgepackt mit Vorurteilen nimmt der ur-bayrische Grantler die Herausforderung an.

"Der Tod kommt aus dem Jenseits" ist ein schräg-lockerer Heimatkrimi, der von der ersten bis zur letzten Seite subtile Spannung bietet und die Leser abwechselnd mit Thrill und Comedy an sich fesselt. Ein grandioses Lesevergnügen, nicht nur Krimi-Fans.